FVA

FSC
www.fsc.org
MIX
Papier aus verantwortungsvollen Quellen
FSC® C014496

Lektorat: © Frankfurter Verlagsanstalt GmbH
Herstellung und Umschlaggestaltung: Laura J Gerlach
Unter Verwendung eines Umschlagmotivs
von © iStockphoto.de/ThomasVogel
Satz: psb, Berlin
Druck und Bindung: GGP Media GmbH, Pößneck
Printed in Germany
ISBN 978-3-627-00234-3

Danke und so an Maike, Tex und Henry. Klaus Meine und die Scorpions. Mücki und Popo. Muddi und Vati. Langenhagen und Rahlstedt. Treibeis, Saal und Monopol. Hotel Wedina und Silvia Reiter. Elvis Aaron und Jesse Garon Presley. Alle bei der FVA und Anne. Martin Brinkmann. Frank Schulz.

SVEN AMTSBERG

SUPERBUHEI

ROMAN

FRANKFURTER VERLAGSANSTALT

Für Klaus Meine

The world is closing in
Did you ever think
That we could be so close, like brothers

Wind of Change, Klaus Meine

KEEP THE WORLD SAFE

Sicherheit ist wichtig. Das erkannte ich schon früh. Und auch Mona war nach wenigen Wochen unseres Zusammenseins davon überzeugt, dass Sicherheit das höchste Gut ist. Bis dahin dachte sie, es wäre das Glück. Doch im Gegensatz zum Glück hat man auf die Sicherheit größeren Einfluss. Sicherheit lässt sich schnell mit Schlössern, Ketten und Alarmanlagen herbeiführen. Ganz anders als das Glück, das sich ja oft auch nach Jahren intensivster Romantik nicht wirklich einstellen will.

Das Glück ähnelt der Gefahr – im Grunde kann es alles sein. Die meisten glauben, Glück würde mit der Liebe zusammenhängen. Doch in Wahrheit ist die Liebe der natürliche Feind der Sicherheit und damit auch des Glücks. Denn wer verliebt ist, ist nie wirklich wachsam. Mit der Liebe hält auch der Schlendrian Einzug ins Leben. Liebe – das heißt auch Löcher. Lecks. Und wer kann schon glücklich sein, wenn das Leben unsicher ist. Sicherheit ist das Unterpfand des Glücks. Doch die meisten verstehen das nicht. Auch Mona nicht. Nur als Beispiel: Bei Kerzen denkt Mona an Romantik. Ich dagegen sehe das Gefahrenpotential. Vieles, was auf den ersten Blick schön scheint, entpuppt sich oft hintenraus als Risikofaktor.

Die Sonne etwa, dieses verklärte gelbe Biest, die so tut, als wäre sie unser Freund. Doch in Wahrheit ist sie unser Feind. Stichwort: Hautkrebs. Gott sei Dank lässt sich Sonne leicht durch elektrisches Licht ersetzen. Frische Luft bekommt man durch einen Schlauch, der mit einem winzigen Sieb verschlossen ist, so dass keine Insekten hineinkönnen. Ritzen müssen verklebt, Kabel nach draußen gekappt werden. Telefon bedeutet Gefahr. Klingeln, Haustür: Gefahr. Je größer ein Raum ist, desto unsicherer ist er. Ein Leben außerhalb eines geschlossenen Raums lässt sich nicht wirklich absichern. Freiheit bedeutet deshalb auch immer Unsicherheit. Am einfachsten ist Sicherheit in einer Kammer ohne Fenster zu erlangen. Ein Raum, der überschaubar ist, sich verriegeln und verrammeln lässt. Ein Gefängnis etwa. Das ist Sicherheit. Und damit beginnt dann auch das Glück. Ganz sicher.

IS THERE ANYBODY THERE?

Ich liege wach im Bett mit einem Gewehr und sorge mich wegen unserer Sicherheit. Ruhig liegt Mona neben mir und schläft. Wenn Mona schläft, sieht es so aus, als atme sie nicht, sondern beiße Stücke aus der Luft. Immer hektischer schnappt sie danach, und im Laufe der Nacht beginnt das Schlafzimmer nach ihrer Mundhöhle zu riechen, so dass es in den frühen Morgenstunden kaum noch darin auszuhalten ist. Vermutlich liegt das am Unterbewusstsein. Vieles liegt ja am Unterbewusstsein. Mona sagt, sie träume oft davon, ein Wolf zu sein. Wegzulaufen und zu beißen. Am Tage hat sie nur wenig von einem Wolf. Sie wirkt dann eher wie ein Beutetier.

Heute Abend ist Mona früh schlafen gegangen, wie immer, und ich war froh darüber. In letzter Zeit macht mir die Stille zwischen uns zu schaffen. Gerade wenn sie wie ein Gas ist, das aus unseren Mündern strömt und uns ganz allmählich betäubt. Ja, ich liebe Mona. Sicher liebe ich sie noch. Doch früher habe ich das auch gefühlt und musste es mir nicht vor Augen halten. Mich fast schon dazu zwingen. Jetzt gibt es Nächte, in denen ich wach im Bett sitze und die schlafende und beißende Mona betrachte und mich frage, wie das alles gekommen ist,

warum das der Platz ist, den das Schicksal mir zugedacht hat. Ich denke darüber nach, wo sonst mein Platz sein könnte. Doch so recht fällt mir nichts ein.

Nach wie vor sehne ich mich nach Einsamkeit. Allein sein kann man in einer Partnerschaft ja nur, wenn der andere schläft oder im Krankenhaus ist. Manchmal glaube ich, dass ich nur so sein kann, wie ich wirklich bin, bin ich allein. Und da ich nie allein bin, weiß ich nicht, wie ich wirklich bin. Zumindest bin ich nicht so, wie andere glauben, dass ich bin. Auf alle Fälle bin ich anders, ist wer da, und deshalb bin ich immer froh, wenn Mona früh schlafen geht. Ja, ich warte richtig darauf. Und um von vornherein ehrlich zu sein: Ich mische Mona manchmal etwas Schlafmittel ins Essen, um uns diese quälenden Abende zu ersparen. Wenn wir gemeinsam fernsehen und nichts so recht zu reden haben. Es ist nie viel Schlafmittel. Wirklich nicht. Immer nur ein bisschen, damit ich ein paar Stunden für mich habe, in denen ich einfach nur dasitze, nachdenke, rauche und die bewusstlose Mona betrachte. Sie ist wegen ihrer Müdigkeit schon beim Arzt gewesen.

»Vielleicht die viele Arbeit«, sage ich dann jedes Mal.

»Vielleicht«, sagt Mona.

Der Arzt hat nichts feststellen können. Sie solle mehr Sport treiben, und anschließend ist Mona ein paar Tage lang immer wieder ums Haus gelaufen oder die Straße hoch und runter, hat begonnen, auch abends Kaffee zu trinken. Doch geholfen hat all das nichts.

Um ihr unbemerkt Schlafmittel ins Essen mischen zu

können, koche ich in letzter Zeit oft. Was die Sache etwas anstrengend macht. Eigentlich koche ich überhaupt nicht gern. Nun gebe ich vor, es sei mein Hobby. Ständig sehe ich mir irgendwelche Kochsendungen an, lese Bücher über die fleischhaltige Küche der Waliser etwa, bestelle im Internet Gewürze, deren Namen ich mir nie werde merken können und von denen ich ein wenig wahllos mal in dieses, dann in jenes Gericht streue.
An diesem Abend habe ich Mona ein bisschen mehr Schlafmittel ins Essen getan. Etwas ist passiert, und ich weiß, ich muss jetzt wachsam sein. Muss aufpassen auf uns und unsere Sicherheit. Noch mehr als sonst. Mona habe ich nichts gesagt, ich will sie nicht beunruhigen. Sie neigt schon immer zur Hysterie.
Kurz hatte ich Sorge, sie würde auf dem Sofa einschlafen. Hochtragen kann ich Mona schon lange nicht mehr. Dazu hat das Leben sie einfach zu schwer werden lassen. Je müder sie wurde, umso mehr insistierte ich, sie möge doch bitte nach oben gehen und sich ins Bett legen. Am Ende flehte ich sie richtiggehend an. Man kann es glauben oder nicht, aber ich habe Angst um sie. Ich weiß, dass wir nicht mehr sicher sind. Schon gar nicht unten. Vor ein paar Stunden habe ich dieses Foto entdeckt, und die Angst ist seitdem schlagartig wieder da. Diese verdammte Angst.

Ich umklammere das Gewehr fester und lausche in die Dunkelheit. Ob da wer ist. Er. Aber es knackt nur. Das Haus besteht im Inneren zu großen Teilen aus Holz. Mo-

nas Vater hat fast alle Wände damit verkleidet. Dazu Holzfußböden verlegt, die in einigen Räumen so schief sind, dass umgekippte Weinflaschen quer durch das Zimmer bis zur gegenüberliegenden Wand rollen. Wir mussten das Bett umstellen, da uns nachts das Blut in den Kopf schoss und die Träume rot ertränkte. Monas Vater ist zur See gefahren, bis er vor fünf Jahren plötzlich verstarb. Ihr Vater sei immer lieber auf einem Schiff gewesen als in einem Haus, erzählte Mona, und tatsächlich sei er oft landkrank geworden, mit ganz ähnlichen Symptomen wie bei Seekranken. Deshalb hat er wohl versucht, alles im Haus so schiffsähnlich werden zu lassen, wie das nur eben möglich ist. Man gerät hier ins Schwanken, taumelt, wankt, und nicht nur einmal meinte ich schon, plötzliche Übelkeit überfalle mich. Was hilft, ist aus dem Fenster zu sehen und einen festen Punkt da draußen zu fixieren. Das Maisfeld. Vermutlich ist es das einzige Haus auf der Welt, in dem man seekrank werden kann.

Nächtelang habe ich wach gelegen und dem Knacken zugehört, nach einem Muster darin gesucht, einem System. Bis ich es gefunden habe. Nun kann ich ohne große Mühe fremdes von natürlichem Knacken unterscheiden – und genau das ist jetzt das Problem: Denn was ich höre, ist nicht das natürliche Knacken des Hauses. Sondern da ist wer! Irgendwo im Erdgeschoss geht wer umher.

Es ist nahezu unmöglich, sich leise durch dieses Haus zu bewegen. Selbst wenn man es so gut kennt wie ich. Alles knackt. Alles knarrt. Ganz egal, wohin man tritt – alles

gibt nach. Die einzige Möglichkeit ist, langsam zu gehen, so dass das Knarren der Schritte sich in die natürliche Symphonie des Knarrens des Hauses einfügt.
»Holz lebt«, sagt Mona immer. »Holz lebt«, und manchmal, wenn wir unten auf dem Sofa sitzen, um uns das ganze verdammte knackende Holz, da habe ich das Gefühl, dieses Holz lebt mehr, als wir es tun. Manchmal überkommt mich richtiggehend Neid auf dieses verdammte Holz. Holz, das lebt, ohne dass es dafür groß etwas tun muss. Holz lebt einfach so, wir dagegen müssen uns spüren. Müssen uns verwirklichen, um leben zu können.
Ich stehe auf und schleiche langsam zu einem der beiden Schlafzimmerfenster, schaue nach, ob draußen etwas zu sehen ist. Das Gewehr umklammere ich mit beiden Händen. So fest, dass ich es kaum noch als Fremdkörper wahrnehme, es ist ein Teil von mir.
Auf der gegenüberliegenden Seite der Straße steht unser Auto auf unserem Parkplatz. Dahinter beginnt das Maisfeld, das jetzt sachte wogt. An stürmischen Tagen kann es so aussehen wie ein Meer. Ein Maismeer. Vermutlich hat Monas Vater deshalb das Haus gekauft. Echten Meerblick konnten sie sich nicht leisten. Sonst ist dort aber nichts zu sehen.
Das Gewehr ist der natürliche Freund der Sicherheit. Auch ein Hund wäre es, ein großer Hund. Nur leider hat Mona eine Hundeallergie, so dass wir stattdessen einen elektrischen Hund kauften, von dem man keinerlei Allergien bekommt. Es ist ein kleiner weißer Plastikkasten,

auf dem auf Taiwanesisch *Hund* steht, so glaubt Mona zumindest, der nun neben der Haustür liegt und eigentlich blechern bellt, nähert sich jemand. Nur jetzt reagiert er nicht. Warum bloß?

Mona weiß nicht, dass ich ein Gewehr habe. Ich hole es nur, wenn ich mir sicher sein kann, dass Mona wirklich schläft. Ansonsten verstecke ich es hinter der Holzvertäfelung im Zimmer nebenan, das durch eine Tür mit unserem Schlafzimmer verbunden ist. Wir nennen es das Zimmer der Eltern, obwohl ihre Eltern schon eine ganze Weile tot sind. Trotzdem riecht noch immer das ganze Haus nach ihnen, fast so, als akzeptiere es uns nicht als neue Bewohner.

Im Zimmer der Eltern steht noch immer benutztes Geschirr vom Vater, das wegzuräumen oder auch nur abzuspülen Mona nicht übers Herz bringt. Sogar fünf Jahre nach seinem Tod nicht. Auch ich darf es nicht tun. Sie schreit, fasse ich es nur an. In den Schränken hängt Kleidung der Eltern, die anzuziehen sie mich manchmal bittet. Ein Wunsch, dem ich nur nachgebe, wenn ihre Trauer zu groß ist. Dann hocke ich da in den Sachen des Vaters, manchmal auch der Mutter. Mona hinter mir weint oder schluchzt, ich darf mich nicht nach ihr umdrehen. An den Wochenenden sehen wir uns hin und wieder Super-8-Filme von ihren Eltern an. Glück. Für Mona ist das Glück. Diese verwackelten Aufnahmen, auf denen sie nackt irgendwo in Dänemark herumrennt und ihre Mutter im Bikini betont lässig am Strand entlangzustolzieren versucht. Und hier stehe ich nun in der Ver-

gangenheit im Zimmer der Eltern und starre nach draußen in die düstere Gegenwart. Ob dort etwas zu sehen ist, was unsere Zukunft bedroht. Je länger ich nach draußen sehe, umso mehr Silhouetten schälen sich aus der Dunkelheit. Was eben noch schwarz war, beginnt nun grau und bald schon hellgrau zu werden. Ich erkenne nun sogar einzelne Maiskolben, die schwer an den Stängeln hängen und hin und her wogen.

Ich weiß nicht, ob ich ihn wirklich erschießen kann, wenn es sein muss. Oft habe ich mir das vorgestellt. Früher schon. Ihn einfach zu erschießen, um endlich mein Leben leben zu können, so wie ich das will. Er ist der Grund, warum ich überhaupt hier bin. Warum ich geflohen und untergetaucht bin. Seinetwegen habe ich mir auch das Gewehr besorgt. Ich habe schon immer gewusst, dass er mich irgendwann finden und dass mir dann vermutlich keine andere Wahl bleiben würde. Und ein Gewehr, weil ich glaube, dass ich, wenn ich ihn erschießen würde, es nur aus großer Distanz tun könnte. Ich will ihn dabei nicht ansehen müssen. Das wäre, als würde ich mir selbst beim Sterben zusehen.
Geahnt, dass er kommen wird, habe ich schon lange. Im Grunde, seit ich geflohen bin. Bald fünf Jahre ist das jetzt her. Aber warum ist er nicht schon früher gekommen? Warum jetzt? Habe ich einen Fehler gemacht?
Er ist im Haus gewesen, so viel ist sicher. Hat vielleicht sogar Kontakt zu Mona aufgenommen, ohne dass sie es weiß. Oder hat sie es bemerkt und lässt sich mir gegen-

über nur nichts anmerken? Was, wenn sie mit ihm unter einer Decke steckt und die beiden nun nach einer Möglichkeit suchen, um mich loszuwerden? Unwahrscheinlich, aber trotzdem nicht ganz abwegig. Ich muss vorsichtig sein. Die Sicherheit ist auf alle Fälle in Gefahr.
Ein Knacken aus dem Erdgeschoss reißt mich aus meinen Gedanken, und instinktiv mache ich einen Schritt rückwärts. Tiefer hinein in die Dunkelheit des Zimmers. Dort warte ich. Ein, zwei Minuten. Bevor ich weitergehe. Langsam. Ganz langsam. Es dauert ewig, bis ich so das Zimmer durchquert habe. Anschließend muss ich auch noch durch den Flur und die Treppe nach unten. Ich habe keine andere Wahl, will ich ihn überraschen. Und das muss ich. Ansonsten werde ich es nicht schaffen. Er ist schon immer gerissener gewesen als ich. Rücksichtsloser. Viel rücksichtsloser.
Da! Schon wieder dieses Knacken von unten. Es ist anders als sonst, wenn Fremde im Haus sind, Monas seltsame Freundinnen etwa oder der Paketbote. Leute, die das Knacken nicht kennen, bewegen sich völlig ungezwungen, und der Lärm, den das Knacken dann in meinen Ohren macht, ist kaum auszuhalten. Man muss wissen, auf welche Stellen man treten kann und in welchem Tempo man voranschreiten muss. Das ist wie Ballett. Einmal habe ich es dem Paketboten vorgemacht, und als ich ihn aufforderte, er solle es mir nachmachen, da ist er kläglich gescheitert. Wir haben gelacht. Wir haben Köm getrunken.
Doch er scheint all das zu wissen. Geht da unten genau-

so langsam wie ich eine Etage über ihm. Ich bin mir fast sicher, dass er das Knacken kennt. Dass er weiß, wo er hintreten darf und wo nicht.

Der nächste Schritt. Es geht nicht anders – der Holzboden gibt unter meinem Fuß nach und knarrt. Es kommt mir in diesem Moment so laut vor, dass ich kurz sogar Angst habe, Mona könnte davon aufwachen. Was würde ich ihr sagen?

Mittlerweile bin ich oben im Flur, kurz vor der Treppe. Dort, wo die gerahmte Käfersammlung ihrer Mutter hängt. Es kommt mir hier kühler vor. Als stünde unten ein Fenster offen. Klar: Ein geöffnetes Fenster hat mit Sicherheit nicht viel zu tun. Fenster sind immer die Schwachstellen eines Hauses. Besser wäre es ohne Fenster. Monitore stattdessen. Mona will sogar manchmal mit offenem Fenster schlafen. Im Sommer dulde ich das, oben. Wir haben Netze davor. Wegen der Insekten. Aber nachts, unten im Erdgeschoss, würden wir nie ein Fenster offen lassen. Selbst Mona nicht, die das Thema Sicherheit für meinen Geschmack immer etwas lax handhabt.

Ich erreiche die Treppe. Unmöglich diese Treppe – natürlich eine Holztreppe – nach unten zu gehen, ohne dass jemand es hört. Deshalb lasse ich mich oben auf dem Treppenabsatz erst einmal langsam auf die Knie sinken, um vorsichtig durch die Streben des Geländers in die Diele zu spähen: Die Fenster sind verschlossen. Der quadratische Hund sieht intakt aus, auch die Haustür ist zu – und doch spüre ich, dass etwas anders ist. Er muss da sein!

Ich stehe auf, umklammere mit beiden Händen das Gewehr und gehe langsam seitwärts die Treppe nach unten, während ich auf die offene Wohnzimmertür ziele. Nach jeder Stufe halte ich kurz inne. Sechs, fünf Stufen noch. Langsam, eine nach der anderen, dann wieder verharrend, gehe ich weiter nach unten, das Gewehr im Anschlag. Der Hund bellt metallisch.

Von der Diele aus gelangt man in die Küche und das Wohnzimmer. Beide Räume sind miteinander verbunden. Vorsichtig betrete ich das Wohnzimmer. Ein großer holzvertäfelter Raum, in dessen Mitte offenes Fachwerk den Ess- vom Wohnbereich trennt. Darin schwere braune Polstermöbel, in denen man versinkt, setzt man sich auf sie, und die nur aus dem Grund immer noch bei uns stehen, weil sie, so Mona, noch nach ihren Eltern riechen. Selbst wir haben angefangen, nach ihren Eltern zu riechen. Außerdem sind da noch der Fernseher, die Sonnenbank und ein gemaltes Bild mit fremden Menschen darauf.

Langsam schleiche ich zum Essbereich, von da aus weiter in die Küche. Gerade als ich dort die Tür zur Speisekammer aufreißen will, lässt mich ein metallisches Klappern aus dem Wohnzimmer aufschrecken: der Kamin, der Schürhaken!

Ich eile zurück ins Esszimmer – und ja, da ist er! Da ist das Schwein! Ohne zu zögern, schieße ich. Dann noch mal. Lade nach und schieße erneut. Wieder und wieder. Nein, das ist kein Traum. Das ist es ganz sicher nicht!

SEND ME AN ANGEL

Mona kann Zigarettenrauch auf hundert verschiedene Arten ausatmen. Sie ist da wie die Eskimos und der Schnee. Oder wie auch immer Eskimos heutzutage korrekt heißen. Mittlerweile sind wir so lange zusammen, dass ich fähig bin, diese Gebilde zu deuten. Mal wächst der Rauch langsam aus dem kleinen Loch, das sie zwischen den Lippen lässt, wie ein Atompilz, dessen Konsistenz immer dichter zu werden scheint, bis er am Ende fast weiß ist: Dann ist sie verärgert. Manifestiert der Rauch sich erst wie eine große Kaugummiblase, bevor er sich in nichts auflöst, ist sie wütend. Mona kann Haufenwolken rauchen, Schäfchenwolken, Schleierwolken, Federwolken. Sie kann Kringel machen, die wie Lassoschlingen durch den Raum wabern und sich mir um den Hals legen. Sie kann den Rauch in zwei Strahlen aus den Nasenlöchern blasen, sie kann den Qualm aus Mund und Nase steigen lassen, so dass er sie umhüllt und dahinter verschwinden lässt. Das alles bedeutet immer, dass sie aus irgendeinem Grund sauer auf mich ist. Nicht selten unterstreicht sie das Ausatmen des Rauchs noch mit einem feinen Seufzen, das mal vorwurfsvoll klingt, dann wieder erschöpft oder aber einfach nur anklagend. Ist sie glücklich, gibt

sie sich keine Mühe mit dem Rauch, dann steigt er ihr wie von allein aus dem Mund und den Nasenlöchern.
An diesem Morgen bläst sie den Rauch in einem feinen Strahl mit viel Druck gegen die Windschutzscheibe, so dass er davon abprallt und sich bedrohlich im Wageninnern ausbreitet. Es verheißt nichts Gutes. Auf gar keinen Fall. Droht der Rauch zu dicht zu werden, öffnet Mona das Fenster einen Spalt breit.
Wie jeden Morgen sind wir auf dem Weg zum Supermarkt, in dem Mona als Kassiererin arbeitet und ich eine kleine Kneipe betreibe. Wenn Mona eine Zigarette aufgeraucht hat, steckt sie sich mit deren Glut die nächste an. Sechs, sieben Zigaretten schafft sie so auf der Fahrt zum *SUPERBUHEI*. Erst danach kommt sie etwas zur Ruhe. Der Rauch ist Erfüllung geworden, und ich glaube, je unglücklicher sie ist, umso mehr raucht sie. Die Zigaretten sind zum Ersatz geworden für das, wonach sie bei mir immer gesucht, es aber nicht gefunden hat. Wenn man mal ehrlich ist, ist Liebe ja im Grunde auch nichts anderes als Nikotin oder Alkohol. Nur billiger. Meistens zumindest.
»Was ist nur los mit dir?«, fragt Mona mich jetzt, nachdem wir bisher den Morgen über geschwiegen haben. Sie war im Bad, hat ausgiebig geduscht, sich so lange die Haare geföhnt wie noch nie, was in mir den Verdacht weckte, dass sie den Föhn einfach eingeschaltet auf die Waschmaschine gelegt haben könnte, um allein sein zu können. Nachdenken und so. Währenddessen habe ich mich im Haus umgesehen. Auf dem Dachboden. Bin so-

gar im Schuppen gewesen. Ich habe nach Hinweisen gesucht, die darauf hindeuten, dass Aaron sich dort irgendwo versteckt hält. Aber ich fand nichts.
Mona glaubt mir nicht. Noch in der vergangenen Nacht, kurz nachdem ich auf ihn geschossen habe, ist es zum Streit gekommen, wir hörten nur damit auf, weil wir irgendwann einfach zu erschöpft waren. Und nun will sie diesen Streit anscheinend fortsetzen. Wir stehen an einer roten Ampel am Ortseingang von Langenhagen und sehen einem beigefarbenen Hund auf dem Bürgersteig zu, der sich an Stellen leckt, an denen wir uns nie hätten lecken können. Oder lecken wollen.
»Was meinst du?«, frage ich.
»Was ich meine? Du schießt mitten in der Nacht im Haus rum! Du schläfst kaum noch. Wir reden nicht mehr miteinander. Und du fragst mich allen Ernstes, was ich meine?!«
»Mona, da war ein Einbrecher. Hab ich doch schon gesagt.«
»Ein Einbrecher! Du hast doch gehört, was die Polizei gesagt hat. Da sind keine Einbruchsspuren! Du spinnst. Du hast Glück, dass die dich nicht gleich mitgenommen haben! Woher hast du überhaupt das Gewehr?«
Er ist mir entwischt. Die Nachbarn mussten natürlich die Polizei rufen wegen der Schüsse. Die interessierte sich dann hauptsächlich für das Gewehr. Es sei das Gewehr von Monas Vater, log ich, während ich Monas Reaktion aus den Augenwinkeln beobachtete. Sie tat tatsächlich so, als würde das stimmen, und nickte ansatzweise. Ich

hätte Schritte gehört. Ich hätte etwas gesehen. Daraufhin hätte ich geschossen. Aus Angst. Ich hätte Angst gehabt um meine Freundin. Meine schwangere Freundin, wie ich noch ergänzte. Auch dazu sagte Mona nichts. Immerhin.

Das Gewehr haben sie mitgenommen. Ausgerechnet jetzt, wo wir in Gefahr sind. Wir würden von ihnen hören. Dann sind sie weggefahren, ohne den Eindruck zu erwecken, sie würden großartig etwas in dieser Angelegenheit unternehmen. Stattdessen wurde ich das Gefühl nicht los, dass sie mir misstrauten.

Das Erste, was ich an diesem Morgen getan habe, ist einen Schlüsseldienst zu beauftragen, neue Schlösser einbauen zu lassen. Später will ich etwas im Supermarkt kaufen, um uns zu beschützen. Eine Axt vielleicht. Oder wenigstens einen Hammer. Einen großen Hammer. Ich werde mich schnellstmöglich um eine neue Schusswaffe kümmern. Das Gewehr habe ich über jemanden aus der Kneipe bekommen.

»Und wenn du mal mit wem sprichst? Ich meine mit einem Arzt oder so. Geh doch zu Dr. Guttmalik. Etwas stimmt doch nicht mit dir.«

»Mona, da war wer. Mit mir ist nichts. Da. War. Wer.«

Mona glaubt, dass ich mich verändere. Seit fast einem halben Jahr oder sogar noch länger liegt sie mir damit in den Ohren. Sie sagt es ständig. Etwas passiere mit mir. Etwas sei da nicht in Ordnung. Aber ganz ehrlich – es stimmt nicht. Ich verändere mich nicht. Ich wäre der Erste, der Acht geben würde, es nicht zu tun. Verände-

rung bedeutet immer Unsicherheit. Doch Mona glaubt mir nicht. Und nun beobachtet sie mich ständig, was äußerst unangenehm ist. Einmal bin ich morgens sogar davon wach geworden, dass sie mich musterte. Sie hatte sich dazu über mich gebeugt und eingehend mein Gesicht betrachtet, fast so, als wäre ich nicht wirklich ich, sondern jemand anders, der sich nur für mich ausgab, und als suchte sie nun nach Anzeichen, die mich entlarvten. Ich habe sogar Fotos gefunden, die sie von mir gemacht haben muss und die sie wahrscheinlich miteinander verglich, um zu prüfen, ob sie recht hat, ich mich doch veränderte. Aber es stimmt nicht. Ich verändere mich nicht.

Mona und ich haben uns im *SUPERBUHEI* kennengelernt. Ich glaube, dass genau das unser Problem ist: Ein Supermarkt ist einfach nicht der geeignete Ort für Liebe. Das ist wie mit den Produkten, die man dort einkauft und sich danach zu Hause fragt, was man eigentlich mit ihnen will. Die Wahrheit ist: Es liegt an der Musik. Es ist spezielle Supermarktmusik. Dazu kommen Gerüche, die sie über Düsen an der Decke und unter den Regalböden verströmen. Es hat mit dem Unterbewusstsein zu tun. Unter anderem zumindest. Und natürlich mit Psychologie, wenn das nicht dasselbe ist. Alles mit Menschen hat immer mit Psychologie zu tun. Vermutlich lag es daran, dass wir uns überhaupt ineinander verliebt haben. Wären wir uns irgendwo draußen begegnet, wären wir uns nicht aufgefallen. Die erste Zeit haben wir uns

nur im Supermarkt gesehen. Ich kaufte viel ein. Ihretwegen. Vieles verdarb, was zu einem Fliegenproblem führte. Trotzdem waren die ersten Wochen schön. Eigentlich sind sie das ja immer in einer Beziehung, und die restliche Zeit versucht man dann meist vergebens, diese Zeit wieder aufleben zu lassen.

Schon das erste Mal, als wir gemeinsam die Welt des Supermarkts verließen und die Realität betraten, überkam mich ein seltsames Gefühl der Nüchternheit, kaum dass wir über den Parkplatz gingen. Dort fiel mir das erste Mal auf, dass Monas Haare gar nicht blond, sondern eher von einem fast schon unnatürlichen Gelbton sind. Das Licht im Supermarkt lässt die Farben ganz anders leuchten, als es die Realität je könnte. Das ist wie mit der Wurst. Mortadella ist in Wahrheit ja auch nicht rosa, sondern eher grau. Hinzu kommt, dass Mona eine jener Sitzschönheiten ist, wie es viele Kassiererinnen sind. Sitzend sind sie wunderhübsch, doch sobald sie stehen, ist kaum noch etwas von ihrer Anmut vorhanden. Mona wirkte stämmig, wie sie da so ohne ihren Kittel mir vorweg über den Parkplatz ging. Ja, man musste es schon stampfen nennen. Sie erinnerte mich von hinten an diese unförmigen, depressiven Ponys. Auch Monas Proportionen stimmen nicht, insgesamt, aber auch untenrum im Verhältnis zu obenrum.

Über vier Jahre ist das her, und das spüren wir. Spüren es jeden Tag nur allzu deutlich. Da ist man machtlos. Liebe verdirbt eben. Und könnte man Liebe einfrieren, ich bin mir sicher, Mona hätte es getan. Da das nicht

geht, versucht sie unsere Liebe mit Fotos zu konservieren. Unzählige Fotos, die sie in der Diele aufgehängt hat. Mir kommt es so vor, als sollten sie den Besuchern oder den Leuten, die an unserem Haus vorbeigehen und hineinspähen – wir leben in einem Dorf kurz vor Langenhagen, auf dem Land ist Neugier gang und gäbe –, ein Leben vorgaukeln, wie wir es in Wahrheit gar nicht führen. Sieht man nur diese Wand mit den unzähligen Fotos – in Rahmen aus dem Supermarkt, Mona bekommt Prozente –, kann man den Eindruck gewinnen, dass wir ein sehr aufregendes Leben führen würden und eigentlich recht glücklich sein müssten. Und je unglücklicher wir in Wahrheit werden, umso mehr Fotos hängt Mona an diese Wand. Es müssen nun bald fünfzig oder sechzig Fotografien sein, kein Wunder also, dass mir das Foto nicht gleich aufgefallen ist. Es hängen dort Fotografien, die anfangs noch eins zu eins die Realität dokumentierten, sie später beschönigten, dann vollkommen neu erschufen. Mona mag es, sich zu fotografieren. Sie ist besessen davon, jeden Moment, in dem sie sich auch nur ansatzweise glücklich wähnt, festzuhalten. Zu Beginn unserer Beziehung war das Geräusch des Auslösers fast ständig zu hören. Wie ein Geigerzähler, der statt radioaktiver Strahlung die Intensität unseres Glücks maß. Mona, die den Fotoapparat über unsere Köpfe hielt, während wir uns küssten. Hin und wieder fotografierte sie uns, während wir miteinander schliefen. Sie betätigte dann den Auslöser mehrere Male hintereinander, anfangs langsam, danach immer schneller, wie in Ekstase. Doch wie es so ist:

Die Momente, in denen sie uns fotografierte, wurden seltener, und war ich anfangs irritiert, erschrak fast, war der Auslöser zu hören, so kränkte es mich später, wenn sie uns nicht mehr fotografierte, lagen wir nackt und verschwitzt nebeneinander im Bett und rauchten.
»Willst du uns nicht fotografieren?«, habe ich sie einmal gefragt.
»Na gut«, sagte sie und machte ein Foto von uns, auf dem hauptsächlich sie zu sehen ist. Ich bin blass und unscharf, abgeschnitten am Rand der Aufnahme zu erkennen.
Kurz darauf begannen wir Fotos zu machen, auf denen wir nicht glücklich waren, sondern nur noch so taten. Ich und Mona nackt auf kleinen, pummeligen Aufblastieren. Verkleidet als Hugenotten. Später inszenierten wir für diese Fotos unser Leben völlig neu. Fotografierten uns betrunken tuend. Stellten Feierlichkeiten nach, die so nie stattgefunden haben. Machten Fotos von uns, die uns scheinbar an Orten zeigen, an denen wir in Wahrheit nie gewesen sind. Immer geschickter wurden wir darin, die Realität zu beugen. Sehe ich mir diese Fotos an, kann selbst ich oft gar nicht mehr zweifelsfrei sagen, was wirklich geschehen ist und was nicht. Vermutlich kann man genau auf diese Art das Glück austricksen. Man kann im Nachhinein von bestimmten Situationen glauben, dass man in ihnen glücklich gewesen ist, obwohl man das in Wahrheit gar nicht war.
Und nun habe ich zwischen all diesen Fotos, die im Grunde zeigen, wie uns das Glück und vielleicht auch die

Liebe allmählich abhandengekommen sind, gestern dieses Bild entdeckt. Auf den ersten Blick scheint es wie die anderen auch Mona und mich zu zeigen. Doch wir tragen darauf Indianerkostüme. Mona bestellt manchmal Kostüme, und wir haben dann versuchsweise Sex in Postbotenuniform beispielsweise. Obwohl es kaum etwas gibt, das mich weniger erregt als Postbeamte. Doch Mona glaubt, wenn wir uns als Fremde verkleiden, würde es die Sache mit der Liebe einfacher machen, und letztendlich auch das mit dem Glück. Doch Indianer sind wir nie gewesen. Da bin ich mir sicher. Indianer haben etwas Unheimliches, fand ich schon immer. Außer natürlich Winnetou. Winnetou nicht. Bei Indianern weiß man nie, wie alt sie in Wahrheit sind. Und trotzdem – Indianer faszinieren mich. Ja, erregen mich. Nicht so, dass ich sagen würde, ich sei ein Indianerfetischist. Aber doch erregen sie mich. Mir ist das etwas unangenehm, wegen Minderheiten und so. Sagt man, dass einen Indianer erregen, denken die Leute doch gleich, man wäre ein Nazi. Ich bin deshalb überzeugt, dass ich nie mit jemandem darüber geredet habe. Auch nicht mit Mona. Ganz sicher nicht. Und trotzdem ist da dieses Foto. Keine Ahnung, wie lange es da schon hängt, ohne dass ich es bemerkt habe. Diese Ungewissheit steigert meine Angst nur noch mehr. Was, wenn er wirklich schon die ganze Zeit da gewesen ist?

Das Foto muss vor kurzem aufgenommen worden sein, denn Mona hat darauf bereits jene Form der Üppigkeit erreicht, die sie auch heute, fast schon anklagend, vor

sich herträgt. Sie sei meinetwegen so dick, sagt sie immer. Letzte oder vorletzte Woche hat sie geschrien: »Du hast mich doch erst so dick gekocht, mit deinen ständigen Chichi-Gerichten!«
Nachdem ich das Foto entdeckte, stand ich lange einfach nur da und betrachtete es. Etwas daran missfiel mir. Erst kam ich nicht drauf. Doch dann wusste ich mit einem Mal, was es war: Mona tut auf diesem Foto nicht nur glücklich. Sondern sie ist es anscheinend tatsächlich.

»Guck, da warten schon deine Freunde und wollen mit dir spielen«, sagt Mona verächtlich, als ich den Wagen vor dem Supermarkt parke. Vor dem Schaufenster meiner Kneipe haben sich bereits einige der rotgesichtigen Männer versammelt. Es sind die Stammgäste, mit denen ich hauptsächlich mein Geld verdiene. Unruhig gehen sie, wie jeden Morgen, vor dem Schaufenster auf und ab und beginnen fast schon hysterisch zu winken, als sie unseren Wagen auf den Parkplatz fahren sehen. Heute winke ich das erste Mal zurück.
Meine Kneipe, das *Klaus Meine*, ist nicht viel mehr als ein schmaler Anbau, den man vor ein paar Jahren nachträglich an den Supermarkt gebaut hat, ohne dass heute noch jemand sagen kann, warum eigentlich. Auch nach all den Jahren seines Bestehens wirkt er noch immer wie ein Fremdkörper. Eine Art längliche, gläserne Warze, die ein kleines Stück aus dem Supermarkt herausragt. Das Klaus Meine ist eng. Im Grunde gibt es nur den Tresen, vor dem acht Barhocker stehen, an denen man sich ge-

rade so vorbeizwängen kann, will man zu den Toiletten, die sich im Inneren des Supermarkts gegenüber dem Kassenbereich befinden. Es gibt oft Ärger mit der Geschäftsleitung, die sich beschwert, wenn die Betrunkenen zwischen den einkaufenden Familien umherwanken. Gerade an Samstagen, wenn im Supermarkt Hochbetrieb herrscht. Und erst vor kurzem habe ich ein Schreiben von der Geschäftsleitung erhalten, in dem es heißt, ich habe dafür Sorge zu tragen, dass der gleichförmige Fluss des Konsums nicht gestört wird. Keine Ahnung, was genau das heißen soll.

Kommt man aus dem Klaus Meine in den Supermarkt, so ist es, als beträte man eine völlig andere Welt: das grelle Neonlicht, das einen empfängt, dazu die im Gegensatz zum Klaus Meine laute Geräuschkulisse aus schreienden Kindern, schwer verständlichen Lautsprecherdurchsagen und leiser verkaufsfördernder Musik. Die meisten machen sich vom Klaus Meine aus mit Sonnenbrille auf den Weg zu den Toiletten und versuchen dabei, so normal und unbetrunken zu wirken, wie es ihnen nur eben möglich ist. Betont gleichgültig schlendern sie dann an den Kassen vorbei. Manch einer nimmt sich noch einen leeren Einkaufskorb aus dem Eingangsbereich mit, um nicht zu sehr aufzufallen, oder winkt nonchalant einer der Kassiererinnen zu. Bis zum Mittag, manchmal frühen Nachmittag fallen sie auch gar nicht so auf, geht man nicht zu nah an ihnen vorbei. Erst im Laufe des Tages geraten einige von ihnen auf dem Weg immer mehr ins Trudeln, müssen sich an den Wänden abstützen, am

Schwarzen Brett, an dem Zettel mit Angeboten von Kunden hängen, die anderen Kunden Unnützes verkaufen wollen. Es ist auch schon vorgekommen, dass einer stürzte, während die Kunden des Supermarktes an den Kassen standen, die Köpfe schüttelten oder demonstrativ wegsahen. Die am Tresen, dankbar für jede Abwechslung, beobachten den Toilettengänger gern, was es natürlich für diesen nicht gerade leichter macht. Wir sind dann die im Raumschiff Zurückgebliebenen, die Neil Armstrong zusehen, wie er mit seiner Fahne den Mond betritt.
Immer wieder gibt es Diskussionen mit der Geschäftsführung des *SUPERBUHEI*, und jedes Jahr muss ich wieder darum bangen, ob mein Vertrag verlängert wird. Gerade in letzter Zeit hoffe ich manchmal, er würde es nicht. Keine Ahnung, was ich dann täte. Trotzdem wäre ich insgeheim froh, diesen Leuten endlich zu entkommen. Diesen ewig gleichen Scherzen über Alkohol und untenrum. Diesem ständigen Lamentieren darüber, dass nichts geschieht, während sie tagein, tagaus hier herumsitzen und nichts weiter tun, als aus dem Schaufenster zu starren und zu saufen. Was soll da auch schon groß passieren?
Seit etwa vier Jahren betreibe ich jetzt diese Kneipe und werde jeden Tag wieder aufs Neue schmerzhaft daran erinnert, dass aus mir nichts wird. Da der Laden an die Öffnungszeiten des Supermarktes gebunden ist – es gibt keine eigene Eingangstür, die sich absperren ließe – muss ich jeden Tag von acht Uhr morgens bis acht Uhr abends öffnen. Endlos lange Stunden, die ich damit zubringe,

durch das große Schaufenster, das die gesamte Front des Ladens einnimmt, den Parkplatz zu beobachten. Oft tun die Gäste es mir gleich. Die Hocker lassen sich drehen, und dann sitzen ich und die Betrunkenen da und betrachten schweigend die hektische und manchmal auch trübselige Geschäftigkeit auf dem Supermarktparkplatz. Hin und wieder winkt einer der Trinker einem Kind zu, das schüchtern zurückwinkt, bevor es von seiner Mutter fortgerissen wird. Manche Familienväter halten ihre Söhne vor dem Schaufenster der Kneipe kurz fest, hocken sich neben sie und erklären etwas, während sie kopfschüttelnd auf uns zeigen.

Früher hat man wenigstens noch rauchen können. Doch seit sie das Rauchen im Supermarkt verboten haben, müssen wir rausgehen. Zumindest ich, der ich mich weigere, E-Zigarette zu rauchen. Meist stehe ich allein rauchend vor dem Schaufenster und starre hinein, damit niemand Alkohol klaut. Die Gäste winken mit ihren E-Zigaretten. *Gäste!* Ich muss immer lachen, wenn jemand jene Männer als Gäste bezeichnet. Gäste sind sie ganz sicher nicht. Sie benehmen sich, als würde das alles hier ihnen gehören. Als hätten sie mit ihren täglichen Besuchen ein Besitzrecht an der Kneipe erworben. An mir. Aktionäre des Alkohols. Andere – richtige – Menschen verirren sich nur selten hierher. Und wenn doch, so kann man ihnen ihr Unwohlsein schon kurz nach dem Betreten ansehen. Es gibt nicht viele Getränke im Klaus Meine, in denen kein Alkohol ist. Als ich eröffnet habe, hatte ich noch die Vorstellung, hier würden Familienväter mit

ihren Kindern sitzen und sich bei einer Brause und einem Cappuccino von den Strapazen des Lebensmittelerwerbs erholen. Anfangs gab es noch verschiedene Brausesorten, teilweise sehr exotische wie Drachenfrucht oder Litschi. Doch schon kurz nach der Eröffnung wurde das Klaus Meine von den Trinkern okkupiert, die den gesamten Laden in Beschlag nahmen, so dass allein schon vom Platz her eigentlich niemand anders mehr hineinpasste. Nun ist die Fanta meist schal, nur die Cola hat Kohlensäure, weil viele gegen Nachmittag auf Jim-Beam- oder Bacardi-Cola (*JimBiCo* und *BaCo*) umschwenken, wenn das Bier sie bleiern und schläfrig hat werden lassen.

Diese Trinker sind Fluch und Segen zugleich. Ohne sie wäre der Laden vermutlich längst pleite. Trotzdem ertrage ich sie kaum noch und kann meine Abneigung ihnen gegenüber auch nicht verhehlen. Meist sind sie viel zu betrunken, um es überhaupt zu bemerken. Und tun sie es doch, kann ich mir sicher sein, dass sie es am nächsten Tag wieder vergessen haben. Sie vergessen wirklich alles.

Jeden Morgen stehen sie vor dem Supermarkt, harren angestrengt aus, und ein wenig fühle ich mich dann wie jemand, der einer richtigen Arbeit nachgeht und dessen Kollegen morgens vor dem Betriebsgebäude auf ihn warten. Es sind immer dieselben neun, zehn Gestalten. Ich frage mich, ob es vielleicht daran liegt, dass ich nur acht Barhocker habe, dass sie so früh kommen, ein, zwei also immer stehen müssen. Eine Art Reise nach Bedusalem. Sie bleiben, bis ich Feierabend mache – oder sie ein-

fach nicht mehr können. In dem Fall bestelle ich ein Taxi und bin dem Fahrer beim Einladen des Betrunkenen behilflich. Von fast allen habe ich die Adresse in einem kleinen Karteikästchen hinter dem Tresen. Einmal traf ein Schreiben von einem Taxiunternehmen ein, in dem man mir mitteilte, dass der und der sich auf der Fahrt eingenässt habe und ob ich mich nicht an der Reinigung der Sitze beteiligen wolle. Rechtlich sei ich dazu natürlich nicht verpflichtet, hieß es da, doch trotzdem trüge ich ja zumindest eine Teilschuld an dem Malheur. Natürlich zahlte ich nicht.
Alle sind erfahrene Trinker, die betrunkener wirken, wenn sie nicht getrunken haben. Doch hin und wieder kommt es zu alkoholbedingtem Überschwang, der so plötzlich aufbrandet, wie er wieder verschwindet. Dann beginnen sie unvermittelt zu singen, zu tanzen, ja, zu lachen. Einer ist mal auf den Tresen gestiegen und hat zu einem Scorpions-Song getanzt, nachdem er zuvor Stunden nahezu reglos am Tresen verharrt hatte. Sofort kam Stanislawski von der Geschäftsleitung, um mit mir zu reden, dass ich ein bisschen ein Auge auf die – er suchte nach dem richtigen Wort, sagte schließlich, mit einem süffisanten Lächeln, »Kunden« haben solle. Sie haben Kameras, mit denen sie uns beobachten. Einmal haben sie sogar eine Lautsprecherdurchsage gemacht, und die Leute an der Kasse, auch Mona und ihre Kolleginnen, haben zum Klaus Meine rübergesehen. Es war unangenehm. Gerade in letzter Zeit beschleicht mich das Gefühl, dass Mona mich für das, was ich tue, eher belächelt. Gerade sie! Als

wenn sie es als Kassiererin so viel besser getroffen hätte. Hinter dem Tresen hängt ein großes Porträtfoto von Klaus Meine. Es laufen ausschließlich Songs der Scorpions. Zwölf Stunden lang. Jeden Tag wieder. Ich bin froh über jede neue Platte, die sie herausbringen. Gerade über das *Comeblack*-Album, auf dem sich zusätzlich zu Neueinspielungen alter Titel auch Cover-Songs befinden. Das sorgt wenigstens für etwas Abwechslung. Wir hören nun oft *Tainted Love*. Das alles ist Teil, oder war es zumindest, eines ausgeklügelten Konzepts, das ich mir in meiner Anfangseuphorie überlegt habe. Klaus Meine – das sollte der intellektuelle Überbau fürs schnöde Saufen sein. Zusätzlich hatte ich den Getränken Namen wie *Gin of Change* oder aber *Grog You Like A Hurricane* gegeben. Irgendwie habe ich gehofft, der Name Klaus Meine würde diesem Laden zu ein wenig Glamour verhelfen. Aber vermutlich wollte ich mich dadurch, dass es überhaupt eine Art Konzept gab, nur selbst darüber hinwegtäuschen, dass aus mir nichts geworden und das Klaus Meine in Wahrheit nichts anderes als eine weitere Kaschemme ist.
Klaus Meine ist in Langenhagen geboren worden und hat hier seinen Hauptschulabschluss gemacht. Zur Eröffnung des Ladens hat es sogar einen kleinen Artikel im *LaWo*, dem Langenhagener Wochenblatt, gegeben, mit einem Foto von mir, wie ich lächelnd am Tresen stehe und mit der Hand das Teufelszeichen mache. Darunter steht: *Scorps-Fan Jesse Broschke macht in seinem neu eröffneten Lokal das Teufelszeichen.*
Ich schäme mich fast es zuzugeben, aber ich habe noch

immer mehrere Exemplare dieser Ausgabe zu Hause. Wirklich viele Exemplare. Und ja, ich sehe sie mir auch noch oft an. Manchmal habe ich wirklich Angst, dass es das schon gewesen sein könnte mit der Aufregung, die das Leben mir zugedacht hat. Ein Artikel in einem Wochenblatt, das niemand liest und in dem dann auch noch mein Name falsch geschrieben ist. Ich heiße Bronske und nicht Broschke. Jesse Bronske.

Ein paar Wochen nach der Eröffnung, ich konnte es selbst kaum glauben und kann das eigentlich immer noch nicht, ist tatsächlich Klaus Meine im Klaus Meine gewesen.

»Ey, da ist Klaus Meine«, lallte wer, und alle lachten, weil bis dahin jeden Tag jemand sagte, dass da Klaus Meine käme. Doch dann hat da wirklich Klaus Meine vor dem Tresen gestanden, und das Entsetzen war ihm deutlich anzusehen gewesen. Vermutlich wegen der Tristesse, die der nach ihm benannte Laden verströmt. Ich weiß nicht, was er sich vorgestellt hat. Ich war viel zu perplex, um irgendetwas sagen zu können, und Meine ging einfach wieder. Ohne ein Wort. Wir sahen ihn über den Parkplatz hasten, wo er in einen schwarzen Mercedes stieg und davonfuhr.

Ein, zwei Wochen später traf ein Schreiben von einem seiner Anwälte ein, in dem man mir unter Geldstrafe verbot, den Namen Klaus Meine zu verwenden – und schon gar nicht für ein derartiges Etablissement, wie ich es betreiben würde. Ich solle sofort den Namen ändern, ansonsten wolle man die Angelegenheit gerichtlich regeln.

Was Herr Meine gerne vermeiden würde, wie es da weiter hieß, denn natürlich freue es ihn schon, derart fanatische Fans zu haben.
Schließlich tauschte ich ein paar Buchstaben aus, so dass es nun offiziell *Kleine Maus* heißt. Ansonsten änderte ich nichts am Konzept, und so nennt jeder den Laden weiterhin *Klaus Meine*. Sieht man von draußen herein, so muss sich dem Betrachter ein jetzt noch groteskeres Bild bieten als vorher: melancholische Trinker, die unter dem sich bei Dämmerung einschaltenden Leuchtschriftzug *Kleine Maus* sitzen und saufen. Edward Hopper hätte vermutlich seine helle Freude daran gehabt. So recht will der Name nicht passen zu jenen großspurig mit ihren Elektrozigaretten gestikulierenden Trinkern, denen mit Verniedlichungen kaum beizukommen ist – es sei denn, es geht um Woddis, Bommis oder Bierchen. Alles hier passt nicht wirklich. Auch ich passe hier nicht hin. Und eigentlich bin ich ganz froh darüber.
Ich habe Klaus Meine einen Brief geschrieben, um mich dafür zu entschuldigen, dass der Laden nun einmal ist, wie er ist. Und auch wegen der Gäste. Und dass ich dafür ja nichts könne, und dass ich wirklich ein großer Fan von ihm und den Scorpions sei. Sie hätten wirklich was Besseres verdient, endete ich.
Anderthalb Monate später traf dann ein Brief von ihm ein. Von Klaus Meine. An das Klaus Meine. Er hatte tatsächlich *An das Klaus Meine* geschrieben. Es täte ihm leid und so, ich könne ihn ruhig duzen, aber er wäre anfangs einfach geschockt gewesen. Andere Rockstars hätten

auch Läden, und das sei er ja nun mal, ein Rockstar. Er sei einer von uns, und er wüsste sehr genau, was es heißen würde, ganz unten anzufangen. Aber nun ja, man erwarte von einem Rockstar auch, dass er so reagiere. Attorney und so. Als kleine Geste habe er einen Tennisball beigelegt. Unterschrieben. Den könne ich ja vielleicht ausstellen. Er spiele Tennis, ob ich das überhaupt wüsste? Wenn ich wolle, könne ich auch noch mehr haben. Vielleicht würde ich ja eines Tages eine kleine Klaus-Meine-Ausstellung organisieren. Wie das wäre?
Seitdem schreiben wir uns regelmäßig. Klaus Meine ist ganz sicher kein Freund von mir, und doch stelle ich mir genau das manchmal vor, wenn Mona nachts schläft und ich dasitze und ihm schreibe. Lange Briefe. Oft habe ich das Gefühl, dass Klaus Meine der Einzige ist, dem ich alles erzählen kann. Ich meine, wirklich alles.

DOES ANYONE KNOW

Niemand weiß wirklich, zu was Aaron fähig ist. Niemand außer mir. Schon damals hat man mir, wann immer ich jemandem davon zu erzählen versuchte, nicht geglaubt. Oder man hat mich für verrückt gehalten. Es kränkte mich. Machte mich wütend, so dass ich schließlich aufhörte, von ihm zu sprechen. Mona weiß nicht, dass es ihn gibt. Am Ende war Aaron nicht mehr zurechnungsfähig. Und ich weiß nicht, ob ich noch am Leben wäre, wäre ich nicht abgehauen. Das war kurz nach der Sache mit Maria, meiner damaligen Freundin. Ich habe mit ihr zusammen unten bei uns im Haus gelebt, bestimmt kein Jahr. Es hat immer wieder Probleme mit Aaron gegeben. Und eines Tages dann verschwand Maria. Einfach so. Ohne dass irgendetwas vorgefallen ist. Ohne Nachricht. Ich habe ihr nichts getan. Wir haben uns geliebt. Sie habe Angst, hat sie einmal gesagt. Ein anderes Mal waren da Wundmale in ihrem Gesicht. Doch Aaron bestritt, sie geschlagen zu haben. Fünf Jahre ist das jetzt her. Fünf Jahre, in denen sicher nicht ein einziger Tag vergangen ist, an dem ich nicht an Maria gedacht habe. Manchmal glaube ich, dass ich nur wegen ihr überhaupt mit Mona zusammen bin. Mona sieht Maria ähnlich.

Ich habe es nie beweisen können. Aber ich bin mir sicher, dass Aaron etwas mit Marias Verschwinden zu tun hat. Er stritt es ab. Aber ihm ist nicht zu trauen. Er ist so ganz anders als ich, innerlich, meine ich, und er schien zu spüren, dass ich abhauen wollte. Aaron kommt ohne mich nicht klar, er braucht mich. Er hatte schon immer Angst, dass ich ihn verlasse könnte. Hasste es, wenn ich eine Freundin hatte und ansatzweise glücklich war.

Nach Marias Verschwinden ging Aaron nicht mehr zur Arbeit. Er arbeitete in dem Altersheim, in dem wir unseren Zivildienst abgeleistet hatten. Offiziell hatte er sich krankschreiben lassen. Er gab vor, Depressionen zu haben. Ab da war er immer zu Hause. Verließ es nur noch, wenn er mich verfolgte. Ohne dann groß zu vertuschen, dass er es tat. Überall im Haus lagen Reiskörner herum, zusammengeknüllte Zeitungsseiten, so dass es unmöglich war, sich darin lautlos zu bewegen. Nachts war er wach, stand an meinem Bett und beobachtete mich. Mehrfach hatte ich ihn im Verdacht, mir Schlaftabletten zu geben. Einfach, damit auch er mal schlafen konnte. Der Schlafentzug zermürbte ihn zusehends. Von Tag zu Tag schien er wirrer. Ich verstand gar nicht mehr, was er überhaupt sagte. Einmal wachte ich morgens auf und hatte rote Striemen an meinen Handgelenken. So als wäre ich über Nacht angebunden gewesen. Vieles habe ich nie beweisen können. Ich wollte es ja selbst nicht wahrhaben. Ständig gab es Streit zwischen uns, der regelmäßig in körperlichen Auseinandersetzungen endete. Wir prügelten uns, bis ich wirklich dachte, dass eines Tages einer den ande-

ren umbringen würde. Mutter hatte uns oft von Kain und Abel erzählt. Wir hatten ihr immer versprechen müssen, nie so zu werden. Was wir getan haben, trotzdem frage ich mich, was, wenn wir doch so werden würden, wer wäre dann wer? Bin ich der, der erschlägt? Oder der, der erschlagen wird?

Die Flucht war so banal, dass ich gar nicht wusste, wie mir geschah. Eine Fahrkartenkontrolle. Aaron hatte seine Monatskarte vergessen. Man nötigte ihn auszusteigen. Er weigerte sich und sah mich eindringlich an. Schließlich mussten sie ihn aus aus der S-Bahn zerren, während ich einfach sitzen blieb. Aaron wehrte sich, als sie ihn nach draußen auf den Bahnsteig führten. Trat um sich. Als die Bahn weiterfuhr, schlug er gerade nach den Kontrolleuren.
Ich fuhr bis zum Hauptbahnhof, nahm dort den nächsten Zug nach Hannover. Und das war es dann auch. Ich floh nach Langenhagen, um Klaus Meine nah zu sein. In seiner Nähe ist es auszuhalten mit der Angst. Schon von Hamburg aus bin ich immer wieder zu seinem Haus gefahren, wenn ich nicht weiterwusste. Andere Leute haben die Kirche, ich habe Klaus Meine. Als ich Mona kennenlernte und erfuhr, dass sie nur zwei Dörfer von Klaus Meines Haus entfernt wohnt, da dachte ich, das alles sei Schicksal. Über Mona kam ich an den Laden, der da schon einige Zeit leer gestanden hatte. Ich habe mich nicht gefragt, wieso. Hätte ich vielleicht mal lieber. Aber ich war froh, etwas zu tun zu haben, Geld zu verdienen und so. Ich kann mich nicht mehr erinnern, ob mir die

Arbeit je wirklich Spaß gemacht hat. Obwohl – ich glaube, früher schon. Als ich noch getrunken habe. Mehr getrunken, meine ich. Alkohol und Euphorie – so verschieden ist das gar nicht, und ich frage mich, ob es nicht legitim ist, dem Glück etwas auf die Sprünge zu helfen, in dem man sich betrinkt. Was soll so falsch sein an diesem angesoffenen Glück, wenn es sich doch so ähnlich anfühlt wie echtes Glück? Nüchtern glücklich zu sein ist im Grunde doch immer etwas spießig und aufgesetzt. Wenn ich mich an einen Tag erinnere, vom dem ich sagen würde, dass ich an ihm glücklich gewesen bin, dann weiß ich doch heute nicht mehr, ob ich nun nüchtern oder betrunken war – was darauf schließen lässt, dass ich betrunken war –, aber ich weiß noch, dass ich glücklich gewesen bin.

Ich bin nie ein starker Trinker gewesen, der morgens schon, zumindest nicht gleich nach dem Aufstehen, etwas trinken muss. Es gibt Tage, an denen ich überhaupt nichts trinke, ohne damit größere Probleme zu haben. Trotzdem – vor knapp einem halben Jahr habe ich aufgehört mit dem großen Trinken. Trinke jetzt nur noch im Kleinen. Mona hat es so gewollt. Und ja, vielleicht auch ich. Doch nach zwei Wochen habe ich wieder angefangen und trinke seitdem nur noch drei Bier über den Tag verteilt. Nie mehr. Ein Kompromiss. Ich teile mir das Bier ein. Ich habe sogar einen Bierflaschenverschluss besorgt, mit dem ich das angefangene Bier verschließe, um es erst ein, zwei Stunden später auszutrinken. Der Tag erscheint mir nun wie eine Wüste, die ich durchquere,

mit nichts als drei Flaschen Bier bei mir. Ertrag ich die Abstinenz gar nicht, trinke ich die drei Bier morgens schnell hintereinander, um möglichst viel von dem Rausch zu haben. Im Laufe des Tages spüre ich dann immer, wie der Alkohol mich wieder verlässt und sich alles um mich herum zusammenzieht. Die Welt scheint kleiner zu werden. Wie bei Brücken, wo sie zwischen den einzelnen Bauteilen Abstand lassen, weil diese sich im Sommer ausdehnen. So ähnlich ist es auch mit mir – nüchtere ich aus, scheint das Leben etwas von mir abzurücken, und es entsteht ein kleiner Spalt, der sich nur mit Alkohol schließen lässt. Oder so ähnlich zumindest.
Doch der Alkohol gefährdete zunehmend unsere Sicherheit. Alkohol bedeutet auch immer Gefahr. Es kam vor, dass mir der Augenblick zwischen zwei Momenten fehlte. Als hätte ich zu lange geblinzelt. Ich saß zum Beispiel einmal in einer Bar und unterhielt mich mit einem Bekannten, einem Gesangslehrer, bei dem ich eine Zeit lang Unterricht genommen habe. Doch im nächsten Augenblick saß plötzlich ein völliger Fremder neben mir, mit dem ich trotz allem das gleiche Gespräch zu führen schien. Das war seltsam. Ein anderes Mal überlegte ich beim Telefonieren, nachdem ich schon eine ganze Weile gesprochen hatte, mit wem ich da eigentlich redete, und legte schließlich voller Entsetzen auf, als es mir nicht einfiel. Und dann war da dieser Nachmittag, an dem ich in einer völlig fremden Wohnung zu mir kam. Nackt im Bett, in einem Zimmer mit Katzenbildern auf dem Nachttisch. *Carpe Diem* stand an einer der Wände, doch

das Zimmer sah nicht danach aus. Ich hörte, dass jemand im Bad duschte. Schnell nahm ich meine Sachen und verschwand aus der Wohnung. Zog mich im Treppenhaus an. Stand danach draußen und hätte nicht sagen können, wo ich mich überhaupt befand. Irgendwo in Hannover. Von einem Taxi ließ ich mich nach Hause fahren und war überrascht, wie teuer es war. Und noch überraschter, dass ich überhaupt so viel Geld bei mir hatte. Es stimmt schon, dass das Leben ohne Alkohol leichter ist. Es fühlt sich nur nicht so an.

Ich versuche nun mit Koffein den fehlenden Alkohol zu ersetzen. Unmengen an Filterkaffee. Filterkaffee gibt es ja auch kaum noch. Wer heute ganz normalen Filterkaffee trinkt, wird von einem Großteil der Gesellschaft belächelt, der glaubt, Latte macchiato und Frappuccino wären das Penizillin des neuen Jahrtausends. Fast schon aus Protest trinke ich Filterkaffee. So viel, dass die Symptome, die ich davon bekomme, am Ende des Tages denen des Alkoholentzugs ähneln. Ansonsten hätte ich Fanta trinken können. Oder Coca-Cola, aber das ist ja fast wie Kaffee, nur mit Kohlensäure. Natürlich Leitungswasser, doch ich ertrage es einfach nicht mehr. Wann immer ich Wasser trinke – ganz normales Wasser –, Horsts Blick, sein vom Nikotin dunkelorange verfärbter Finger, mit dem er auf das Glas zeigt und sagt: »Aber nicht vergessen, Fische haben Sex darin.« Anschließend lacht er immer laut, und es riecht nach Horsts Innerem. Ein Geruch, der sich zwischen Fisch und Sex nicht so recht zu entscheiden weiß.

Leider ist die Zeit für den Filterkaffee ein übermächtiger Gegner, den zu überwältigen er nicht den Anflug einer Chance hat. Ganz anders als der Alkohol, der die Zeit verformt oder verschwinden lässt, ganz wie es ihm gerade passt.

Ich blicke auf den Parkplatz, sehe dann zu Mona, die an der Kasse sitzt und mich, so gut es geht, ignoriert. Etwas stimmt nicht. Doch so sehr ich mich auch umsehe, ich finde den Fehler nicht.

»Ey, du zitterst ja«, sagt Horst.

Ich blicke meine Hände an, mit denen ich den Tresen umklammere. Abwechselnd stehe ich oder sitze auf dem Barhocker. Ich habe verschiedene Arten zu stehen ausprobiert und glaube von dieser, dass sie mir zumindest etwas Würde verleiht, hinter diesem Tresen, in dieser Kneipe, mit diesen Gästen.

Aber ja: Meine Hände zittern. Verdammt, sie zittern wirklich. Diese Unruhe aus der letzten Nacht weicht nicht mehr aus mir. Mein Körper ist ein Verräter. Trägt meine Angst nach draußen. Aaron. Die ganze Zeit muss ich an ihn denken.

Alle im Klaus Meine scheinen erfreut über die Abwechslung und starren nun meine Hände an, die von der Aufmerksamkeit, die ihnen mit einem Mal zuteilwird, nur noch mehr zittern. In der Hoffnung, das Zittern würde so aufhören, umklammere ich den Tresen fester, immer fester, doch es wird nicht wirklich besser. Schließlich schiebe ich die Hände in die Hosentaschen, in denen sie

sich anschließend schwer anfühlen und größer als sonst. Fast so, als wären sie gewachsen.
»Mann, nun glotzt mir nicht so auf die Hände. Ich werd vielleicht krank oder so, das ist alles«, sage ich und huste.
»Bist doch schon krank«, sagt Karlsbad. Die anderen lachen.
In den Jahren hier habe ich gelernt, nach außen zu lachen, ohne es wirklich zu tun. Jeden Tag dieselben Witze, an die sich außer mir hier niemand mehr zu erinnern scheint. Alle lachen immer wieder, wenn Ilten sagt: »Mach mir mal ’ne Latte Biercchiato.« Ich fühle mich dann wie jene Politiker, die mit eingefrorenem Lächeln Bänder bei der Eröffnung von Hundebabystationen durchtrennen oder der Langen Nacht der Weltmusik beiwohnen. Das Lachen tut weh, und ich spüre noch nachts im Bett die Stelle, an der es gewesen ist.
Ich schenke mir Kaffee nach und denke im selben Augenblick, dass das jetzt sicher keine so gute Idee ist. In der Luft ist es noch schlimmer mit meinen Händen. Sie führen nun fast ein Eigenleben. Ich kann sie kaum kontrollieren. Wie zwei Tauben, die in einen geschlossenen Raum geraten sind, hektisch darin herumflattern und nach einem Weg nach draußen suchen. Der Kaffee schwappt. Um diese Zeit ist die Kanne leider noch voll. Die meisten trinken eher später davon, weil sie glauben, der Kaffee würde sie ausnüchtern, so dass sie mehr Alkohol trinken können. Am Ende des Tages, wenn der Kaffee fast elf Stunden auf der Heizplatte gestanden und die dunkle Farbe frischen Teers angenommen hat, verschenke

ich die Reste. Sozi-Kaffee heißt das hier, und dann kommt immer noch einmal etwas Leben in die Betrunkenen.

»Der Kaffee ist zu stark«, sage ich. »Alter Schwede, der ist ja fast schon fest.«

Die Männer lachen. Auch ich mache oft dieselben Witze. Hin und wieder komme ich mir wie ein schlechter Entertainer vor, der seit Jahren mit demselben Programm auftritt. So arbeite ich über die Jahre an dem vollkommenen Tag, den ich immer weiter perfektioniere. Ich bemühe mich darum, die ohnehin schon kaum voneinander unterscheidbaren Tage in ihrer Gleichheit noch gleicher werden zu lassen, indem ich Abläufe so zu koordinieren versuche, dass bestimmte Dinge immer zum selben Zeitpunkt geschehen. Das gibt mir Sicherheit. Beispielsweise lege ich die erste CD jeden Tag um fünf nach acht ein, so dass um Punkt neun Uhr *Wind of Change* läuft – und nun zittern meine Hände und machen das alles zunichte. Meine ohnehin schon äußerst brüchige Normalität fällt einfach in sich zusammen. Jetzt habe ich auch noch Mühe, still zu stehen. Ich setze mich hin, stehe wieder auf, drehe die Musik lauter, setze mich wieder hin. Schließe dann die Kasse ab, murmle, dass ich pissen gehen würde, und zeige, bevor ich gehe, auf die Kameras, die ich vor zwei Jahren habe installieren lassen, weil die Männer, wann immer ich kurz aufs Klo verschwinde, begonnen hatten, sich Bier nachzuzapfen und Schnäpse einzuschenken. Die Kamera ist nicht angeschlossen – wer hätte sich das auch ansehen sollen? –, aber sie hilft trotz-

dem. Prävention. Zusätzlich präge ich mir die Pegelstände der Biere ein, bevor ich gehe.

Als ich an den Kassen vorbeikomme, winke ich Mona zu, die aber nur kurz zu mir herübersieht und danach ohne eine Reaktion einen Beutel Tiefkühlgemüse über den Scanner zieht. Ich verschwinde in der Herrentoilette, schließe mich in einer der Kabinen ein. Jetzt zittere ich am ganzen Körper. Schweiß läuft mir den Rücken hinunter. Mein Polohemd klebt an einigen Stellen. Ich bin froh, dass es schwarz ist, so dass man die Flecken nicht zu deutlich sieht. Ich setze mich auf den geschlossenen Toilettendeckel und strecke die Hände aus. Sie zittern derart stark, dass sie beim Betrachten fast schon unscharf wirken. Ich balle sie zu Fäusten. Pumpe mit ihnen, als wären es zwei Herzen, die mich am Leben halten. Schließlich boxe ich gegen die Kabinentür. Erst leicht, dann immer fester. Schmerz tut gut. Gerade das Abebben. Aber gegen das Zittern hilft es nicht. Das ist die Angst, nicht der Alkohol.
Ich will gerade erneut zuschlagen, als ich höre, dass die Tür geöffnet wird und jemand den Raum betritt. Instinktiv halte ich den Atem an. Obwohl ich natürlich überhaupt nichts Verbotenes tue. Der Wasserhahn wird aufgedreht. Rauschend läuft das Wasser, doch der Strahl wird nicht unterbrochen. Ich kann Schritte hören. Ich sehe Schuhe. Derjenige, wer auch immer da ist, schreitet langsam an den Kabinen vorbei und bleibt dann vor der, in der ich sitze, stehen. Ich kann die Spitzen seiner

Schuhe sehen. Es sind die gleichen markenlosen Turnschuhe, wie ich sie trage. Ein Angebot aus dem Supermarkt. Ein Geburtstagsgeschenk von Mona. Sie bekommt Rabatt. Erwähnte ich das schon?

»Ist alles in Ordnung?«, ruft nun mit einem Mal eine Männerstimme. Sehr laut, weil das Wasser noch immer läuft.

»Ja«, sage ich.

»Ja? Wirklich?«

»Ja, alles in Ordnung.«

Die Schuhe entfernen sich, das Wasser wird abgestellt. Der Mann zieht Papierhandtücher aus dem Papierhandtuchspender, obwohl ich mir sicher bin, dass er seine Hände überhaupt nicht nass gemacht hat.

»Ich dachte nur«, ruft er jetzt noch einmal, noch immer sehr laut, obwohl das Wasser gar nicht mehr läuft, bevor er den Raum wieder verlässt. Mit einem lauten Krachen fällt die Tür zu. Stille, in der ich nun leise das Quietschen meiner Plastikturnschuhe höre. Ich sehe, dass meine Füße auf den Ballen stehen und sich schnell auf und ab bewegen.

Wer war das? Mit Stimmen bin ich nicht gut. Vielleicht Stanislawski, der Geschäftsführer des Supermarkts? Ich werde mir nachher seine Schuhe ansehen, um mir sicher sein zu können.

Ich stehe auf, wische mir mit Toilettenpapier das Gesicht trocken. Nehme dann die Abdeckung des Spülkastens ab und – ja, ich habe ein wenig gelogen. Aber meistens trinke ich wirklich nur drei Bier. Für Notfälle habe ich ein Fläsch-

chen Wodka im Spülkasten versteckt. Die Kameras. Stanislawski ist nicht zu trauen. Er würde es Mona erzählen. Das will ich nicht. Ich bin nicht oft am Spülkasten. Wirklich nur an Tagen, an denen das alles einfach nicht auszuhalten ist. Gar nicht das Nichttrinken, sondern eher die Langeweile. Oder wenn die Angst zu groß, das Leben viel zu nah ist.

IN TRANCE

Ich bin schon immer gerne angetrunken in Supermärkten gewesen. Schon früher, als Teenager. Doch damals, mit kürzeren Öffnungszeiten, musste man schon recht früh betrunken sein. Heutzutage, wo die Supermärkte bis acht, teilweise sogar bis zehn oder elf Uhr geöffnet haben, ist es leicht zu schaffen. Nicht selten trifft man dort auf andere Betrunkene, die sich von den Nüchternen in erster Linie dadurch unterscheiden, dass sie Zeit haben und alles mit der Neugier eines Kindes betrachten. Etwa gedankenverloren vor einem Regal mit Konserven stehen und angestrengt die gewölbten Bilder auf den Dosen anstarren, bevor sie schließlich langsam eine Dose Königsberger Klopse herausnehmen, sie bestaunen, zurückstellen, verharren, dann wie in Zeitlupe nach einer weiteren Dose greifen, um auch diese zu studieren wie einen archäologischen Fund. Andere wieder liegen in der Fernsehabteilung auf dem Teppichboden vor den vielen aufeinandergetürmten Fernsehgeräten und sehen sich einen jener Gewaltfilme an, die sie hier im *SUPERBUHEI* gerne zeigen. Mit ihnen wolle man vor allem männliche Teenager an den Supermarkt binden, hat mir Stanislawski einmal erklärt, um so ein jüngeres Publikum für den

Markt zu erschließen. Diese Jungen würden sich als Männer und Familienväter an die schöne Zeit mit den Gewaltfilmen in diesem Supermarkt erinnern und würden dann zurückkehren, um hier einzukaufen.
Im Grunde ist so ein Supermarkt ja auch der wesentlich geeignetere Ort für einen Rausch als eine Kneipe – all die bunten Farben, die Stimmen, die Unverständliches durchsagen und von denen man im ersten Moment gar nicht weiß, ob die anderen sie auch hören können, oder ob sie nicht doch nur in deinem Kopf sind. Stunden könnte ich angetrunken vor den Kühltruhen mit dem straff eingeschweißten Fleisch darin verbringen, das ich so gerne berühre, darüberstreiche oder dem ich einfach nur meine Hand auflege und spüre, wie es ganz langsam meine Körpertemperatur annimmt. Dadurch menschlicher wird. Ich stelle mir gerne vor, wie eine Hausfrau die mit meiner Wärme aufgeladene Karbonade kauft und sich später beim Aufreißen der Verpackung wundert, warum das Fleisch so warm ist. Oft schon habe ich mir eingeschweißtes Fleisch gekauft, ohne es dann zu essen. Mich faszinieren die weißen Styroporschälchen, die derart überladen sind mit günstigem Hackfleisch, dass dieses das Zellophan fast schon zu sprengen droht. Eisbeine, die schon etwas Ordinäres haben, gleichzeitig aber auch eine gewisse Unschuld verströmen. Es hat nichts Sexuelles. Glaube ich zumindest. Ich mag es einfach. Trotzdem hat es einmal Ärger gegeben. Mit Mona. Als sie mich an einem Samstag, nachdem sie früher vom Ausgehen zurückgekommen ist, allein mit zwei einge-

schweißten Eisbeinen auf dem Schoß auf dem Sofa gefunden hat. Ich war nicht nackt. Ich bin wirklich nicht nackt gewesen. Ich trug Shorts und ein T-Shirt. Hatte keine Erektion oder so. Noch nicht mal harte Brustwarzen. Trotzdem sagte sie, das müsse jetzt endlich aufhören. Seitdem kauft sie kein abgepacktes Fleisch mehr. Eisbein haben wir nie wieder gegessen. Manchmal fahre ich in andere Supermärkte und berühre dort das Fleisch.
Auch jetzt bleibe ich kurz stehen, lege meine Hand flach auf 432 Gramm Rinderleber und genieße die Glätte darunter. Ich glaube, es gibt nichts Glatteres auf dieser Welt als eingeschweißte Rinderleber. Höchstens noch eingeschweißte Kalbsleber. Diese Perfektion fasziniert mich. Und auch jetzt, obwohl ich nicht betrunken bin, jedenfalls nicht richtig, macht es etwas mit mir, und nur das Gefühl, dass mich jemand ansieht, lässt mich die Augen wieder öffnen und weitergehen. Kameras. Da sind Kameras. Die ganze Welt ist voller Kameras. Und im Grunde gibt es keinen Moment im Leben, der nicht dokumentiert wird. Sogar in meinen Träumen sind manchmal Kameras, die von der Decke des Traums hängen und mich dabei filmen, wie ich träume. Kameras, von denen man gar nicht weiß, wohin sie das Aufgenommene senden. NSA. Amerika. Aaron.

Sie haben keine großen Hämmer. Nur kleine. Es gibt auch keinerlei Äxte. Und das, obwohl sie sonst alles haben. Alles haben sie. Sie haben in der Drogerieabteilung

sogar hydraulische Handpumpen, mit denen man angeblich den Penis größer machen kann. Stanislawski hat es mir einmal an seinem Geburtstag gezeigt. Wir haben getrunken. Wir feierten im Klaus Meine, das ich für ihn und seine Gäste geöffnet habe. Ich bin erstaunt gewesen, wie wenig Freunde von ihm kamen. Ich habe immer geglaubt, es gäbe vielleicht noch irgendwann eine andere Feier. Eine richtige Feier für die richtigen Leute.
Ich nehme einen großen Schraubenschlüssel und einen kinderarmgroßen Hammer. Nichts, was wirklich fähig ist, mir die Angst zu nehmen, aber es ist immerhin ein Anfang. Trotzdem hoffe ich inständig, Schrapnell kommt noch. Es überrascht mich – und beunruhigt mich auch –, dass so jemand wie Schrapnell ohne Weiteres an Waffen kommt. Die Welt ist einfach nicht mehr sicher.
Auf dem Weg zur Kasse bemerke ich, dass die Leute mich befremdet ansehen. Trotz meiner Versuche, die Gegenstände möglichst unverfänglich zu tragen. Den Hammer halte ich am Kopf fest, den Schraubenschlüssel klemme ich mir unter den Arm. Aber sollen sie mich ruhig ansehen. Mir ist es eigentlich egal. Ich kann spüren, wie die Unruhe mich allmählich verlässt. Und ich frage mich, woran das liegt. Was lässt mich ruhiger werden? Ist es vielleicht wegen dieser nie enden wollenden Orchesterversion von *Ballade Pour Adeline*, die aus den Lautsprechern dringt und die sie hier andauernd spielen? Über Stunden scheint *Adeline* dahinzumäandern. Oft schon habe ich versucht, den Moment auszumachen, wenn das Stück endet und wieder von Neuem beginnt, doch es ist mir bis-

lang nie gelungen. Selbst als sie die Öffnungszeiten verlängerten und das Stück seitdem drei Stunden länger dahinplätschern muss. *Adeline* ist ein Fluss. Es wäre sicher schön, wenn man das auf Französisch sagen könnte.
Ich stelle mich nicht bei Mona, sondern an einer der anderen Kassen an. Bei einer Frau Hutschka, die ich zwar nicht kenne, die mich aber freundlich grüßt und mit Vornamen anspricht, so dass es scheint, als wären wir uns doch wohl schon einmal begegnet. Ich kenne die Leute, die hier arbeiten, zwar nicht gut, aber ich weiß so ungefähr, wer wer ist. Mona hat mir mal gesagt, dass alle mich kennen würden und man über mich und das Klaus Meine redete. Anfangs habe ich mich geschmeichelt gefühlt. Erst später ist mir aufgegangen, dass es so, wie sie es gesagt hat, doch nicht so gut geklungen hat. Eher so, als würde man mich belächeln. In letzter Zeit habe ich ohnehin das Gefühl, dass Mona mich und alles, was ich tue, lächerlich findet. Ja, dass ich ihr sogar etwas unangenehm bin. Es kränkt mich.
»Hallo Frau Hutsch-ka«, sage ich, als ich an der Reihe bin. Dabei lese ich ihren Namen von ihrem Namensschild ab. »Ich muss Reparaturen machen«, erkläre ich ihr, nachdem sie die Sachen über den Scanner gezogen hat.
»Bitte?«, fragt sie.
»Reparaturen«, sage ich noch einmal lauter. »Muss Reparaturen machen, hab ich gesagt.«
Ich sehe sie an, weil ich glaube, sie würde in irgendeiner Form darauf reagieren, und sei es nur, dass sie nickt. Doch sie tut nichts dergleichen. Sie sieht mich statt-

dessen nur an. Ich lächle. Warte. Bis ich dann ihre ausgestreckte Hand entdecke, die wie ein weißer Fleck auf einem Foto wirkt, wenn das Leben ein Foto wäre. Frau Hutschka stößt mir ihre Hand schon fast in den Bauch, als ich die Zigarettenschachtel und die Geldscheine aus der Brusttasche meines Polohemds ziehe und ihr einen davon hinhalte.

»Hier, Frau Hutschka.«

Das Kleingeld, das sie mir zurückgibt, stecke ich mühsam durch den engen Schlitz einer herzförmigen Spendendose, in der Geld für irgendwas mit Kindern gesammelt wird. Ich lasse mir eine Plastiktüte geben und bitte Frau Hutschka schließlich nach einigen vergeblichen Versuchen, ob sie mir nicht dabei behilflich sein könnte, die Tüte zu öffnen. Das Plastik klebt derart aneinander, dass ich es einfach nicht auseinanderbekomme. Ich bin nicht dumm. Es geht nur einfach nicht. Selbst nachdem ich mir die Finger angeleckt habe. Der Kunde, dessen Waren sie gerade einscannt, stöhnt.

»Is was?«, frage ich ihn.

Er schüttelt den Kopf und sieht Frau Hutschka an, die, so glaube ich zumindest, ihm irgendein Zeichen gemacht hat, das ich aber leider nicht habe sehen können. Ohne die beiden aus den Augen zu lassen, packe ich alles langsam in die Plastiktüte.

»Passen Sie bloß auf«, sage ich zum Abschied, ohne selbst so genau zu wissen, was ich damit meine. Und wen überhaupt. »Passen Sie auf!«, sage ich trotzdem noch einmal.

DYNAMITE

Blickt man im Supermarkt nach oben, stellt man fest, dass die Glitzerwelt mit ihrem Chichi und *Alles ist toll!* und *Wir sind so glücklich!* bald schon endet. Dort oben ist es dunkel. Rohre verlaufen da und pumpen verbrauchte Supermarktluft nach draußen. Verbraucht von staunend ausatmenden Verbrauchern. Das Oben in einem Supermarkt ist immer wie ein Blick hinter die Kulissen. Da oben gibt man sich keine Mühe mehr. Man vertraut auf die Waren, die hier unten ein derartiges Tamtam veranstalten, dass der Kunde von ihnen so abgelenkt sein wird, dass er das da oben gar nicht mehr bemerkt. Die schlecht kaschierte Realität. Wäre so ein Supermarkt ein Buch, die mit Rohren durchzogene Dunkelheit wäre der Autor. Bei genauerem Hinsehen entdeckt man dort oben Plastikfenster, durch die man allerdings nichts sieht, nur erahnen kann, dass es da noch etwas gibt. Weiße, gewölbte Plastikluken, die sich nicht öffnen lassen, aber auf die in diesem Moment Regen zu prasseln beginnt. So laut, dass sich das Geräusch des Prasselns auch nicht von der *Ballade Pour Adeline* übertönen lässt. Ich weiß, dass die Geschäftsleitung des Supermarkts Regen hasst. Starken Regen, der so laut ist, dass er die Kunden an das Le-

ben da draußen erinnert und sie aus der Welt des Konsums hinauszieht und vom Kaufen ablenkt. Wenn es derart stark regnet, wie es das jetzt tut, kommen Herr Stanislawski und Herr Grösecke, die Geschäftsführer, nach unten und stehen dann draußen unter der Überdachung, wo sich die Einkaufswagen befinden, und blicken wütend in den Himmel, als könnten sie ihn so dazu bewegen, aufzuhören mit dem Regen.
Auch jetzt sind sie dort, als ich zurück ins Klaus Meine gehe. Stanislawski steht sogar ganz draußen im Regen, den Kopf im Nacken, die Arme ausgebreitet, brüllt er: »Komm doch her, du scheiß Regen!« Er ist schon völlig durchnässt, und durch das nun durchsichtig gewordene weiße Hemd kann man eine Rückentätowierung erkennen, die mich überrascht. Eine große Sonne. Dazu ein Schriftzug. Irgendetwas mit *SEARCH* und *DESTROY.*

Im Klaus Meine sind sie viel zu unruhig, um den starken Regenguss überhaupt zu bemerken. Was erstaunlich ist, da auch die Musik nicht mehr läuft und nun nichts als das Prasseln des Regens zu hören ist. Wasser fließt an den Schaufensterscheiben herunter, so dass man kaum noch nach draußen blicken kann und sich selbst nüchtern hier drin betrunken vorgekommen wäre. Im Klaus Meine riecht es seltsam. Vermutlich ist es der Geruch nach Trinkerinnerem, der nun ungehindert nach draußen in die Realität strömen kann, weil es nichts mehr gibt, mit dem man ihn hätte hinunterspülen können.
Klaus Heine – ein anderer Gast, der wirklich so heißt, es

gibt unzählige Witze über Klaus Heine im Klaus Meine – wischt mit dem Finger die Bierreste aus seinem Glas und massiert sie sich versuchsweise ins Zahnfleisch, als würde das etwas helfen.

Die Erleichterung, als ich auftauche, ist ihnen allen anzusehen.

»Mensch, wo warst du denn so lange«, schreit Horst ernsthaft aufgebracht. »Du kannst uns doch nicht so lange hier allein lassen. Wir hatten schon Angst, du wärst – na, was weiß ich, tot oder so.«

»Du kannst doch nicht einfach sterben und uns hier trocken zurücklassen«, ergänzt Ilten. Doch niemand lacht. Stattdessen nicken sie fast alle. Bis auf Frauke, die mit ihrem massigen Oberkörper auf dem Tresen lehnt und, wie es scheint, im Stehen schläft.

»Musste was einkaufen. Entspannt euch.« Als Beweis halte ich die Tüte in die Luft, während ich hinter den Tresen gehe, wo ich sie dann in das kleine Kabuff bringe, das sich dort befindet. Es ist gerade eben so groß, dass ein kleiner Schreibtisch und ein Stuhl hineinpassen. Dort mache ich die Abrechnungen. Es ist durch einen goldenen Vorhang vom Laden abgetrennt. *SCORPS* hat da mal draufgestanden. Nicht *SCORPIONS*, weil es nur ein schmaler Durchgang ist. Die Buchstaben habe ich eigenhändig aufgenäht, damals in der Anfangseuphorie. Das erste *S* ist vor geraumer Zeit abgefallen und liegt nun in einer der Schubladen des kleinen Schreibtischs. Irgendwann will ich es wieder annähen. Irgendwann. Irgendein Spaßvogel muss, als ich mal weg war, auch noch das *R*

abgetrennt haben, so dass nun *CO PS* auf dem Vorhang steht. Das Gelächter ist groß, verschwinde ich im Kabuff und ziehe den Vorhang zu. »Die Cops sind da«, ruft eigentlich immer irgendwer. »All cops are bastards«, ergänzt ein anderer. Das Leben kann wirklich schon sehr lustig sein hier im Klaus Meine.

»Bier!«, schreit Horst im Kasernenton, in den er nicht selten verfällt. Dann wirkt es, als wolle er seine Ausmusterung wettmachen und hier im Klaus Meine seine Bundeswehrzeit nachholen.

»Bier!«, steigen nun auch die anderen mit ein, und allmählich kommt wieder Leben in ihre Gesichter. Selbst Frauke hebt jetzt langsam ihren leberwurstfarbenen Kopf, wischt sich den Speichel mit dem Handrücken vom Mund und beginn ebenfalls nach Bier zu rufen. Sie alle skandieren »Bier! Bier! Bier!« und lachen dabei derart ekstatisch, dass man das Ganze fast schon mit ausgelassener Stimmung verwechseln könnte.

Manchmal fehlt mir das: Spaß. Mit Alkohol lacht man ja über jeden Mist, und auch wenn ich weiß, dass diese Fröhlichkeit eine Illusion ist, die von einer Sekunde auf die nächste in Aggression umschlagen kann, so fehlt mir das doch. Ausgelassenheit. Euphorie. Auch mit der Liebe ist es leichter mit Alkohol. Früher haben Mona und ich uns häufiger zusammen betrunken. Es heißt ja, man bräuchte als Paar gemeinsame Interessen. Neben Fernsehen ist, glaube ich, Alkohol mal unser gemeinsames Interesse gewesen. Bin ich betrunken, kann ich spüren, dass ich sie liebe. Ich muss mich nicht, wie jetzt immer,

daran erinnern, es mir vor Augen halten. Ich spüre es einfach. Nicht selten hatten wir betrunken Sex. Es kam vor, dass ich am nächsten Tag zwar nicht mehr alles davon wusste, aber ich war nackt, ebenso wie Mona, roch nach ihr.

Alkohol repariert dein Leben, indem es all die langweiligen Teile wegschneidet, so dass es rückblickend wirkt, als würde ein Höhepunkt dem nächsten folgen. Gut, manchmal schneidet er zu viel weg, aber das habe ich immer billigend in Kauf genommen. Als Mona sagte, ich solle endlich aufhören zu trinken, da war da neben der Wut auch Enttäuschung. Wir stritten lange. Einfach, weil es für mich klang, als hätte sie gesagt, ich solle aufhören, sie zu lieben.

Nun stelle ich allen Bier hin, es geschieht noch etwas, was ich nicht mehr weiß, und dann höre ich mich mit einem Mal rufen: »Lokalrunde. Geburtstag. Hab Geburtstag.«

Die Männer grölen. Auch Frauke. Und sie fangen an, etwas zu singen. Ich brauche einen Moment, bis ich begreife, dass es *Happy Birthday* ist. Es klingt entsetzlich.

»Leiser!« Ich schreie nun fast. »Die Sheriffs.«

Doch sie singen nur noch lauter, bis ich drohe, dass sie keinen Schnaps bekommen, wenn sie weitersingen. Dann schenke ich allen Bommerlunder aus. In den großen Stampern, 4 cl, und gieße auch mir einen ein.

»Geburtstag«, rufe ich noch einmal. »Geburtstag.«

Heute ist alles egal. Wir stoßen an und stürzen die Schnäpse hinunter, und erleichtert sehe ich, dass meine

Unruhe nun völlig verschwunden ist. Die Hände zittern nicht mehr. Leichtigkeit. So muss sich wohl Leichtigkeit anfühlen. Ich blicke auf die Uhr. Es ist kurz vor eins.

»Na, kommt«, sage ich irgendwann wieder und gieße allen noch eine Runde ein. Da ist es kurz vor halb fünf, und am Abend dann sage ich zu Mona: »Du musst fahren.«

»Was hast du gesagt?«, fragt sie, doch da habe ich mich schon auf den Beifahrersitz fallen lassen und die Augen geschlossen, um den Kopf zu beruhigen. Die Welt – an manchen Tagen weiß man mehr als an anderen, dass sie sich wirklich dreht.

TO BE NO. 1

Ich kam einige Minuten nach meinem Bruder Aaron auf die Welt. Es waren allerdings nicht ganz fünfunddreißig Minuten wie bei Elvis Aaron Presley und seinem Bruder Jesse Garon, sondern nur zweiundzwanzig. Zweiundzwanzig Minuten, die ich allein in der Dunkelheit der Gebärmutter meiner Mutter verbrachte. Zweiundzwanzig Minuten, die für lange Zeit der einzige Moment meines Lebens sein sollten, in dem ich wirklich allein gewesen bin. Zweiundzwanzig Minuten, nach denen ich mich später immer wieder sehnte. Schon als kleines Kind liebte ich die Dunkelheit von Verstecken, genoss das Gefühl von Geborgenheit, das ich dann empfand, und mochte es, wenn man nach mir suchte. Als Neunjähriger habe ich sogar aus meinem Kleiderschrank eine Art Gebärmutter zu bauen versucht. Das Innere strich ich gebärmutterfarben an, mithilfe von Gummischläuchen und abgepacktem geriebenem Parmesankäse versuchte ich einen Geruch zu erzeugen, der dem Geruch der Gebärmutter meiner Mutter, so wie ich ihn noch zu erinnern glaubte, recht nahe kam. Als meine Mutter mich in dem Schrank entdeckte, schimpfte sie. Als ich ihr aber sagte, dass das eine Gebärmutter sein solle, verstummte

sie. Es schien sie in ihrem Verdacht zu bestätigen, dass mit mir etwas nicht stimmte, einem Verdacht, den ich sie häufiger gegenüber meinem Vater hatte äußern hören, der das jedoch, zu meiner Genugtuung, immer abstritt. Nun setzte Mutter sich durch, und für fast ein Jahr musste ich von da an jeden Dienstag mit ihr zu einem dicklichen Mann in unifarbenen Strickpullovern nach Hamburg-Eimsbüttel fahren, um mit ihm Carrera-Rennbahn oder aber mit Playmobil-Figuren zu spielen. Dabei unterhielten wir uns. Oft standen wir auch einfach nur am Fenster und beobachteten meine Mutter, die unten in einem Café saß, heimlich rauchte, Sekt trank und gelangweilt in Frauenzeitschriften blätterte. Irgendwann gingen wir nicht mehr dorthin. Meine Mutter verlor nie wieder ein Wort darüber.
Niemand hat mich erwartet, und als meine Mutter mich zweiundzwanzig Minuten nach meinem Bruder nach draußen ins Leben presste, da bemerkte es fast keiner außer ihr und der Hebamme. Von meiner Geburt existiert kein einziges Foto. Ganz im Gegensatz zu Aarons, die mehr als ausreichend dokumentiert worden ist. Mit schweißnasser und zusammengefallener Tolle soll mein Vater samt Fotoapparat vor dem Schoß meiner Mutter ausgeharrt haben, so erzählte man es später. Kaum, dass Aarons Kopf zu sehen war, begann Vater ein Foto nach dem anderen zu machen. So lange, bis der Film verschossen war. In dem Fotoalbum, das sie für uns anlegten, ist auf der Seite, die mit *Geburt von Jesse* überschrieben ist, in Wahrheit Aaron zu sehen. Es versetzte mir jedes

Mal wieder einen Stich, wenn meine Mutter das Album herumzeigte, wenn Besuch da war. Sie schien am Ende tatsächlich zu glauben, dass ich das auf dem Foto war. Obwohl Mutter uns immer hat unterscheiden können. Da niemand mit mir gerechnet hat, waren die meisten Dinge wie etwa das Bett oder der Kinderwagen nur einmal vorhanden, und als meine Mutter ein paar Tage nach der Geburt mit uns aus dem Krankenhaus kam, da mussten meine Eltern an vielen Stellen improvisieren. Mein Vater hatte noch versucht, in aller Eile ein weiteres Kinderbett zu organisieren, allerdings vergebens, und so hatte er selbst eine Art Bettkiste gebaut, die sie möglichst bald durch ein richtiges Bett hatten ersetzen wollen. Doch da das Geld knapp war, zumal meine Mutter die erste Zeit nach unserer Geburt nicht arbeiten konnte, schlief ich noch sehr lange in dieser Kiste. Aufgrund des fehlenden zweiten Kinderwagens gingen wir nur wenig raus. Später zumindest. Am Anfang lagen wir beide darin, den Kopf jeweils an den Füßen des anderen. Da jedes Kleidungsstück auch nur in einer Ausführung vorhanden war, zogen unsere Eltern uns zunächst noch unterschiedlich an. Der mir so verhasste Partnerlook kam erst später. Wir waren etwa anderthalb Jahre alt, meine ich, als das Zeitalter der Symmetrie für uns anbrach.

Eigentlich haben meine Eltern nie Kinder gewollt, wie meine Mutter mir einmal anvertraute, und dass sie dann am Ende doch uns bekamen, lag wohl auch daran, dass sie die Hoffnung hatten, dass wenn schon aus ihnen

nichts wurde, sie vielleicht wenigstens ein Kind bekommen könnten, das berühmt würde. Wir kamen am 16. August 1977 zur Welt, und mein Vater konnte sein Glück kaum fassen, als er später im Radio hörte, dass Elvis Presley wohl nur ein paar Stunden vor unserer Geburt im Badezimmer seines Anwesens in Graceland tot umgefallen war. Hatte mein Vater bis dahin Horoskopen, Hypnose und Theorien über Wiedergeburt und Auferstehung sehr skeptisch gegenübergestanden, so glaubte er nun keinen Moment lang daran, dass es sich bei diesem Umstand um einen bloßen Zufall handeln könnte. Und er hoffte noch sehr, sehr lange, wir wären möglicherweise eine Art Reinkarnation des Kings, wie er Elvis beharrlich nannte. Genauer gesagt: Aaron wäre die Wiedergeburt von Elvis, wohingegen ich, als Zweitgeborener, die von Elvis' totgeborenem Bruder Jesse Garon wäre, so dachte Vater – fälschlicherweise, wie sich bald herausstellte. Wäre es nach meinem Vater gegangen, so hätten wir Aaron und Garon heißen sollen, doch Mutter fand den Namen Garon scheußlich, und so entschieden sie, mich Jesse zu nennen.

Es ist nicht gerade eine ideale Voraussetzung für ein glückliches Leben, nach dem totgeborenen Zwillingsbruder einer Ikone benannt zu werden. Es kommt mir wie ein Stigma vor, das ich schon mein ganzes Leben lang mit mir herumtrage, und nur die Erkenntnis, dass, wessen Wiedergeburt mein Bruder auch immer ist, es Elvis Presley ganz sicher nicht ist, tröstet mich ein wenig über diesen Umstand hinweg. Zumal Vater, wie gesagt,

einen Fehler machte. Eigentlich hätte ich Elvis sein müssen und nicht Aaron. Denn es war Jesse Garon Presley, der zuerst zur Welt kam. Zwar tot, aber fünfunddreißig Minuten vor Elvis Aaron Presley, der der Zweitgeborene war. Wer weiß, wie sonst alles gekommen wäre. Manchmal will ich nur zu gerne glauben, dass es eben an diesem Missverständnis liegt, mit dem mein Leben begonnen hat, dass es geworden ist, wie es nun einmal geworden ist. In Wahrheit bin ich der Elvis von uns. Ich bin es.
Vater wollte es nie wahrhaben, bis zuletzt nicht, dass wir nichts, aber auch wirklich gar nichts mit Elvis Presley gemein hatten. Für ihn war die Sache mit der Wiedergeburt der Strohhalm, an den er sich klammerte und an dem empor er aus dem Morast der Gewöhnlichkeit klettern wollte. Und so suchte mein Vater sein ganzes Leben lang nach Gemeinsamkeiten zwischen uns und dem King, mochten sie auch noch so gering sein, so wie er zuvor nach Gemeinsamkeiten zwischen sich und dem King gesucht hatte. Auch da schon hatte er nicht sonderlich viel gefunden und musste ordentlich nachhelfen: die Fettleibigkeit etwa, oder seine angebliche Vorliebe für gegrillte Erdnussbutter-Bananen-Sandwiches, die zu essen mein Vater sich mindestens einmal die Woche nötigte, trotz Erdnussallergie, die ihm anschließend einen pelzigen Hals machte, wie er einmal gestand, so dass er kaum reden konnte. Dabei täuschte er immer größten Genuss vor. Stand mit Tolle und diesen unhandlichen Broten in der Hand im Wohnzimmer oder in der Küche und aß sie Hüfte kreisend, bevor er dann hustete, sich an den Hals

fasste und anschließend für Minuten nicht in der Lage war, auch nur einen Laut von sich zu geben.
Wo die Gene und die Reinkarnation etwas hakten, half mein Vater nach. Ich habe ihn in Verdacht, uns in der Zeit der Pubertät heimlich Dickmacher wie Sahne, Zucker oder Schmalz ins Essen gerührt zu haben. Einfach um wenigstens für ein bisschen optische Ähnlichkeit zwischen uns und dem King zu sorgen. Da im Grunde die Fettleibigkeit das Einzige war, in dem wir Elvis Presley auf Augenhöhe begegnen konnten, versteifte sich Vater darauf. Ich kann es ihm nicht verdenken. Er war verzweifelt. Auch Vater hatte immer etwas Besonderes sein wollen – und hat es am Ende doch nicht geschafft. Er versuchte, Romane zu schreiben. Novellen. Kurzgeschichten. Vater schrieb schließlich Gedichte, die hießen wie er: Herr Bronske.

Herr Bronske liebt Frau Bronske.
Herr Bronske hat keinen Hund.
Herr Bronske trägt Pullunder,
welch Wunder.

Vater hat versucht, Musik zu machen. Zuerst auf einem Klavier. Dann auf einer Gitarre. Dann auf Schlaginstrumenten. Eine Zeit lang spielte er Drehorgel im Wohnzimmer und musste selbst zugeben, dass den Klängen, die er da fabrizierte, nur wenig Schönheit innewohnte. Ein Umstand, den er mit Lautstärke wettmachte. Doch diese verstärkte bloß noch das Malheur. Er malte Bilder, auf denen etwas zu erkennen sein sollte, es aber nicht war, und wenn darauf etwas zu erkennen gewesen ist, dann nur,

dass er nicht malen konnte, woraufhin er Bilder zu malen begann, auf denen nichts zu erkennen sein sollte, was jedermann aber auch wieder nur glauben ließ, er könne nicht malen. Sport, dachte mein Vater da, vielleicht ist es Sport. Vater rannte, Vater kletterte, Vater tauchte. Einmal klingelten Fremde bei Mutter, so erzählte sie, und sagten, Vater läge draußen vorm Haus und kollabiere. Als sie hinauslief, um nachzusehen, fand sie Vater verschwitzt und rotgesichtig in weißer durchnässter Sportkleidung an der Fassade lehnend. Laut keuchend erklärte er, dass er kollabiere. Zu dritt trugen sie ihn die Treppen hoch.
Mein Vater trieb nicht lange Sport. Schließlich, wenn er schon zu nichts Besonderem taugte, wollte er wenigstens etwas Besonderes entdecken. Er forschte. Er grub. Überall vermutete er ein Phänomen, das er dann nach sich benennen wollte: *das Bronske-Phänomen*. Er erzählte oft von diesem Bronske-Phänomen, das alles sein konnte, je nachdem, wie es Vater gerade gefiel. Einmal war ein Bild von der Wand gefallen, einfach so, ein anderes Mal war durch einen Windzug eine Tür zugeschlagen und eine schmale Blumenvase umgefallen. Da sah Vater uns ernst an, lächelte und verkündete mit süffisantem Unterton: »Tja, wir wohnten hier wohl dem Bronske-Phänomen bei.«
Das Bronske-Phänomen wirkte bei Verspätungen und Verfehlungen Vaters, und je häufiger er davon sprach, umso realer wurde es für uns alle. Manchmal glaubte ich selbst, zumindest kurz, dass es vielleicht tatsächlich so

etwas wie ein Bronske-Phänomen gab, wenn wieder einmal Sachen in meinem Leben geschahen, für die ich einfach keine Erklärung fand.

Oft war Vater draußen im Wald oder an anderen Orten, von denen er hoffte, dass noch nicht so viele Menschen dort gewesen waren. Denn dann, so glaubte er, wäre die Chance, dort etwas zu entdecken, größer. Was genau er entdecken wollte, das wusste auch er nicht. Und das machte es ja gerade so schwierig. Vater grub tiefe Löcher, in denen er Stunden saß. Er aß Erde. Er aß Würmer, Rinde und Moos. Mein Vater baute sich eine große Vogelmaschine und sprang vom Garagendach in den Garten. Mein Vater notierte sich die Uhrzeit, zu der die Sonne hinter dem Haus verschwand und wann sie wieder aufging. Mein Vater entdeckte Unregelmäßigkeiten in der Normalität und umgekehrt. Er machte Flaschenexperimente. Tauchte in der Badewanne und atmete durch ein Rohr. Zwei Tage verbrachte er in einem Schrank und ernährte sich von Püriertem, das er vor Anstrengung laut keuchend durch einen Schlauch einsog, um zu beweisen, dass es so schwer nun auch wieder nicht wäre, in einer Rakete auf den Mond zu reisen. Vater wäre gerne Astronaut gewesen, Cowboy oder auch nur Pilot. Doch Vater war Vater und blieb Vater, und das brachte ihn oft zur Verzweiflung. Er sprach nur ungern darüber, dass nichts aus ihm wurde, und tat fast bis zuletzt vor uns so, als hätte er alles erreicht, was man als Sterblicher nur erreichen konnte. Meist war es Mutter, die von seinem Scheitern erzählte. Nicht selten mit einer Häme, die ver-

mutlich daher rührte, dass auch sie etwas hatte werden wollen und es nicht geworden war. Als wir sechs waren, hatte sie sich die Brüste operieren lassen, in der Hoffnung, es würde etwas ändern. Große Brüste, großes Glück und so. Aber das Glück kam einfach nicht. Das Glück wollte uns nicht haben.

Schließlich hatte Vater geglaubt, Elvis Presley wäre sein Ticket raus aus dem Ermüdungsbecken der Bedeutungslosigkeit. Wenn er selbst schon nicht berühmt wurde, so konnte er zumindest aussehen wie jemand Berühmtes, und vielleicht reichte das schon. Mutter erzählte, Vater sei eines Tages aus dem Badezimmer gekommen, die Treppe heruntergerannt, so dass sie schon gedacht habe, es wäre etwas passiert. Dann hatte er mit freiem Oberkörper im Türrahmen gestanden und stark nach ihrem Haarspray gerochen, mit dem er sich das dünne dunkle Haar kunstvoll zu einer Tolle aufgetürmt hatte. Mit ihrem Kajal hatte er sich ungelenk breite Koteletten gemalt.

»Ich seh aus wie Elvis Presley«, hatte er fassungslos gerufen. »Ich seh verdammt noch mal aus wie Elvis Presley! Oder? Oder?«

Mutter nickte pflichtschuldig.

Von nun an war Vater wohl häufiger Elvis, und Mutter erzählte immer, sie hätte es nie fassen können, wie glücklich ihn das gemacht habe. Ja, er habe lächerlich ausgesehen mit dieser wackligen Tolle, die zu zittern begann, kaum dass man in seiner Gegenwart zu schnell vom Sofa aufstand, und mit diesen falschen Koteletten, die erst

später zu richtigen Koteletten – »Bartkoteletten«, wie Mutter das nannte – wurden. Aber er sei glücklich gewesen. So glücklich, wie sie ihn da schon lange nicht mehr erlebt hatte. Und mein Gott, dann sollte er halt aussehen wie Elvis Presley. Wenn es ihn doch glücklich machte. So dachte sie zumindest am Anfang noch.

Mit der Zeit gewöhnte Mutter sich an Elvis. Aber sie verlangte, dass Vater nie außerhalb des Hauses Elvis war. Wegen der Nachbarn und den anderen Leuten. Doch es war klar, dass es Vater nach draußen zog. Will man berühmt sein, so braucht man dazu ja die anderen. Und Vater wollte berühmt sein. Den anfangs angestrebten Weltruhm gab er zwar schnell auf und gab sich nun damit zufrieden, wenn man ihn in dem Hamburger Stadtteil Rahlstedt, in dem sie lebten, erkannte – was man bald schon tat. Er selbst nannte sich schon länger »The Elvis of Rahlstedt«. Und wer wollte ihm diesen Titel schon absprechen, vermutlich war er der einzige Elvis in Rahlstedt. Nur Mutter konnte ihn davon abhalten, diese hautengen Glitzeranzüge, durch die sich alles abzeichnete, im Sitzen war es am schlimmsten – »Hoden, Hoden, Hoden, so weit das Auge reichte«, sagte Mutter – auch außerhalb des Hauses anzuziehen. Doch Vater hielt es nicht lange aus. An einem Wochenende, als meine Mutter bei ihren Eltern war, zog es Vater nach draußen in die Fußgängerzone Rahlstedts. Mein Vater konnte zwar nicht singen, und seine Elvis-Doublelei beschränkte sich größtenteils darauf, dass er knackend seine Hüfte kreisen ließ zu Elvis-Songs, die er auf einem tragbaren, batte-

riebetriebenen Schallplattenspieler abspielte, auf den er mit Filzstift *Elvis* geschrieben hatte. Der i-Punkt war ein großes Herz. Nach jeder Nummer rief er »Yeah« oder »Viva Las Rahlstedt«.

Vater genoss diese »Gigs«, wie er das nannte. Fast jeden Samstag war er von nun an in der kleinen Fußgängerzone und kehrte erst spät am Abend zurück, nicht selten etwas angetrunken. Die Taschen des Glitzeranzugs derart voller Hartgeld, dass man Angst bekam, dieser könnte bei der kleinsten falschen Bewegung reißen. Immer häufiger trat er nun auch auf Familienfeiern oder Festen in der Nachbarschaft auf – ganz gleich, ob die Gastgeber das wollten oder nicht. Als Aaron und ich drei waren, mussten wir ihn bei diesen Auftritten begleiten. Auch wir trugen dann kleine enge Glitzeranzüge, die Vater uns in einer türkischen Schneiderei in Rahlstedt hatte anfertigen lassen. Er kündigte uns als »Die Elvischen« an, und anschließend kreisten wir zu dritt mit den Hüften zu *Return To Sender* oder aber *Hound Dog*, wobei Vater es sich nicht nehmen ließ, an einigen Stellen Hundegebell einzustreuen.

Sieht man sich diese Auftritte an – natürlich wurde alles, so gut es zu dieser Zeit eben ging, auf Super-8-Filmen dokumentiert, später auf Video aufgenommen –, so weiß auch der Letzte, dass nicht ein Funken Elvis Presley in uns oder den Genen meines Vater steckt. Wenn es überhaupt etwas gibt, das seine Theorie der Wiedergeburt zumindest ein wenig bestätigte, so ist es vielleicht der Umstand, dass Elvis Presley bei seinem tragischen wie

plötzlichen Ableben aufs Gesicht gefallen ist. Denn tatsächlich waren unsere Gesichter bei der Geburt und auch noch Wochen danach ungewöhnlich flach, um nicht platt zu sagen. Unsere Nasen sahen aus, als hätten wir sie zu lange gegen Schaufensterscheiben gedrückt, und auf der Stirn fand sich eine nahezu plane Fläche, auf der man eine Mokkatasse abstellen konnte – was Vater dann auch gerne demonstrierte, stritt er wieder einmal mit Mutter über Reinkarnation. Was sie später oft taten. Mutter hatte sich von einer Phänomenen gegenüber aufgeschlossenen, leicht esoterischen Horoskop-Gläubigen zu einer entschiedenen Wiedergeburtsgegnerin gewandelt, die jegliches spirituelles Tüdelüt, wie sie es nannte, strikt ablehnte. Außerdem hasste sie den King. Hasste später Vater, der sein wollte wie der King.

Wer weiß schon, ob aus Elvis Elvis geworden wäre, wäre sein Bruder Jesse Garon nicht tot zur Welt gekommen. Aber ich bin überzeugt, dass aus Elvis, wäre sein Bruder am Leben geblieben, nie und nimmer der Elvis geworden wäre, den die Menschheit noch heute über alle Maßen verehrt. Und vielleicht ist es falsch – aber dafür, dass nichts aus mir wird, gebe ich auch meinem Bruder die Schuld. Ja, manchmal wünsche ich mir, er wäre bei der Geburt einfach gestorben so wie Jesse Garon Presley. Denn eigentlich bin ich es. Ich bin Elvis.

WALKING ON THE EDGE

Elvis singt leise *In The Ghetto*. Anschließend erklärt er in schlechtem, mit deutschen Ausdrücken durchzogenem Englisch, dass er nichts so sehr liebe wie den Deutschen Wald. Dass er unzählige Fotos besitze, auf denen nichts anderes zu sehen sei als deutscher Wald. Deutscher Wald von Nahem. Deutscher Wald von etwas weiter weg. Deutscher Wald aus der Ferne. Er besitze sogar einen echten deutschen Baum, der vor seinem Schlafzimmerfenster in Graceland wachse, und jeden Morgen wäre das Erste, was er täte, zum Fenster zu laufen, um nachzusehen, ob dieser Baum schon bis zu seinem Fenster reiche. Er freue sich auf den Tag, an dem er die deutschen Blätter ganz nah würde rascheln hören können. Als applaudiere der Baum ihm. Anschließend singt Elvis *Wooden Heart*, das in das deutsche *Muss I denn* übergeht.
Vater hat viele solcher Kassetten aufgenommen, auf denen er tut, als wäre er Elvis. Mal erklärt er radebrechend, wie ein Vogel funktioniert, dann wieder lässt er Elvis Theorien über das Verschwinden darlegen, an deren Ende sich Vater, beziehungsweise Elvis, kaum noch die Mühe macht, Englisch zu sprechen oder die Stimme zu verstellen. Dazwischen laufen Lieder von Elvis, die Vater

auflegte, um sich zu beruhigen, hatte er sich in Ekstase geredet. Oft kann man Vater während dieser Lieder schwer atmen hören, oder da ist das Knistern seines Polyester-Glitzeranzugs, das sich in das Knistern der Singles mischt.
Nicht selten hat Vater in seinem abgedunkelten Arbeitszimmer gelegen und sich diese Kassetten angehört. Er gab sich wohl der Illusion hin, dass Elvis zu ihm spräche. Vater war sonst kaum in der Lage sich zu öffnen, seine Gefühle auszudrücken. Er brauchte dazu Elvis. Er hat auch Mutter immer wieder solche Kassetten aufgenommen, auf denen wohl Elvis zu ihr über die Gefühle meines Vaters sprach. »Elvis hat dir was zu sagen«, erklärte Vater dann feierlich und überreichte ihr eine Kassette, mit der Mutter sich im Wohnzimmer einschloss, um sie sich ungestört anzuhören. Oft kam sie mit Tränen in den Augen aus dem Zimmer und umschlang Vater, küsste ihn. Früher zumindest, später vermochte auch Elvis nichts mehr auszurichten.
Eine Kassette hat sich bei meiner Flucht in meiner Jackentasche befunden, weil ich sie ständig hörte. Auch heute höre ich sie oft. Bin froh darüber, sie zu haben, sie ist das Einzige, das mir von Vater geblieben ist.
Im ersten Moment weiß ich gar nicht, wo ich bin. Ich liege nicht in meinem Bett, so viel ist klar. Diese Dunkelheit hier riecht anders. Nicht nach Monas warmer Mundhöhle wie sonst, wenn ich in der Nacht hochschrecke, weil sich das, was ich träume, mit dem vermischt, was lange zurückliegt. Noch heute träume ich oft von meiner

Geburt. Träume von der Gebärmutter meiner Mutter. Komme mir pervers dabei vor. Fast so, als hätte ich von ihrer Tralala geträumt. Und oft bin ich mir gar nicht sicher, ob ich von mir geträumt habe oder nicht doch von meinem Bruder.

Der Duftbaum, der nach nichts mehr riecht, baumelt am Rückspiegel. Eine Weile sitze ich da, starre ihn an und überlege, wonach er mal gerochen hat. Ich kann mich nicht daran erinnern, ihn gekauft, ganz zu schweigen davon, ihn aufgehängt zu haben. Und doch muss ich es getan haben. Mona hält Duftbäume für spießig und glaubt, sie wären der Anfang vom Ende. Wer Duftbäume kaufe, kaufe auch Raumsprays, Hornhautraspeln oder Stövchen. Ein bisschen hat sie ja recht. Doch das würde ich nie zugegeben.

Das Denken schmerzt. Das Hirn scheint sich dabei aufzuplustern wie ein nasser Vogel und drückt so nur noch mehr gegen den Schädel.

Sahara.

Der Baum hat mal nach Sahara gerochen.

Warum schaukelt er überhaupt, frage ich mich. Bis ich dann meinen Atem höre, der in Stoßseufzern aus meinem offenen Mund dringt. Es klingt wie jene Beatmungsmaschinen, die ich aus den Krankenhausserien kenne, die Mona so gerne sieht. Sie liebt Krankenhausserien. Oder Dokumentationen über Kranke, Spielfilme über Todkranke. Zeitungsartikel über Kranke liest sie mehrmals durch. Ich weiß nicht, ob sie nicht manchmal hofft, ich würde krank werden. Ernsthaft krank. Sie sagt oft,

ich würde blass aussehen, und habe ich mal länger mit einem grippalen Infekt zu tun, sieht sie mich besorgt an und sagt mit diesem Unterton in der Stimme: »Na, hoffentlich ist das mal nicht was Ernsteres.« Und nun hat sie mich einfach auf dem Beifahrersitz liegen gelassen, wo ich noch auf dem Supermarktparkplatz eingeschlafen sein muss. Ich erinnere mich nicht mehr an die Fahrt. Mona liegt vermutlich nun oben in unserem Schlafzimmer. Das Autofenster hat sie offen gelassen. Oder geöffnet, damit die kalte Nachtluft mich krank macht? Habe ich gebrochen?

Im Wagen ist es klamm. Noch immer regnet es. Mein Haar ist nass. Vermutlich habe ich mit dem Kopf am halb heruntergekurbelten Fenster gelehnt. Es ist kalt, obwohl es bereits August ist. Bald werde ich wirklich Geburtstag haben.

Vor mir wogt das Meer. Das Maismeer. Dunkel und hell wechseln sich darin ab. Ich kann nie lange hinsehen, ohne dass mir davon schwindelig wird. Maiskrank. Ich werde schnell maiskrank.

Vorsichtig öffne ich die Autotür und erschrecke, als die Innenraumbeleuchtung angeht und ich für einen Moment nicht mehr erkennen kann, was da draußen ist. Schnell steige ich aus.

Alles kommt mir jetzt so laut vor. Die Maispflanzen, von denen nun ein Knacken und Knistern auszugehen scheint wie von diesen Buschtieren, die etwas Zerbrechendes essen, wie ich das einmal in einer Dokumentation gesehen habe. Ich weiß nicht mehr, wie die Tiere heißen, noch was

sie gegessen haben. Der Wind ist viel stärker, als ich angenommen habe. Er brennt fast auf der Haut. Es ist so kalt. Warum ist es nur so kalt? Es ist doch Sommer.
Ich schließe die Beifahrertür, damit die Innenraumbeleuchtung erlischt, schlage die Tür allerdings dabei nicht zu, sondern lehne sie nur an, um keinen Krach zu machen. Das Licht geht aus. Ich strecke mich, der Rücken tut mir weh. Dazu kommt eine Übelkeit, die ich so schon lange nicht mehr erlebt habe. Irgendwas ist mit meinem Magen. Das Gestern hat jemand mutwillig mit einer Bastelschere in unzählige Teile zerschnitten, die zusammenzufügen mir in diesem Moment wie ein Ding der Unmöglichkeit vorkommt. Aber der Regen tut gut. Der Regen, der sich wie ein dünner Film über mich legt.
In unserem Haus brennt noch Licht, stelle ich zu meiner Verwunderung fest. Fast bin ich froh darüber, dass Mona noch wach ist, weil ich so nun nach oben gehen kann, um mit ihr zu streiten. Warum bin ich wütend? Ich weiß es nicht.
Trotzdem öffne ich noch einmal entschlossen die Autotür und will sie dann fest zuschlagen, so dass sie richtig schließt – da entdecke ich im Fußraum des Beifahrersitzes eine Plastiktüte. *SUPERBUHEI.* Ich hocke mich hin und sehe hinein. Ein Messer. Ein großes, verpacktes Messer. *Großes Fleischmesser* steht darauf. Ein Bild zeigt einen lachenden Mann in Hemd und Krawatte mit ebendiesem großen Fleischmesser, im Hintergrund eine Frau und zwei Kinder, die lachend und bewundernd zusehen, wie der Mann geschickt einen Braten zerschneidet. So

muss das Leben sein. Genau so. Kinder und ein Braten und eine Frau.
Außerdem befinden sich in der Tüte noch ein Schraubenschlüssel und ein Hammer. Ich nehme den Hammer und wiege ihn in der Hand, und in diesem Moment erinnere ich mich wieder – oder vielmehr ist es meine Hand, die sich daran erinnert –, diesen Hammer schon einmal in der Hand gehabt zu haben. Frau Hutschka. Wie sie den Hammer und auch den Schraubenschlüssel über den Scanner zieht. Selbst das Geräusch des Scanners ist wieder da.
Ich greife nach der Tüte, schlage die Autotür zu und bin überrascht, wie laut es ist, und als ich daraufhin oben am Schlafzimmerfenster einen Schatten auf den Vorhängen entdecke, da denke ich, dass Mona nun nach mir sehen wird. Der Schatten wächst, wird dunkler, doch der Vorhang öffnet sich nicht. Stattdessen steht sie dahinter und wartet ab. Erst ist es nur ein Gedanke, dann wird daraus ein Verdacht. Ihr Schatten ist viel zu groß. Obwohl das eigentlich nicht sein kann und ich nicht weiß, ob ich sie je nachts so am Fenster habe stehen sehen oder woher sonst dieser Gedanke kommt. Aber er macht mir augenblicklich Angst. Jetzt bloß keine Paranoia, denke ich und denke im selben Moment, dass man schlecht an Paranoia denken kann, ohne welche zu bekommen.
Ich bin nicht mehr betrunken. Jedenfalls nicht mehr richtig. Oder zumindest fühle ich mich nicht so, und ich weiß nicht, was mich nun gebückt rückwärts ins Maisfeld gehen lässt, wo ich mich zwischen die nassen

Pflanzen kauere und weiter das Haus beobachte. Die Sicherheit ist in Gefahr. Und es ist an mir, all das zu beschützen.

Aaron!, schießt es mir durch den Kopf, vielleicht ist Aaron bei ihr und sie stehen dort zusammen hinter dem Vorhang, deshalb ist der Schatten so groß, und mit einem Mal fühlt sich alles warm an, fast heiß, und ich brauche kurz, bis ich draufkomme, was es ist: Wut. Es ist Wut. Die ganze letzte Nacht ist wieder da. Dass er da war. Dass er mir alles nehmen will. Oder das vielleicht schon getan hat. Was weiß Mona wirklich? Was wissen die anderen?

Ich lasse die Plastiktüte auf den aufgeweichten Erdboden fallen und umklammere zwei große Maispflanzen, um nicht umzukippen. Kauere dort und tue nichts weiter, als das Haus anzustarren. Ich genieße es. Genieße es, vom Maisfeld verschluckt worden zu sein. Verschwunden aus der Welt.

Mona beginnt nun, hinter den Vorhängen zu gestikulieren. Ihre Hände fliegen durch die Luft, wie sie das sonst immer tun, wenn wir streiten. Wir streiten oft. Vor allem sonntags, wenn der ganze Tag in seiner Ödnis und Weite vor uns liegt. Nicht selten habe ich dann das Gefühl, sie gäbe mir die Schuld für die Langeweile, so wie sie auch mich dafür verantwortlich macht, dass unser Leben nun einmal ist, wie es ist. Dass es nur wenig von den Filmen hat, die sie im ZDF zeigen. Unser Leben ist eher wie RTL II.

Wenn Mona und ich streiten, so sucht sie nach den richtigen Worten, und findet sie sie nicht, nimmt sie schließ-

lich die Hände zu Hilfe. Wir streiten schon so viele Jahre miteinander, dass ich mir nur ihre Hände anzusehen brauche, um zu wissen, was sie will – oder eben nicht will, was häufiger der Fall ist. Ihre Hände, die erst zu Fäusten werden, sich dann wieder kurz öffnen, um sich ineinanderzuschlingen, in Monas Haar tauchen, darin verschwinden und wie übergewichtige Delphine wieder hinaus in die Luft schießen, wo sie einen Augenblick verharren, bevor sie einfach nach unten fallen wie zwei erschossene Albatrosse. Und nun steht sie genau so da, am Fenster unseres Schlafzimmers. Aber mit wem streitet sie? Telefoniert sie vielleicht? Nur mit wem soll sie um diese Zeit schon telefonieren? Mona hat nicht viele Freundinnen. Ein paar, aber die werden um diese Zeit schlafen. Schließlich haben sie ähnlich beschissene Jobs wie wir. Mit jemandem, der es besser hat als wir, könnten wir auch gar nicht befreundet sein. Einer aus unserem Bekanntenkreis hat einmal beim Rubbeln etwas Geld gewonnen. Wir gehen beide seitdem nicht mehr ans Telefon, wenn er anruft, ohne dass Mona und ich uns je darüber verständigt hätten.

Nun verschwindet Monas dunkle Silhouette kurz, taucht aber wieder auf, so als hätte sie nur etwas aus dem hinteren Teil des Zimmer geholt. Mir kommt ihre Silhouette jetzt noch größer vor. Eine dunkle, schwarze Wolke, die fast das gesamte Fenster einnimmt und die sich dann – sehr zu meinem Entsetzen – mit einem Mal teilt! Eine Hälfte verschwindet, die andere bewegt sich weiter vor dem Vorhang, breitet sich aus – Mona, die die Arme zu

beiden Seiten ausstreckt, um etwas Großes zu beschreiben. Ich bin mir jetzt fast sicher: Mona ist nicht allein! Da ist wer im Haus. Bei Mona. Aaron!
Meine Hände ballen sich zu Fäusten, ohne dass ich ihnen dazu den Befehl erteilt hätte. Etwas geschieht mit meinen Händen. Sie werden mir fremd. Sie ballen sich, und ich spüre, dass da etwas ist. Ich halte etwas in meinen Händen. Der Hammer. Die rechte Hand umklammert den Griff des Hammers. So fest, dass es schon wehtut. Mit der Linken versuche ich, den Griff etwas zu lockern. Doch ich spüre nichts. Spüre einfach nichts mehr.

HEROES DON'T CRY

Wie lange habe ich im Maisfeld gehockt und nichts weiter getan, als das Schlafzimmerfenster zu beobachten? Ich weiß es nicht. Irgendwann ist das Licht ausgegangen, und nun liegt das Haus schon eine ganze Weile dunkel da. Wie lange schon? Ich kann es nicht sagen. Die Zeit ist mir abhandengekommen, so als hätte man sie mir gestohlen. Ich wage nicht aufzustehen. Ich wage nicht, ins Haus zu gehen, um nachzusehen, was los ist. Überhaupt Entscheidungen zu treffen, zu handeln. Ich fühle mich unfähig, irgendetwas zu tun. Ich habe Angst vor dem, was mich dort erwartet. Habe Angst vor dem, was geschehen kann. Ich weiß, dass stünde ich jetzt auf und ginge hinein, sich alles verändern könnte, und dass damit alles auch wieder unsicher würde. Oder besser: noch unsicherer.

Ich schwitze. Meine Hand schmerzt. So, als hätte ich sie eine Ewigkeit mit voller Kraft zu einer Faust geballt. Der Hammer fühlt sich schwer an. Ich keuche fast vor Anstrengung. Um mich herum liegen zerschlagene Maiskolben. In der Dunkelheit wirken sie fast blutig. Immer wieder muss ich mit dem Hammer auf die Maiskolben eingeschlagen haben – oder vielmehr – meine Hand hat

es getan. Ich erinnere nichts von alledem. Nun liegt meine rechte Hand wie leblos auf dem Boden, hat den Griff etwas gelockert, so dass ich den Hammer mit der anderen herausnehmen kann und ihn zurück in die Plastiktüte lege. Dabei scheppert es leise darin.

*

Nachts ist das Haus wie ein eigener Organismus, der zum Leben erwacht und uns nur in sich duldet, wenn wir schlafen oder uns zumindest ruhig verhalten. Nachts, liege ich wach im Bett, und das Haus macht allerlei Geräusche. Nicht nur, dass es knackt, nein, es scheint dann zu atmen, zu seufzen, zu ächzen. Leise zwar, aber doch deutlich genug, dass es zu hören ist, konzentriert man sich darauf. Die Wände fühlen sich wärmer an als am Tage, fast so, als pumpe nun Blut hindurch. Gehe ich nachts durchs Haus, stoße ich gegen Türrahmen, stolpere über Türschwellen. Türen lassen sich dann nur schwer öffnen. Die langen Fasern des Teppichs schlingen sich manchmal um meine Füße, als wenn sie mich festhalten oder zum Stolpern bringen wollten, und das Gefühl, dass dieses Haus mich hasst, ist nachts so stark, dass ich es manchmal nicht wage aufzustehen. Selten freue ich mich derart über die Sonne wie nach jenen Nächten.
Ich meine, lautes rückkopplungsartiges Fiepen zu hören, als ich die Treppen nach oben gehe, die Tür zum Schlafzimmer öffne und das helle Neonlicht anschalte. Mona liegt im Bett und tut so, als habe sie tief und fest geschlafen.

»Mona, wer war hier? Wo ist er?«
Mona setzt sich schwerfällig im Bett auf und stützt sich dabei auf ihre Ellenbogen. Das Bett beginnt zu wogen. Bald darauf wogt auch Mona. Die Masse unter ihrem Tweety-Shirt. Nachts ist alles nur noch Masse. Masse, und erst am Morgen findet alles wieder seine Unterteilung in Busen und Bauch, wenn Mona ihren BH anlegt, und, so kommt es mir manchmal vor, einfach den Bauch nach oben drückt und damit die BH-Schälchen füllt. Das ist vielleicht Physik. Kommunizierende Gefäße oder so.
»Spinnst du eigentlich, Jesse? Warum weckst du mich mitten in der Nacht? Du bist wieder mal betrunken, na super. Soll ich mir das auch noch ansehen, oder was?!«
Mona scheint noch zu müde zu sein, um sich richtig aufzuregen. Oder tut zumindest so. Jetzt sieht sie zum Wecker, der neben ihr auf dem Nachttisch steht.
»Wer hier war, hab ich gefragt. Und lüg mich nicht an. Lüg mich bitte nicht an, Mona. Ich hab dich gesehen. Von draußen. Durch die Vorhänge. Die Silhouette.« Das Wort Silhouette klingt nicht ganz einwandfrei, fast so als beschreibe es eben nur die Silhouette des Wortes.
»Jesse, mit wem soll ich denn reden mitten in der Nacht. Du bist doch noch immer betrunken! Guck dich doch mal an!«
»Mit wem, Mona?« Ich glaube, ich schreie. Lauter, als mir lieb ist. Spüre da etwas.
»Jesse, mit niemandem. Du bist sehr, sehr betrunken. Und ich bin sehr, sehr enttäuscht, dass das alles jetzt wieder von vorne losgeht. Mach es bitte nicht noch schlim-

mer. Leg dich hin und schlaf. Morgen besprechen wir alles. Mir reicht es allmählich. Soll das jetzt wieder jede Nacht so gehen?«
Statt einer Antwort gehe ich zum Kleiderschrank, öffne ihn und sehe nach, ob sich dort jemand versteckt hält. Dann reiße ich die Tür zum Zimmer nebenan auf und schalte das Licht an. Aber auch da ist niemand. Es riecht anders als sonst darin. Schließlich gehe ich zurück zum Bett, knie mich hin und beuge mich nach vorne, als wollte ich beten, zu einem Gott, dessen Reich sich unter diesem Bett befindet. Den Kopf habe ich etwas gedreht, und ich blicke darunter, aber da ist nichts. Trotzdem kann ich nicht aufhören, in die Leere unter dem Bett zu starren. Derart angestrengt starre ich, dass meine Augen zu schwitzen beginnen. Der Schweiß läuft seitlich von einem Auge ins andere, kommunizierende Gefäße, und dann über mein Ohr in meine Haare und auf den Teppich.
Es ist erst so still. Bis ich jemanden weinen höre. Das Geräusch ist so hoch, dass ich gar nicht sagen kann, ob es ein Mann oder eine Frau ist. Und vermutlich liegt es daran, dass ich nicht sofort begreife, dass ich das bin, der da weint. Ich. Das bin ich. Ich weine!

*

Irgendwann sitzt Mona neben mir und streicht mir sachte über den Kopf. Ich liege auf dem Boden.
»Jesse, steh auf«, sagt sie. »Wir kriegen das schon hin. Wir schaffen das.«
Es gibt vieles, was ich sagen will, doch die glitschigen

Worte entgleiten mir immer wieder, fallen einfach zurück in die tiefe Schlucht, die irgendwo hinter meinem Mund beginnt. Stattdessen kommt nur Rauschen heraus, das so ähnlich klingt wie die Trockenhaube meiner Mutter.
»Ist nicht so schlimm«, sagt Mona noch einmal. *Schschsch*, macht sie jetzt und spricht weiter beruhigend auf mich ein. Ich weiß nicht, was sie sagt. Ich verstehe sie nicht. Sie hockt neben mir auf dem Boden, umschlingt von hinten meinen Oberkörper und versucht, mich hochzuziehen, bis ich endlich nachgebe, den Oberkörper aufrichte und zulasse, dass sie mich in den Arm nimmt. Wegstoßen – kurz bin ich versucht, genau das zu tun. Aber wäre das vernünftig? Ich glaube nicht. Und ich will vernünftig sein.
Schließlich sitzen wir einfach so da auf dem Boden, vor dem Bett mit der verdammten Dunkelheit darunter. Wie leblos hänge ich in ihren Armen. Finde dann irgendwann die Kraft, sie ebenfalls zu umschlingen. Die Augen habe ich geschlossen, verstecke mich hinter meinen Lidern.
Mona schaukelt nun langsam mit mir vor und zurück. Dabei streicht sie mir mit ihren warmen Händen immer wieder über den Rücken, den Hinterkopf. Ich spüre, dass ich völlig durchnässt bin. Wie lange bin ich nur da draußen gewesen?
»Du solltest besser die nassen Sachen ausziehen«, flüstert Mona. »Damit du nicht krank wirst.«
Du bist doch schon krank, hat heute wer zu mir gesagt. Oder gestern. Abrupt schlage ich die Augen auf. Noch immer schaukeln wir vor und zurück. Nun blicke ich ins

Zimmer, das ich nur verschwommen wahrnehme. Alles schaukelt. Schaukelt derart, als befände ich mich auf einem Schiff. Übelkeit steigt langsam aus meinem Magen die Speiseröhre empor. Wieder hat Mona etwas gesagt, ohne dass ich sie verstanden habe.

»Nicht schaukeln«, wispere ich. »Bitte.«

Mona sieht mich kurz an, beginnt dann, mir ohne eine Erwiderung vorsichtig die Jacke auszuziehen. Schmeißt sie auf den Boden. Eine Jeansjacke, die nicht mir gehört. Vermutlich von irgendjemandem aus dem Laden. Ekel überkommt mich. Ich presse die Hände auf den Mund, weil ich kurz das Gefühl habe, mich übergeben zu müssen. Aber die Übelkeit ist nur innen, und nichts, was innen ist, hat mit dem Außen zu tun, wäre fähig, dort draußen etwas zu ändern. Andersherum schon.

Mona zieht mir das Hemd aus. Die alte Nutte, denke ich kurz. Schäme mich dafür. Blitzlichtartig ist es aufgetaucht, ohne dass ich das gewollt habe. Verschwindet wieder.

Mona steht auf und zieht an mir, bis ich mich hinstelle. Sie kniet jetzt vor mir, um mir die Schuhe aufzubinden. Zieht mir Schuhe und Socken aus. Die Kälte ist jetzt auch an meinen Füßen. Mona öffnet meine Jeans und zieht sie mir samt Unterhose runter. Mechanisch hebe ich erst den einen, dann den anderen Fuß, so dass sie mir Jeans und Unterhose über die Knöchel ziehen kann. Anschließend verlässt sie das Zimmer, und ich höre, wie sie im Badezimmer Wasser in die Badewanne laufen lässt.

Ich hocke mich noch einmal vors Bett und spähe darun-

ter. Als ich eine Hand in die Dunkelheit darunter halte, fühle ich eine Kälte, die mir falsch vorkommt. Ohne dass ich sagen kann, wie die Dunkelheit richtig geht. Noch ob man das so sagt.
»Suchst du was?« Mona steht im Türrahmen.
Schnell ziehe ich die Hand wieder zurück. Sehe sie an. Ich will etwas sagen, spüre aber, dass zu viel Zeit vergeht. Alles Mögliche habe ich sagen wollen, sage dann aber nur: »Nein.«
Mona nimmt meine Hand, und wir gehen gemeinsam ins Badezimmer, wo ich wie automatisch in das warme Wasser in der Badewanne steige und zulasse, dass Mona mich wäscht. Mir ist übel. Mir ist wirklich sehr übel.

BORN TO TOUCH YOUR FEELINGS

Mittwochs hat Mona meist frei. Dafür arbeitet sie an den Samstagen. Ich fahre heute also allein zum Supermarkt. Meine Angst hat nachgelassen, so dass ich mich dem da draußen einigermaßen gewachsen fühle, trotzdem wäre ich froh, wenn Mona jetzt bei mir wäre. Normalerweise genieße ich es, allein zu sein. Unsere Beziehung ist an einem Punkt angelangt, an dem uns Nähe nicht unbedingt nur guttut. Und doch gibt es hin und wieder Mittwochabende, an denen ich Mona sogar ein bisschen vermisse. Im Grunde ist es ein ganz angenehmes Gefühl. Wenngleich ich mir manchmal so vorkomme wie jemand, der jahrelang an der Autobahn gewohnt hat, umzieht und dem danach das gleichmäßige Rauschen der Autos fehlt. So ähnlich fühlt es sich an mit mir und Mona und der Liebe. Ist Mona nicht da, fühle ich mich weniger kontrolliert. Mona, die sonst an der Kasse sitzt und immer wieder zum Klaus Meine herübersieht. Hin und wieder taucht sie unvermittelt dort auf, um nachzusehen, ob alles in Ordnung sei, wie sie dann scharf sagt. Sie ist noch immer sehr eifersüchtig, was ich zwar kaum verstehen kann, was mich aber auf eine Art auch rührt.

»Mit wem soll ich denn da was anfangen? Mit Frauke, oder was? Denkst du, ich fange was mit der Frauke an?«, fragte ich sie einmal. Selbst Mona musste daraufhin kurz lächeln, entgegnete aber trotzdem: »Na ja, da sind ja nun auch noch andere Frauen im *SUPERBUHEI*.«
Was natürlich stimmt, nur um ehrlich zu sein, falle ich den wenigsten von denen überhaupt auf. Es hat mal eine Zeit gegeben, in der ich recht passabel ausgesehen habe, doch das ist eine ganze Weile her, und die Jahre im Klaus Meine haben mich nicht gerade attraktiver werden lassen. Ganz im Gegenteil – ich fühle mich manchmal wie eins dieser Produkte, das niemand gekauft hat und von dem selbst die Supermarktleitung nicht mehr weiß, dass es das überhaupt noch gibt, und das nun irgendwo in einem der Regale steht, vielleicht versteckt hinter einem anderen, einem richtigen Produkt, unbemerkt von der Welt. Ich bin einmal im Supermarkt auf einen Posten mit ganzen Hühnern im Glas gestoßen, die in der untersten Reihe eines Regals neben Wurst in der Dose gestanden haben. Wie Embryos haben sie ausgesehen, und ich fragte mich, wer so etwas kaufen soll. Vermutlich ist das Nachkriegsklientel für dieses Produkt doch längst verstorben oder schafft es nicht mehr in den Supermarkt. Die Hühner waren allesamt abgelaufen. Trotzdem kaufte ich eins. Es tat mir leid. Wenn man das so sagen kann. Als die Kassiererin das Glas einscannen wollte, war es nicht im System. Es klebte aber noch ein Preisschild drauf. Heute steht dieses Huhn im Glas oben auf dem Dachboden in meiner Arbeitsecke. Wie eine große, gespenstische

Schneekugel. Manchmal schüttle ich es, und dann fliegen Hühnchenteile durch das Glas wie Hühnchengestöber und sinken nur langsam zu Boden. Vergänglichkeit. Es erinnert mich jedes Mal an die eigene Vergänglichkeit, die einen durchs Leben hetzt. Hätte man unendlich lange Zeit, um berühmt zu werden, wir alle würden doch irgendwann berühmt werden – bei manchen würde es nur sehr, sehr lange dauern. Doch das Huhn löst sich auf. Auch wir würden uns auflösen, würden wir über Jahre nackt in einem Glas mit Wasser liegen.

Gestern, nachdem sie mich gebadet hat, schlief Mona noch mit mir. Es hat mich kaum beruhigen können. Etwas ist da in mir in Aufruhr geraten. Noch immer ist es zu spüren. Ich wünsche, Mona wäre bei mir. Gar nicht so sehr, damit sie mir Kraft gibt, sondern eher damit ich weiß, was sie tut. Keine Ahnung, ob ich ihr noch vertrauen kann. Zumindest glaube ich ihr nicht, dass sie allein gewesen ist. Aaron war da. Da bin ich mir sicher. Und nun spüre ich, dass etwas passieren kann, dass ich den Halt im Leben verliere, wenn ich nicht aufpasse. Hin und wieder träume ich davon, dass die Welt kippt, meine Welt, das Haus, dass alles schräg steht und dass man sich festhalten muss, um nicht hinauszurutschen aus dem Haus in die Wirklichkeit, oder was auch immer sich draußen und was drinnen befindet. Angst trifft meinen Zustand nur recht unzureichend. Eine panische Unruhe, begleitet von einem hohen Pfeifton und einem Gefühl, dass jederzeit von überall Gefahr droht. Ständig scheint irgendwo etwas aufzuflackern, so nah, dass ich es gerade

noch aus den Augenwinkeln sehen kann. Dann wieder meine ich, Bewegungen am Rand meines Blickfelds auszumachen. Wie Käfer oder größere Insekten, die dort krabbeln. Sehe ich mich hastig um, kann ich nichts entdecken. Manchmal schlage ich danach. Ein-, zweimal im Beisein anderer, die mich dann seltsam angesehen haben.

Nun sitze ich im Auto und habe Angst davor, zu fahren. Einen Unfall zu bauen oder dass einfach etwas geschieht. Etwas, das nicht gut ist. Und dieses Gefühl ist mit einem Mal so mächtig, dass ich kurz anhalten und aussteigen muss.

Ich rauche eine Zigarette, während ich über ein Feld blicke, auf den Wald dahinter. Während ich da stehe und rauche, denke ich daran, loszurennen und zu fliehen. Den Wagen stehen zu lassen, alles zurückzulassen. Alles, was gewesen ist. Aber auch davor habe ich Angst. Habe Angst zu fliehen. Vor der Ungewissheit. Ich habe sogar Angst zu rauchen. Habe Angst vor Krebs. Habe Angst zu sterben. Und weiß eigentlich gar nicht, je länger ich daran denke, warum – das Sterben ist doch vermutlich noch das Unkomplizierteste am Leben.

Gestern Nacht habe ich aus einer Supermarkttüte Normalität geatmet. Doch das, was da in mir ist, lässt sich nicht besänftigen. Schon gestern Nacht nicht, als Mona schlief. Ich konnte nicht einschlafen, hasste Mona dafür, dass sie schlief, habe ihr mit der flachen Hand auf die Bauchdecke geschlagen, aber so sachte, dass sie es nicht bemerkt hat. Das, was ich fühle, fühlt sich so ähnlich an

wie zu hyperventilieren. Nur dass eine Supermarkttüte nicht dagegen hilft. Es ist, als würde jemand von hinten meinen Brustkorb umschlingen und fest zudrücken. Es kommt in letzter Zeit oft vor, dass ich glaube, jemand fasse mich an. Doch drehe ich mich dann um, ist da niemand.

Ich habe Mona nie von Aaron erzählt. Aus Angst, dass sie ihn kennenlernen wollen würde. Ich will weiterhin als Individuum wahrgenommen werden. Hier weiß niemand, wer ich wirklich bin und wie meine Vergangenheit aussieht. Dass es mich noch einmal gibt. Auch Mona habe ich immer nur recht vage von früher erzählt, dass ich aus Hamburg käme und dass ich dort Germanistik studiert und eine ganze Weile in einer Kneipe im Schanzenviertel gearbeitet hätte. Was so weit stimmt. Und es scheint ihr auch zu reichen. Einmal hat sie Fotos von früher sehen wollen, und ich habe ihr schließlich welche gezeigt, auf denen ich alleine zu sehen bin. Oder eins, das mich und Aaron bei einem Auftritt unserer Band zeigt, auf dem Aaron aber so verschwommen ist, dass keiner erkennen kann, dass er ist wie ich. Ich zeigte ihr Fotos von unserem Haus in Rahlstedt. Fotos von Tieren, die nicht unsere waren. Zeigte ihr Bilder von fremden Senioren. Erzählte, es wären Opa Walter, Oma Bimi oder Tanten und Onkel aus dem Osten. Bislang hat Mona nur einmal vorgeschlagen, wir sollten nach Hamburg fahren, weil sie sehen wolle, wo ich herkäme. Ich könne nicht dorthin, mein Vater, ich habe gestockt, meine Augen mit den Händen bedeckt, und Mona hat den Arm um mich gelegt,

mich irgendwo getätschelt. Sie hat nie wieder davon angefangen. Aber vielleicht ahnt sie etwas?
Nun fällt mir ein, dass sie mir vor einer Woche oder so gesagt hat, dass ich am Tag davor so anders gewesen sei. Und dass sie das schön gefunden habe und dass sie das so vermissen würde. Dieses Anderssein. Was, wenn das gar nicht ich gewesen bin, der da so anders war, sondern Aaron? Was, wenn er längst aufgetaucht ist und Mona alles erzählt hat? Ja, schlimmer noch, dass sie nun unter einer Decke stecken. Es wäre immerhin nicht das erste Mal, dass er sich meines Lebens bemächtigt. Und dann muss ich an Momente denken, in denen Mona glücklich gewesen ist, und ich es mir, um ehrlich zu sein, nicht so wirklich habe erklären können. Warum war sie mit einem Mal glücklich? So traurig es auch klingt – aber ich kann mir nicht mehr vorstellen, dass ich der Anlass dafür gewesen sein soll. Dafür sind wir einfach schon zu lange zusammen.
Was, wenn sie sich mit Aaron trifft? Oder wenn Aaron längst in unserem Haus lebt? Und die beiden nun vielleicht nach einer Lösung suchen, wie sie mich loswerden können. Wenn sie mich umbringen, wer soll es denn bemerken? Niemand weiß hier von Aaron. Jeder würde ihn für mich halten. Aaron würde mich ersetzen und wäre am Ende wahrscheinlich noch wesentlich besser ich, als ich es selbst je gewesen bin. Ich muss aufpassen. Mehr noch als sonst. Ja, ich muss sie überwachen. Wegen der Sicherheit. Und vielleicht muss ich den Menschen nun von Aaron erzählen. Ob ich es will oder nicht. Einfach

damit sie wissen, dass es ihn gibt. Und damit man mich nicht eben so verschwinden lassen kann. So als hätte es mich nie gegeben.

Gestern, als wir anschließend noch Sex hatten, da hat Mona mich mit Handschellen ans Bett fesseln wollen, wie sie das manchmal tut und ich es meist einfach geschehen lasse. Es ist nichts, was mich wirklich erregt. Mich erregen andere Sachen. Sex in einem Teich beispielsweise, während man dabei zu Boden sinkt, sich an den anderen klammert und dabei das Gefühl hat, zu ertrinken. Sex auf einem Teppich aus Tierlebern oder in der Gegenwart eines Geistlichen. Aber wenn es Mona gefällt, bin ich nur allzu gerne dazu bereit. Hauptsache, wir haben Sex. Doch gestern habe ich mich erst geweigert. Habe gesagt, ich könne nicht. Emotional und so. Sie sagte, dann solle ich sie wenigstens ans Bett fesseln, auch das habe ich erst nicht gewollt, tat es schließlich aber. Mona denkt manchmal, das Glück fände man beim Sex bei ungewöhnlichen Praktiken, Abnormitäten. Immer neue Sachen will sie ausprobieren, ansonsten schlafe sie nicht mehr mit mir, sagt sie. Und so willige ich ein, will sie, dass ich sie beispielsweise nackt in einen Schrank sperre oder Ähnliches tue. Ich selbst spreche nur äußerst selten über meine Vorlieben, aus Angst vor dem, was Mona dazu sagen könnte. Aus Angst, sie könnte mich für pervers halten. Was würde sie denken, wenn ich ihr vorschlagen würde, wir sollten Sex in Gegenwart eines ernst dreinblickenden Geistlichen haben? Und wie sollte man das umsetzen? Mit Pastor Brötschkens aus dem Ort? Der beteuert zwar, für alle ein

offenes Ohr zu haben, aber vermutlich ginge ihm das dann doch zu weit. Kirchensteuer hin, Kirchensteuer her. Ich habe dann Mona ans Bett gefesselt. Habe ihr die Augen verbunden. Bin nach unten gegangen und habe dort in der muffigen Dunkelheit der Diele zwei Zigaretten geraucht. Starrte währenddessen ins Maisfeld. Durchsuchte anschließend so lautlos wie möglich das Untergeschoss. War sogar im Schuppen.

Als ich auf den Parkplatz des *SUPERBUHEI* fahre, stehen bereits neun meiner Kunden vor der Schaufensterscheibe und treten unruhig auf der Stelle. Früher haben sie die Zeit immer noch mit einem Dosenbier überbrückt, das sie an der Tankstelle nebenan gekauft haben. Doch die Geschäftsleitung des Supermarkts hat es ihnen unter Androhung von Hausverbot – was für sie die größte aller denkbaren Strafen wäre, Trinker hassen Veränderung – untersagt. Eine Weile versuchten sie die Dosen schlecht in weißen Plastiktüten zu kaschieren, doch es ist, seltsamerweise, aufgefallen. Nun harren sie nüchtern dort aus, bis ich endlich komme. Verspäte ich mich, können sie richtig aufgebracht sein. Horst hat mich einmal gepackt und angeschrien: »Das kannst du mit uns doch nicht machen. Wir sind Stammgäste! Stammgäste, Jesse!« Es hat sauer aus seinem Mund gerochen. Man mag sich gar nicht vorstellen, wie es da in der Dunkelheit aussieht. Eine Gärmutter, in der sich der Alkohol sammelt. In der etwas wuchert und wächst, von dem man nicht will, dass es je zur Welt kommt.

»Lass mich los!«, habe ich zurückgeschrien, ihn ebenfalls gepackt und zu Boden gerungen. Ich war überrascht, wie mühelos mir das gelang. Wie leicht und schwach er war. Alkohol macht nur das Ego groß, den Rest lässt er, im besten Falle, wie er ist.
Die Tankstelle, die man aus dem Schaufenster des Klaus Meine gerade eben noch sehen kann, ist mein ärgster Konkurrent. Auch da stehen Trinker. Klar. Doch meine Gäste blicken mit Verachtung auf jene. Wer an der Tankstelle säuft, mit dem ist es aus, heißt es immer. Einige haben richtig Angst davor, dort zu landen. Ein paar, die früher noch im Klaus Meine gesessen haben, stehen nun dort und tun so, als würden sie die Trinker von hier nicht mehr kennen. Hin und wieder kommt es abends zu Rangeleien, wenn meine Kunden an- und mutig getrunken hinüberwanken, um ihrer Aggression Luft zu machen. Mir ist nicht ganz klar, worum es bei diesem Konflikt in Wahrheit geht. Als ich Horst einmal fragte, antwortete er: »Mann, Jesse, ist doch klar: Es geht um Asozialität!«
Nun stehen sie da und trippeln auf der Stelle wie kackende Hunde. Die Geschäftsleitung verbietet den Trinkern, drinnen zu warten, solange ich nicht da bin. Nur im Winter, wenn es richtig kalt ist, erlaubt man, dass sie im Eingangsbereich des Supermarkts stehen. Stanislawski hat draußen extra ein Thermometer angebracht. Es ist das Werbegeschenk eines Kräuterschnapsherstellers. Ein Thermometer mit dem Spruch: *Die Temperatur muss stimmen!* Mit einem schwarzen Strich hat Stanislawski die

Temperatur markiert, ab der sie drinnen warten dürfen. Dann stehen sie immer da, eine Rotte von neun, zehn Mann, viele mit Spiegelsonnenbrillen, von einer Unruhe gepackt, dass man es nur schwer in ihrer Gegenwart aushält. Hektik, Burnout – es sind Begriffe, über die selten im Zusammenhang mit Trinkern gesprochen wird, doch auch das gibt es. Obwohl sie sich alle erdenkliche Mühe geben, sich so unauffällig wie möglich hinter dem Kaffeeautomaten im Eingangsbereich zu verschanzen, sind sie doch das Erste, was man sieht, betritt man in den Wintermonaten morgens den Eingangsbereich des *SUPERBUHEI*.

Nun folgen sie mir stumm, stürmen auf den letzten Metern an mir vorbei, um sich einen der Hocker zu sichern. Frauke reißt dabei den Tafelaufsteller einer Brauerei um, mit dem ich abends provisorisch den Eingang ins Klaus Meine versperre. Ein Aufsteller, auf den ich früher noch so Sachen geschrieben habe wie: *Heute gibt es leckere hausgemachte Brause* oder Ähnliches. Heute steht da nur: *zu!* Zu ist kleingeschrieben.

Ich drehe die Leitung des Zapfhahns auf und zapfe noch in Jacke die ersten Biere. Früher habe ich das schale Bier, das morgens noch in den Schläuchen steht, weggeschüttet. Das wage ich schon lange nicht mehr. Mit traurigem Blick haben sie mir jedes Mal dabei zugesehen, die Köpfe geschüttelt. Mittlerweile trinkt es immer einer von ihnen. Sie wechseln sich dabei ab. Es gibt da wohl ein festes System, das ich aber nicht begreife.

Während die Blume gedeiht, schenke ich allen Bommer-

lunder aus. Auch das ein festes Ritual, das morgens völlig schweigsam vonstattengeht. Vermutlich habe ich mich dabei verzählt, jedenfalls ist am Ende ein Schnaps über, den ich, ohne lang zu überlegen, selbst trinke. Einen Schnaps werte ich immer als ein halbes Bier. Ich kann also noch zweieinhalb Biere trinken, wenn ich das will. Oder eben fünf Schnäpse. Etwas später müsste ich mir vermutlich Sprüche deswegen anhören, dass ich mich verzählt habe, Freudscher Verschenker und so, nun ist es aber noch zu früh, keiner spricht, und so bleibt es, Gott sei Dank, ruhig. Sie drehen sich auf den Hockern hin und her, stehen kurz auf, setzen sich wieder und sehen mir zu, wie ich die Biere zapfe.

»Muss nich bis zum Eichelstrich«, sagt Horst, aber niemand lacht.

Ich stelle die nur angezapften Biere auf die Bierdeckel vor ihnen auf dem Tresen, zapfe sofort die nächsten an. Dann ziehe ich die Jacke aus, mache die CD an, die morgens immer läuft, *Scorps, 8 bis 9*, steht darauf. Klaus Meine hat sie mir gebrannt und in einem seiner Briefe mitgeschickt. Das *8 bis 9* habe aber ich draufgeschrieben.

Still Loving You läuft, während ich nach draußen auf den noch leeren Parkplatz des Supermarktes blicke.

Nur, wer kaum in Kneipen geht, glaubt, dass dort das Leben pulsiert. In Wahrheit steht es dort still. Ist wie eingefroren. Du kannst heute betrunken eine Kneipe verlassen und ein Jahr später wiederkommen, und du wirst die ganze Szenerie im Großen und Ganzen kaum verändert

vorfinden. Und ich weiß, wovon ich rede. Seit fast vier Jahren nun betreibe ich schon das Klaus Meine, und es fällt mir schwer, in meiner Erinnerung die einzelnen Tage voneinander zu unterscheiden. Würde man sie auseinanderschneiden und nebeneinander ausbreiten, es wären höchstens Nuancen, in denen sie voneinander abweichen. Nur wer kommt, um zu vergessen, der kann glauben, dass hier jeden Tag was los ist. In Wahrheit geschieht nichts. Gar nichts.

Oft frage ich mich, warum ich nichts anderes mache. Dann ist es mit der Resignation am schlimmsten. Denn die Wahrheit ist, dass ich zu nichts anderem wirklich tauge. Ich bin auf der Suche nach diesem anderen, ohne zu wissen, was dieses andere ist. Eine Suche, auf der auch schon meine Eltern waren. Ohne – leider – je wirklich etwas gefunden zu haben. Ich glaube, dass mir die Gewöhnlichkeit vererbt worden ist. Und wie es so ist mit dem Erbgut – es ist schwer, sich davon loszumachen. Die Normalität liegt uns vermutlich schon seit jeher in den Genen – niemand kennt irgendjemanden aus meiner Familie, immerhin ist mein Großvater mit Gert Fröbe zur Schule gegangen, ich weiß aber nicht, ob Gert Fröbe das je gewusst hat –, ebenso wie der Wunsch, etwas Besonderes sein zu wollen. Ein Wunsch, der mit jeder Generation an Dringlichkeit zuzunehmen scheint und so das Gefälle zwischen Wunsch und Realität von Generation zu Generation größer werden lässt und dadurch auch das damit verbundene Unglück. Es wird immer gesagt, Kinder von erfolgreichen Eltern hätten es schwer. Aber Kin-

der von erfolglosen Eltern haben es auch nicht gerade leicht.
Wenn ich hinter dem Tresen des Klaus Meine stehe und meinen Blick über die routiniert geschäftige Tristesse auf dem Supermarktparkplatz schweifen lasse, dann muss ich oft an meine Eltern denken und daran, dass weder sie noch ich es viel weiter geschafft haben als auf einen Supermarktparkplatz. Immerhin habe ich es, im Gegensatz zu ihnen, ins Innere des Supermarktes geschafft. Obwohl ich nicht mit Sicherheit sagen kann, ob das wirklich besser ist. Die Kunden meiner Eltern waren schnell wieder verschwunden, im Gegensatz zu meinen, mit denen ich einen Großteil meines Tages verbringen muss. Meine Eltern betrieben lange einen Imbiss auf solch einem Supermarktparkplatz, den sie aufmachten, kurz nachdem sie erfahren hatten, dass meine Mutter schwanger war. Meine Eltern einte, dass sie sich zu Größerem berufen fühlten. Doch da weder mein Vater noch meine Mutter so genau wussten, was dieses Größere sein sollte und wann es endlich käme, und sie bis dahin Geld brauchten, um die Zeit zu überbrücken, bis das Größere dann da wäre, beschlossen sie, oder vielmehr mein Vater, einen Imbiss zu eröffnen. Zuvor hatten sie in erster Linie auf den großen Durchbruch gewartet. Mein Vater kellnerte, meine Mutter war halbtags als Sekretärin in einer Rahlstedter Anwaltskanzlei beschäftigt, besuchte nachmittags Schauspielkurse, abends sah sie fern oder ging hin und wieder ins Theater. Sie war Teil einer Altonaer Laienspielgruppe, und ihr größter Erfolg als Schauspiele-

rin war eine Shakespeare-Aufführung von *Ein Sommernachtstraum* in einer Parkanlage in Hamburg-St. Pauli, bei der sie sich die Rolle der Helena auch noch mit einer anderen, deutlichen älteren Frau hatte teilen müssen, damit jeder aus der Gruppe eine Rolle abbekam. Bei der Aufführung hatte es geregnet, doch da so viele Schauspieler an dieser »Produktion«, wie Mutter das Ganze immer beharrlich nannte, beteiligt waren, die wiederum Freunde, Verwandte und Lebenspartner mitbrachten, waren doch fast fünfzig Zuschauer gekommen. Sie trotzten dem Regen und anfangs auch der für Juli sehr empfindlichen Kälte, die später, das Stück ging fast drei Stunden, so empfindlich wurde, dass viele sich im Schutz der Dunkelheit davonschlichen, so dass der Schlussapplaus deutlich spärlicher ausfiel als der nach dem ersten Akt. Was, so Mutter, aber nicht mit der Qualität der Darbietung zu tun gehabt habe. Es gab Aufnahmen davon, die wir uns hin und wieder ansehen mussten, und so stolz sie damals auch gewesen ist, rückblickend wirkt das Ganze mehr als traurig. Fast meint man, ihr beim Spiel die Verzweiflung anzusehen. In einer Szene beginnt sie, grundlos wie es scheint, zu weinen, und es wirkt so überzeugend, gerade im Gegensatz zu ihrem restlichen ansonsten eher hölzernen Spiel, dass ich annehme, dass diese Tränen echt waren. Ich vermute, in jenem Moment wurde ihr bewusst, dass sie es nie schaffen würde und dass diese lächerliche Theateraufführung in einer schmuddeligen Parkanlage das Größte sein würde, was sie je in ihrem Leben erreichen würde. Dass dies bereits

ihre fünfzehn Minuten waren, Warhol und so, und dass es weitere fünfzehn Minuten für sie nie geben würde, zumindest keine, die von Bedeutung wären.

Mit dem Kauf jenes Imbisswagens gestanden sich meine Eltern ein, dass sie nicht mehr daran glaubten, dass aus ihnen noch etwas werden würde. Ohne dass sie das vielleicht zu diesem Zeitpunkt schon so genau wussten. Vater deutete später mal so etwas an. Aber anfangs schaffte er es wohl noch, ein wenig Euphorie vorzutäuschen – oder tatsächlich aufzubringen. Ganz im Gegensatz zu Mutter, der die Resignation und auch die Wut vom ersten Tag an anzusehen war. Dazu reicht ein Blick auf die Fotos aus jener Zeit. Mutter hat meist Vater die Schuld daran gegeben, dass sie es zu nichts brachten, und ich weiß nicht, wann ihnen die Liebe abhandenkam, aber spätestens mit dem Imbisswagen hat es begonnen.

Als mein Vater meiner Mutter das erste Mal vorschlug, einen Imbiss aufzumachen, da habe sie geweint, erzählte Mutter. Beim zweiten Mal sei sie einfach aus dem Raum gegangen, hätte fortlaufen wollen. Das sei nicht ihr Leben, habe sie da gedacht. Das sei einfach nicht ihr Leben. Man habe sie beim Einkaufen mit einer anderen Frau vertauscht, so wie man Kinder bei der Geburt vertauschte. Tatsächlich glaubte sie zu jener Zeit noch wirklich daran, dass irgendwann irgendetwas geschehen würde, und dann würde, Simsalabim, ihr richtiges Leben beginnen. Sie sei etwas Besonderes, trotz allem, wie ein Schmetterling, nur dass ihr Kokon zu dick sei, weshalb ihr das Schlüpfen so schwerfalle. Beim dritten Mal habe sie mei-

nem Vater leicht ins Gesicht geschlagen, beim vierten Mal nur noch geschwiegen, auch beim fünften, beim sechsten Mal. Doch bei diesem letzten Mal habe sie dann anschließend noch leicht genickt. So leicht, dass sie es später noch hätte abstreiten können. Doch das hat sie nie getan.

Das *Graceland* war nichts weiter als ein alter Campingwagen, den mein Vater so las-vegasesk wie möglich zu einem Imbisswagen umgebaut hatte. Überall blinkte und blitzte es. Auf dem Dach hatte er eine riesige Neonreklame befestigt samt Pfeil, der senkrecht auf den Wohnwagen zeigte, so dass man selbst von weit weg noch gut sehen konnte, dass aus meinen Eltern nichts geworden war, wie Mutter immer sagte: »Die Loser befinden sich hier.«

Rechts und links des Fensters klebten lebensgroße Starschnitte von Elvis und Priscilla Presley, die beide lachend auf meine Eltern zeigten, die hinter dem Fenster standen und auf Kunden warteten. Es sah aus, als würden sich Elvis und Priscilla über meine Eltern lustig machen, darüber, dass aus meinen Eltern nichts, während sie selbst Elvis und Priscilla geworden waren.

Meine Mutter empfand es als weitere Demütigung, tagein, tagaus in diesem Imbisswagen stehen zu müssen und sich von Fremden, aber schlimmer noch von Bekannten, dabei zusehen lassen zu müssen, wie nichts aus ihr geworden war. Sie musste ihnen auch noch Würste braten und hätte ihnen am liebsten das Wechselgeld ins Gesicht geschmissen, wenn sie großspurig verkündeten,

sie könne das Restgeld ruhig behalten. Für meine Mutter war alles nur noch Demütigung. Auch dass das Graceland auf dem Parkplatz eines Supermarktes stand, der noch nicht einmal Teil einer großen Supermarktkette war, zudem schlecht sortiert, mit oft bereits abgelaufenen Produkten, kränkte sie zusätzlich. Meine Mutter meinte, die Blicke der Frauen deutlich spüren zu können, die lächelnd mit ihren Einkaufswagen an ihr vorbeischoben. Sie sah ihre oft hämischen Blicke, die Genugtuung darin, wenn sie sahen, dass Mutter nun auch das Letzte genommen wurde: ihre Schönheit. Mutter habe das Fett immer spüren können, erzählte sie. Das Fett, das sie tagtäglich einatmete, das sie durch die Poren aufnahm und so mit nach Hause trug, wo es noch abends, seufzte sie auf dem Sofa im Wohnzimmer, nach frittiertem Tintenfisch *Colonel Parker* roch. Ihre Haut glänzte schon morgens und am Abend dann derart, dass sie Flecken auf ihren Blusenärmeln hinterließ, saß sie am Küchentisch und legte ihren Kopf auf die Arme, um hemmungslos loszuweinen. Es half auch nicht wirklich etwas, dass sie sich alle halbe Stunde mit Küchenkrepp abtupfte. Auch die abendlichen Bäder mit ein paar zusätzlichen Spritzern fettlösendem Geschirrspülmittel zeigten nicht die gewünschte Wirkung. Doch das Schlimmste für sie war, dass sie dicker wurde, obwohl sie kaum etwas aß. Das Fett kam nicht durch den Magen zu ihr, sondern durch die Poren, vermischte sich mit ihrem Blut, ihrem Speichel, ihren Gefühlen. Ihr Haar roch nach Schnitzel, ihre Haut nach Bratwurst. Es gab Tage, an

denen war sie so apathisch, dass sie eine der Würste nahm, sie mit dem Frittierkorb ins Fett tauchte und ihr dabei zusah, wie sie erst braun, dann schwarz wurde, wie sie sich zusammenzog und nicht mehr von ihr übrig blieb als ein kläglicher schwarzer Rest, der wohl genau so aussah, wie Mutter sich fühlte.

Alles, was sie je besessen hatte, war ihre Schönheit gewesen, die sie nun mit immer größeren Anstrengungen vor der Zeit und dem Fett zu beschützen versuchte. In den Nächten träumte sie von Operationen und von straffen Tieren, und manchmal glaubte sie wirklich daran, dass ihr Leben sich dadurch verändern würde. »Große Brüste, großes Glück«, hatte sie einmal gesagt, und wann immer sie operierte Frauen mit prallen Brüsten Einkaufswagen stolz über den Parkplatz schieben sah, versetzte es ihr einen Stich, und sie sehnte sich nach deren Leben, in dem man nichts weiter tun musste, als einmal die Woche einzukaufen und sich ansonsten nur hin und wieder operieren zu lassen, damit alles so schön blieb, wie es war. Wäre ihr Leben ein Körper, und sie hätte sich die schadhaften Dinge daran absaugen lassen können, sie hätte zuallererst diesen Imbisswagen abgesaugt, dann Rahlstedt, das Haus, meinen Vater, und vermutlich hätte sie auch uns absaugen lassen. Sie hatte den falschen Mann geheiratet, so wie man auf das falsche Pferd setzt. In Wahrheit war ihr das schon relativ schnell klar geworden. Aber sie wollte es einfach nicht wahrhaben, glaubte weiter hartnäckig daran, dass aus Vater doch noch etwas werden würde. Und dann würde alles anders werden.

Das Glamouröseste im Leben meiner Eltern waren die Namen der Gerichte, die sie anboten. Es gab unter anderem eine Bratwurst namens *Bratcilla*, einen *Hound Dog* sowie einen strammen Max namens *Yellow Eyes Crying In The Rain*. Anfangs noch hatten sie sich immer schick gemacht. Mutter hatte einen Petticoat getragen, sich die Haare hochtoupiert und in weißen Handschuhen bedient. Vater trug den engen Glitzeranzug und briet mit dünner Tolle Pommes frites, die hier *Tupelos* hießen. In den ersten Wochen lief auch noch Musik von Elvis Presley: ein kleiner Plattenspieler, der auf einem einzelnen Regalbrett stand, das Vater eigens zu diesem Zweck dort angebracht hatte. Ständig musste man die Schallplatte umdrehen. Und Vater bestand darauf, dass man sich zuvor die Hände wusch, damit das Fett nicht die Platte beschmutzte. Es war alles sehr aufwändig. Bald schon ersetzte ein Radio den tragbaren Schallplattenspieler, und meine Eltern standen dort in ihrer prallen Gewöhnlichkeit, die Haare strähnig und fettig. Kurz darauf nannten sie die Gerichte, wie sie nun einmal hießen: *Bulette, Fritte, Schranke*.

Um zehn öffneten sie, um achtzehn Uhr schlossen sie wieder. Selbst als glücklicher Mensch würde man verkümmern, würde man den ganzen Tag auf den Parkplatz eines Supermarktes starren. Mutter sagte, sie könne sich nichts vorstellen, was größere Tristesse verströmen könnte. Und sie habe immerhin schon mal ein Sterbehospiz besucht, in der Hoffnung, dass wenn sie ihr Leben in Relation zu etwas sehr, sehr Traurigem sehen würde, es ihr

schöner vorkäme. Doch war es recht munter im Sterbehospiz zugegangen. Sie war, als sie zurückkehrte, niedergeschlagener als zuvor. »Im Sterbehospiz hat man wenigstens ein Ziel vor Augen«, hatte sie noch zu uns gesagt, bevor sie sich im Badezimmer einschloss und Wasser in die Badewanne laufen ließ, damit wir nicht hörten, dass sie weinte.

Das Wasser keucht und zwängt sich durch die engen Rohre der Kaffeemaschine, lässt sich dann erschöpft in die Kanne fallen. *Wind of Change* läuft, und fast alle wirken nachdenklich. Sie befinden sich noch in dem Niemandsland zwischen Entzug und Euphorie, das sie jeden Morgen durchschreiten, und die Wahrheit ist, wenn überhaupt, in jenen Stunden zu finden. Bukke stand einmal in solch einem Moment auf und sagte: »Morgens hab ich immer Angst, was am Abend aus mir wird.« Einige hatten genickt. Bevor Horst hatte rufen müssen: »Morgens hab ich immer Latte.«
Nicht alle hatten gelacht.
Ich muss immer wieder an Aaron und Mona denken und dass sie nun vielleicht alleine da draußen sind. Was machen sie? Was, wenn sie mir Gift ins Essen tun? Und mich dann einfach verschwinden lassen? Kurz überlege ich, ob ich wenigstens den Trinkern hier erzählen soll, dass es Aaron gibt. Nur für den Fall, dass mir etwas zustößt. Nur wer würde denen glauben? Davon abgesehen, vermute ich, dass es sich keiner würde lange merken können. Noch immer vergessen einige von ihnen meinen Na-

men, und das, obwohl wir uns fast täglich sehen, nennen mich Klaus Meine.

Ich nehme einen der Kneipenblöcke, auf denen für ein Taxiunternehmen geworben wird, das es nicht mehr gibt, und schreibe: »Mein Name ist Jesse Bronske. Ich habe einen Zwillingsbruder namens Aaron Bronske. Ich glaube, er ist hier. Ich habe Angst, dass er mich tötet und sich anschließend für mich ausgibt.« Ich datiere den Zettel, unterschreibe ihn, stecke ihn danach in einen der Briefumschläge, die ich in dem Schreibtisch, der im Kabuff steht, aufbewahre, und klebe ihn anschließend unter die Tischplatte, ohne dass ich so recht weiß, was das alles bringen soll. Vielleicht sollte ich mehrere solcher Zettel schreiben und sie im Supermarkt verteilen. Doch was, wenn man sie findet, wenn ich noch am Leben bin? Würde man mich dann nicht erst recht für verrückt halten? Neulich erst wieder hat Stanislawski zu mir gesagt, ich solle aufpassen, er habe mich im Blick. Ein Supermarkt sei eine heile Welt. Oder zumindest die Illusion davon. In einer kaputten Welt kaufe niemand etwas. Ich hab nicht so recht verstanden, was er damit gemeint hat. Aber bestimmt schließt es so etwas mit ein. Ich werde auf alle Fälle Klaus Meine schreiben. Wenn Klaus Meine von Aaron weiß, dann ist es gut. Klaus Meine wird man glauben. Klaus Meine kennt ja sogar Gerhard Schröder. Und dem würde man auch glauben. Allein der Gedanke, dass Klaus Meine bald Bescheid wissen wird, beruhigt mich etwas.

10 LIGHT YEARS AWAY

Den ganzen Vormittag versuche ich Mona zu erreichen, jedoch ohne Erfolg. Schließlich halte ich es nicht mehr aus und beschließe, zu ihr zu fahren und nachzusehen. Was, wenn ich mich getäuscht habe und Mona nichts von Aaron weiß, aber Aaron nun da ist, um ihr etwas anzutun? Auch dann wird man doch glauben, dass ich es gewesen bin und nicht er. Der Gedanke macht mir Angst.

Ab und an beschäftige ich eine Aushilfe im Klaus Meine. Eine junge Frau, die sich Agneta nennt, in Wahrheit aber wohl Anke heißt. Sie erzählte, sie würde studieren, was ich ihr aber nicht so recht glaube, ohne dass ich sagen kann, warum eigentlich nicht. Aber wer sich anders nennt, als seine Eltern ihn genannt haben, dem bringe ich immer erst mal eine gehörige Portion Misstrauen entgegen. Anke oder Agneta hat sich auf einen Aushang hin gemeldet, den ich der Einfachheit halber im Supermarkt ans Schwarze Brett geheftet habe, von wo aus man das Klaus Meine gut sehen kann. In Klammern habe ich einen Pfeil gemalt, der in Richtung Klaus Meine zeigt. Ich wollte keine falschen Erwartungen wecken. Ich habe nicht wirklich geglaubt, dass sich wer melden würde – und habe

auch recht gehabt. Anfangs zumindest. Doch eines Tages, ich habe schon nicht mehr damit gerechnet, ist Agneta ins Klaus Meine marschiert und hatte den handgeschriebenen Zettel von mir in der Hand.

»Ich heiße eigentlich Anke. Aber alle nennen mich Agneta«, sagte sie. »Wie das A von ABBA.«

Horst lachte. »Der ist gut.«

Sie sah nicht aus wie eine Agneta. Sie sah aus wie eine Anke. Aber doch viel zu gut für das Klaus Meine. Ob sie wüsste, worauf sie sich da einließe, war das Erste, was ich sie fragte. Irgendwie tat es mir leid, dass sie nicht mehr aus ihrem Leben machte. Ich zeigte auf Horst, Schrapnell, Frauke, Klaus Heine und die anderen Idioten, die sie wie gebannt anstarrten. Horsts Nasenlöcher weiteten sich leicht, er schien durch seine großporige Nase Agnetas Geruch einzusaugen. Sie nickte nur.

Agneta arbeitete ein-, zweimal gemeinsam mit mir zur Probe, anschließend ließ ich sie immer mal wieder für ein paar Stunden den Laden allein übernehmen. Seitdem arbeitet sie hier. Nicht oft, das kann ich mir gar nicht leisten – es gibt immerhin Tage, an denen mich Agneta mehr kostet, als die Kneipe überhaupt einnimmt – aber wenn ich krank bin zum Beispiel, oder wenn der Widerwille in mir einfach zu groß ist. Kontinuität ist für Trinker wichtig. Auch wenn sie es nie fehlerfrei werden aussprechen können. Ich kann den Laden nicht einfach geschlossen lassen. Und so sehr ich die Trinker auch verachte, so habe ich doch Angst, dass selbst sie eines Tages nicht mehr kommen. Wie erbärmlich das auch klingen mag, aber so

ist es nun mal. Leider. Realität ist nicht immer nur schön. Eigentlich ist sie das ja nie.
Agneta ist zeitlich äußerst flexibel. Ich kann ihr abends eine SMS schicken, und sie macht am nächsten Tag den Laden für mich auf. Es ist schon vorgekommen, dass ich sie während der Schicht angerufen und gefragt habe, ob sie für mich weiterarbeiten könne, da ich mich nicht so fühlen würde. Sie hat fast immer Zeit. Geht gleich ans Telefon. Ein weiteres Indiz dafür, dass das mit dem Studieren gelogen ist. Aber mir ist es egal, solange sie ihren Job anständig macht. Und die Gäste lieben sie. Mehr als mich. Horst fragt fast täglich nach ihr. *Acktneta* nennt er sie, so dass es stets nach Nacktheit klingt und große Anzüglichkeit mitschwingt. Aber aus Horsts Mund klingt eigentlich fast alles nach untenrum. Sie freuen sich, sehe ich blass aus oder huste. Einmal, als ich sagte, mir würde es nicht so gut gehen, haben sie gejubelt. Und Schrapnell hat mich mal ernst gefragt, was passieren würde, wenn ich schwer krank werden würde, Krebs oder so, ob Agneta dann den Laden übernähme. Das wüsste ich nicht, entgegnete ich. Schrapnell nickte.
»Aber vielleicht, wenn sie will«, schob ich hinterher.
»Ja?«, fragte Schrapnell lächelnd.
Ich schicke Agneta eine SMS, ob sie nicht zufällig Zeit habe, für mich im Klaus Meine weiterzuarbeiten. Ich würde mich nicht so fühlen. Dahinter setze ich wahllos einen Smiley. Ich begreife weder, was das soll, noch, was sie bedeuten. Kurz darauf antwortet sie, dass es heute nicht ginge. Heute sei AP. Was auch immer das ist. Aber

morgen könne sie einspringen, wenn ich mich dann immer noch nicht so fühlen würde. Gut, schreibe ich zurück, ich würde Bescheid sagen wegen morgen. Danke und so, Jesse.

*

Gegen Nachmittag halte ich es nicht mehr aus. Noch immer habe ich Mona nicht erreichen können. Was ist nur mit ihr? Mittlerweile bin ich vollends in Panik. Ich kann einfach nicht dagegen an. Male mir die furchtbarsten Dinge aus. Es hilft alles nichts, ich brauche jetzt Gewissheit. Und so erkläre ich dem mehr als überraschten Horst, dass er kurz mal die Stellung hier im Klaus Meine halten müsse. Verdutzt sieht er mir dabei zu, wie ich um den Tresen zu ihm gehe und ihm dabei helfe, vom Barhocker aufzustehen. Ungläubig, aber auch mit einer Spur von Stolz sieht er mich an, nimmt schließlich zögerlich meine Hand und geht tapsig vorweg die anderthalb Meter bis hinter den Tresen, wo er sich auf meinen Hocker fallen lässt und dann dort gerade, mit durchgedrücktem Rücken sitzt. Er hält meine Hand fest, sieht mich durch seine getönte Brille an und muss sich kurz mit dem Zeigefinger der anderen Hand das Auge reiben.
»Danke«, sagt er mit brüchiger Stimme.
»Ich muss nur kurz weg. Dauert sicher nicht lang. So lange hat Horst hier das Kommando. Und übertreibt's nicht, verstanden«, rufe ich in die Runde, während ich Horst auf die Schulter schlage. Alle sehen mich ungläubig an. Als niemand antwortet, ruft Horst im Kasernen-

ton: »Ob ihr das verstanden habt, hat er gefragt!« Darauf ist ein Murmeln zu hören, das man durchaus als Zustimmung werten kann.

»Eine Stunde oder so, dann bin ich wieder zurück. Macht keinen Scheiß.«

»Echt?«, fragt Horst noch einmal leise. »Und ich soll wirklich hier aufpassen, auf die, auf uns ...« Er bricht mitten im Satz ab.

»Ihr kommt schon zurecht. Wenn was ist, ruf mich an.« Ich schreibe ihm meine Handynummer auf einen der Kneipenblöcke. Horst leckt sich den Finger an, reißt den Zettel ab, faltet ihn ordentlich zusammen und steckt ihn sich in die Hemdtasche, ohne mich dabei aus den Augen zu lassen. Noch immer scheinen er und die anderen zu glauben, ich mache nur einen Witz. Ungläubig sehen sie mir hinterher, wie ich über den Parkplatz gehe und ins Auto steige. Ich hupe einmal, alle winken ruckartig, dann fahre ich davon.

*

Da ich nicht will, dass Mona Verdacht schöpft, parke ich den Wagen in der Nähe des kleines Waldstücks vor unserem Dorf. Es ist nicht der Wald, den ich aus meinem Fenster sehe. Der Wald ist ein richtiger Wald. Dieser hier ist einfach nur lächerlich. Ich parke den Wagen und gehe zu Fuß weiter. Ich will mich von hinten durch einen der fremden Gärten zu unserem Garten schleichen und von dort bis zum Haus. Ist Aaron da, und Mona weiß von ihm, dann werde ich sie überraschen können, denn kei-

ner der beiden kann damit rechnen, dass ich hier auftauche. Zumindest nehme ich das an.
Horst habe ich gesagt, für den Fall, dass Mona anrufe, solle er sagen, ich sei kurz auf dem Klo oder so etwas. Er solle mir dann Bescheid geben. Er kniff ein Auge zu. Ich wusste nicht, was er dachte. Aber es ist mir auch egal. Ich will – nein, ich muss – die Wahrheit herausfinden.
Ich folge dem Weg ein Stück, gehe dann aber querfeldein durch den Wald – und bin nach fünf Minuten schon wieder draußen. Das ganze Waldstück ist nicht besonders groß, doch sie haben einen Weg hindurchgelegt, auf dem man fast eine Stunde in Schlingen durch das Wäldchen hin und her laufen kann und das Gefühl bekommt, man sei in einem richtigen Wald. So gelangt man in den hinteren Teil des Dorfs, in die Neubausiedlung, in der die Häuser so gleich aussehen, dass viele Bewohner Fahnenmasten in ihrem Vorgarten aufgestellt haben, um ihr Haus überhaupt wiederzufinden. Doch wie es in Neubausiedlungen nun einmal so ist: Macht es einer, machen es alle. Und nun stehen überall Fahnenmasten, die meisten mit Deutschlandflagge. Bei manchen hängen Hannover-96-Fahnen. Ich bin nur ein paar Mal in diesem Teil des Dorfes gewesen. Wenn wir irgendwo hier eingeladen waren, was Gott sei Dank nicht so oft vorkommt. Wenn wir es doch sind, so sind es fast immer unangenehme Grillfeste, die sich nur mit viel Alkohol ertragen lassen. Den immerhin gibt es auf dem Land bei jeder Gelegenheit in rauen Mengen, und auf dem Land wird man auch nicht schief angesehen, wenn man bereits tagsüber etwas trinkt.

Ganz im Gegenteil, eher weckt man den Unmut, wenn nicht sogar den Verdacht der Dorfbewohner, lehnt man Alkohol ab. Deshalb greift auf solchen Feiern auch meine Drei-Bier-Regel nicht, was ich dadurch auszugleichen versuche, dass ich am Tag darauf und dem darauffolgenden gar nichts trinke. Was nicht immer gelingt.

Auf dem Land sind die Menschen eigentlich die meiste Zeit stramm, was die Stadtmenschen glauben lässt, hier herrsche Sorglosigkeit und Unbekümmertheit. Vermutlich der Grund, warum viele aufs Land ziehen wollen. Die Grillfeste verströmen auch jedes Mal eine Atmosphäre der Plumpheit, gepaart mit ständigen Anzüglichkeiten, für die ein Grillfest mit Bratwurst und ähnlich Phallusartigem ja reichlich Anlass bietet. Erwachsene Männer, die sich dicke Bratwürste vor den Hosenschlitz halten, mit Krakauern Fellatio andeuten oder, kaum bückt sich eine Frau, mit dem sich mit der Wurstzange vor den Unterleib gehaltenen Würstchen stoßende Bewegungen an deren Hinterteil andeuten, was sie noch mit gutturalen Lauten begleiten. Während alledem sehen sie feixend die anderen Männer an. Alle haben dann zu lachen. Auch ich. Obwohl ich es hasse. Aber vermutlich bin ich zu feige, um es nicht zu tun. Im Dorf gibt es immer gleich Gerede. Und wer über Penis-Wurstwitze nicht lacht, gilt hier schnell mal als schwul. Das will ich nun auch wieder nicht.

An das Grundstück hinter unserem Haus schließt sich ein Garten an, in dem nachts manchmal Scheinwerfer angehen. Ein Bewegungsmelder. Früher befand sich un-

ser Schlafzimmer noch auf dieser Seite des Hauses, so dass es nachts dann oft taghell erleuchtet war. Es war nicht auszuhalten. Der Mann, dem der Garten gehörte, ein Grieche, mit dem ich über das Problem des nächtlich gleißenden Lichtes – ich hatte mich in seiner Gegenwart einfacher ausgedrückt – zu sprechen versucht habe, hat ernst genickt und ja gesagt, und im Verlauf des Gesprächs dieses Ja immer wieder anders betont. Vermutlich um mich zu beruhigen. Gegen das Problem selbst hat er jedoch nichts unternommen. Gar nichts, und wann immer nachts ein Tier den Garten durchquert, geht das Scheinwerferlicht an. Einmal habe ich sogar auf den Scheinwerfer geschossen. Doch in der Nacht darauf leuchtete er wieder, als sei nichts geschehen. Heller, so kam es mir vor, heller, viel heller. Der Grieche musste ihn ausgetauscht haben. Es war aussichtslos. Er besitzt eine Garage voller Ersatzteile, habe ich gesehen. Den Griechen kann nichts passieren, dachte ich da noch. Die Griechen sind auf alles vorbereitet.

Durch den Garten ebenjenes Griechen will ich nun, um mich von hinten an unser Haus zu schleichen. Dort steht der Schuppen, den Monas Vater als Werkstatt genutzt hat. Dahinter kann ich mich verstecken und unbemerkt das Haus beobachten.

In so einem Dorf sind überall Augen. Hungrige Augen, die Erlebnisse essen wollen. Dünne Augen, die dick sein wollen. Sich vollfressen wollen mit Aufregung und Geschehnissen. Nur dass auf dem Land einfach nichts geschieht. Und so betrachten die Leute die wenigen Dinge

intensiver, in der Hoffnung, würden sie nur lange genug hinsehen, würden sie doch noch etwas entdecken, das sie aus der Eintönigkeit reißen kann. Ständig zittern hier die Gardinen. Und das Gefühl, angesehen zu werden, verliere ich selbst im Inneren unseres Hauses nicht vollständig. Hinzu kommt, dass viele Kameras an ihren Häusern angebracht haben, die nun den ganzen Tag aufnehmen, wie auch vor dem Haus nichts weiter geschieht.

Wann immer ich die Straße entlanggehe, um im Supermarkt Brötchen zu kaufen oder abgelaufenen Aufschnitt, so sind gleich fünf, sechs Augenpaare an den Fenstern, die mich verfolgen und die sich kaum die Mühe machen, zu verbergen, dass sie das tun. Fast immer habe ich das Gefühl, beobachtet zu werden. Auch das Gefühl, dass man mir auch jetzt noch Misstrauen entgegenbringt, werde ich nicht wirklich los. Auch wenn Mona mich immer wieder zu beschwichtigen versucht. Doch sie hat gut reden. Zu ihr sind die meisten freundlich. Bisweilen sogar vergleichsweise herzlich. Ist sie doch hier in diesem verdammten Dorf, in diesem Haus groß geworden. Sie kennt jeden, und jeder kennt sie. Doch ich bin und bleibe ein Fremdkörper. Der Hamburger, wie sie mich nennen. Sie denken, ich sei mit Mona nur wegen des Hauses zusammen. Wie gesagt, Mona ist nicht gerade das, was man eine Schönheit nennt. Klaus Meine hat mal geschrieben, nachdem ich ihm ein Bild von ihr geschickt habe, dass man Mona schon sehr lieben müsse, um sich ein Foto von ihr ins Portemonnaie zu stecken. Und dass ich mich nicht wundern dürfe, wenn ich nicht reich werden würde.

Vermutlich habe das Geld einfach Angst. Dahinter hat Meine ungelenk einen lachenden Smiley gemalt und *Joke!* geschrieben.

Ich bin den Leuten hier suspekt – so wie mir die Leute suspekt sind. Alle wissen, dass ich in Langenhagen eine Kneipe betreibe. Aber Genaueres weiß niemand. Seit sie den großen Supermarkt kurz vor dem Dorf gebaut haben, fährt kaum noch wer nach Langenhagen. Die Hektik dort, sagen sie immer. Langenhagen – das ist für die Leute hier das Tokio Niedersachsens. Ein Moloch. Wenn sie mich sehen, denken sie, je nachdem wie spät es ist, ich wäre noch wach (morgens) oder gerade erst aufgestanden (mittags). Und betrunken. Dass ich betrunken wäre, denken sie eigentlich immer, ganz egal, wann ich ihnen begegne. Ständig gestikulieren sie, formen mit den Fingern ein imaginäres Glas, aus dem sie dann trinken, und anschließend tun sie so, als torkelten sie. Dabei sind sie selbst stets besoffen. Kaum wen versteht man hier, und nicht nur einmal habe ich einer der Hausfrauen im Supermarkt an der Kasse aufhelfen müssen. Vermutlich ist es auch deshalb der einzige Supermarkt, der Eier nur an der Kasse verkauft, und diese noch dazu in alte Zeitungen einwickelt, mit Gummibändern, zu denen sie hier Schnipsgummis sagen. Wenn die Leute hier mit mir sprechen, dann langsam und sehr deutlich. Erkläre ich daraufhin, dass ich sie sehr gut verstünde und stocknüchtern sei, lächeln sie nur wissend und sprechen ebenso langsam und noch etwas lauter weiter.

Wie gesagt, es ist schwer, ungesehen durch dieses Dorf zu

kommen, und auch jetzt tauchen Augen auf und mustern mich. In diesem Teil des Orts kommen mir ihre Blicke noch eindringlicher vor, da die Einheimischen an meinen Anblick noch nicht so gewöhnt sind wie die auf der anderen Seite, so dass ich mir nun besonders große Mühe gebe, möglichst unverdächtig auszusehen. Ein Unterfangen, das ja meist schon per se zum Scheitern verurteilt ist. Ich versuche zu schlendern. Rauche eine Zigarette. Ich bin noch immer der Meinung, rauchende Menschen würden vertrauenswürdig wirken. So ist es früher ja mal gewesen. Doch heute ist es wohl eher so, dass Raucher generell verdächtig wirken. Wer raucht, der trinkt auch Filterkaffee und schlägt Kinder. Und sagt Neger. Oder denkt es zumindest. Ich spüre, dass man mich beobachtet, ohne wirklich jemanden zu sehen. Aber man spürt das ja, die Blicke, allein ist man ja nie. Überall scheint es nun neben mir zu zittern und zu wackeln, Vorhänge, Augen, Lider. Automatisch muss ich meinen Schritt beschleunigt haben und gehe nun, als ich es bemerke, wieder etwas langsamer. Um nicht aufzufallen. Falle vermutlich gerade deshalb auf. Und bin froh, als ich schließlich unser Haus entdecke, das von hinten fast fremd auf mich wirkt. Das davor ist das Haus des Griechen. Kurz überlege ich, ob ich klingeln soll, um irgendetwas zu erklären. Doch ich weiß nicht, was ich sagen soll. Er würde mich vermutlich ohnehin nicht verstehen. Außerdem steht in der Einfahrt kein Auto, was darauf schließen lässt, dass niemand zu Hause ist.
Ich bleibe vor dem Grundstück stehen, sehe mich kurz

um, bevor ich die Gartenpforte öffne und zur Haustür gehe. Ich tue so, als würde ich klingeln. An der Tür steht ein Name, der mir wenig griechisch vorkommt: *Müller*. Ich warte einen Augenblick, gehe dann um das Haus herum, nach hinten in den Garten, der von Nahem wesentlich ungepflegter aussieht, als von unserem Haus zu erkennen ist. Am Ende des Gartens stehen zwei, drei Tannen, dahinter der Zaun, über den ich klettern muss, um auf unser Grundstück zu gelangen. Der Garten ist groß. Größer als gedacht. Leicht gebückt schleiche ich bis zu den Tannen. Meine Schritte machen schmatzende Geräusche auf dem aufgeweichten Boden. Noch immer regnet es in Strömen, so dass ich jetzt schon völlig durchnässt bin, obwohl ich mich noch gar nicht lange draußen aufhalte. Ich kauere mich hinter einen der Baumstämme am Ende des Grundstücks. Unser Haus ist noch zu weit weg, als dass Mona mich entdecken könnte. Höchstens, wenn sie an der Terrassentür steht. Doch ich sehe sie nicht. Früher hatten sie große Grundstücke und kleine Häuser, heute ist das umgekehrt.

Der Zaun reicht mir etwa bis zum Bauch. Trotzdem bekomme ich Schwierigkeiten beim Darüberklettern, sitze darauf und schwanke hin und her, während ich mit einer Hand in der Luft rudere, mich mit der anderen an den Zaun klammere, um nicht den Halt darauf zu verlieren. Manchmal wünsche ich mir, auch nur einmal in meinem Leben bei irgendwas cool auszusehen. Ich muss an Sascha Hehn denken, der zum Einsteigen immer über die geschlossene Tür seines Cabrios sprang. Nicht als

Sascha Hehn, sondern als Udo. *Schwarzwaldklinik.* Mit Mutter. Lange her.
»Hallo«, höre ich mit einem Mal eine Männerstimme hinter mir. »Was machen Sie denn da?« Es ist der Grieche, der in Sporthose und mit freiem Oberkörper auf seiner Terrasse steht.
War er eben auch schon dort, als ich durch den Garten geschlichen bin? Er ist tätowiert. *Deutschland*, lese ich auf seiner Brust, darunter sieht man eine schlecht tätowierte nackte Frau, die mit gespreizten Beinen dasitzt. Ausländer verschwinden im offenen Schoß der nackten Frau Deutschland? Warum lässt man sich so etwas tätowieren? Vielleicht wegen der Ausländerbehörde, denke ich. Um seinen Willen zur Integration unter Beweis zu stellen. Muss man sich bei der Ausländerbehörde ausziehen?
»Ich bin es doch nur. Bronske. Jesse Bronske. Von drüben.« Ich zeige auf unser Haus, drohe dabei vom Zaun zu fallen, so dass ich wieder runterklettere, zurück auf das Grundstück des Griechen. Was natürlich Schwachsinn ist. Aber man weiß ja nicht, was passiert. Möglicherweise denkt er, ich will fliehen. Neulich hat jemand in der Gegend einen Einbrecher erschossen. Alle stramm, alle Waffen.
»Boschke?«, fragt er jetzt zurück.
»Bronske«, wiederhole ich.
Er sieht mich an, als verstünde er mich nicht. Den Mund hat er leicht geöffnet, die Stirn ist in Falten gelegt.
»Von drüben.« Wieder zeige ich auf unser Haus, dann auf mich. »Von drüben.« Ich spreche jetzt lauter. »Wir sind

Nachbarn. Hab den Schlüssel vergessen«, sage ich, obwohl das natürlich gar keinen Sinn ergibt, da man ja leichter von vorne als hintenrum zum Haus gelangt. Aber ich hoffe, dass er mich ohnehin nicht so richtig versteht, oder was weiß denn ich.

»Aha«, sagt er, ohne dass er sich so recht im Klaren darüber scheint, was er damit meint. Immer noch sieht er mich misstrauisch an und wiederholt: »Aha.« Diesmal betont er nicht die erste, sondern die letzte Silbe.

»Wir kennen uns doch.« Ich klinge verzweifelt. Fast kann ich mich sehen, verlegen wie ein kleiner Junge, den man bei einem Streich erwischt hat.

»Hast du trunken?« Der Anflug eines Lächelns taucht nun auf seinem Gesicht auf und macht mir etwas Hoffnung.

»Nein«, rufe ich.

»Hast du trunken«, sagt er jetzt wissend. Zumindest klingt es so, und ein Lächeln breitet sich über sein ganzes Gesicht aus, lässt es erstrahlen und viel größer wirken.

»Hast trunken«, sagt er noch einmal, nun voller Inbrunst und ohne jeglichen Zweifel. Zur Unterstützung formt er mit der Hand das imaginäre Glas, das er zum Mund führt. »Trunke. Jetze betrunke.«

»Ja«, rufe ich, nur um ihm die Freude zu lassen, »ein bisschen aber nur.«

Ich klettere wieder auf den Zaun, schwanke erneut und verliere dann den Halt, lasse mich aber auf die andere Seite fallen, wo ich einen Augenblick im Gras liege und seine These so sicher nicht Lügen strafe. Auch wenn es

nicht stimmt. Ich habe nicht getrunken. Jedenfalls nicht viel.

»Du trunke!« Er lacht jetzt laut.

»Ja, aber *sssch.*« Ich lege den Finger auf meine Lippen, deute dann auf unser Haus.

»Trunke«, wiederholt er leiser und legt ebenfalls den Finger auf die Lippen. Danach sagt er noch etwas, das ich nicht verstehe. Es klingt wie: »Nubscha dackel schnippo schranke.«

»Ja«, erwidere ich, woraufhin sein Lächeln sofort verschwindet und er mich merkwürdig ansieht. Ich winke noch einmal versuchsweise, nachdem ich mich wieder aufgerappelt habe, und tue jetzt tatsächlich ein bisschen betrunken.

»Trunke«, höre ich ihn noch einmal rufen. Jetzt lacht er wieder.

»Ja, ja«, rufe ich und laufe ein Stück durch unseren Garten, in dem ich mich hinter dem Schuppen verstecke. Dort hocke ich und lasse mich von dem Griechen beobachten, der nicht so aussieht, als würde er gleich wieder gehen. Ich mache mit der einen Hand verscheuchende Bewegungen, lege mir erneut den Zeigefinger auf die Lippen und hoffe, dass er versteht und verschwindet. Was er anfangs nicht tut, erst als irgendwann das Telefon laut aus dem Inneren seines Hauses klingelt, Lautsprecher außen oder so.

Griechen sind schon seltsam, denke ich da, aber vermutlich denkt er genau dasselbe von mir. Und wahrscheinlich hat er in diesem Moment mehr Anlass dazu als ich,

das muss ich zugeben. Schließlich, nachdem ich mich vergewissert habe, dass der Grieche wirklich im Haus verschwunden ist, robbe ich weiter zu einem der Bäume, hocke mich hinter den Stamm. Von dort aus kann ich gut ins Wohnzimmer sehen, ohne Gefahr zu laufen, dass Mona mich entdeckt. Oder Aaron.

Ein paar Minuten starre ich in das leere Wohnzimmer, das mir von hier aus sehr fremd vorkommt. Vermutlich weil ich noch nie von außen in unser Wohnzimmer geblickt habe. Vieles ist ja eine Frage des Betrachtungswinkels. Selbst Mona kommt mir fremd vor, folge ich ihr, ohne dass sie davon weiß.

Gerade als ich mich noch näher an das Haus heranschleichen will, um besser sehen zu können, taucht Mona im Wohnzimmer auf. Kurz habe ich Angst, sie könne mich entdeckt haben, doch sie sieht nicht ein einziges Mal in meine Richtung, stattdessen geht sie langsam durchs Wohnzimmer, vorbei am Esstisch und dann in die Küche. Erst denke ich, sie telefoniere mit jemandem über die Freisprechanlage, wie sie es häufiger tut, dann sitzt sie brüllend im Wohnzimmer und macht sich währenddessen die Nägel oder liegt nackt auf der Sonnenbank. Doch da sehe ich, dass sie tanzt. Sie singt und tanzt. Ja, Mona wirkt glücklich. Richtig ausgelassen ist sie. Sie singt jetzt so laut, dass es bis nach draußen zu hören ist. Ich weiß nicht, was es ist, vermutlich irgendwas von ihrer Radiomusik. Mona lächelt. Lacht fast. Sie wirkt sehr zufrieden. Mehr als das. Jetzt steckt sie sich eine Zigarette an und sieht nach draußen. Wieder denke ich, dass

sie mich vielleicht gesehen haben könnte. Aber sie steht nur da und raucht. Sieht so zufrieden aus, wie ich sie, zugegeben, lange schon nicht mehr gesehen habe. Was mir in dem Moment einen leichten Stich versetzt. Kurz bin ich versucht, aufzustehen und zu ihr zu gehen. Mit einem Mal weiß ich, warum ich sie liebe. Es ist mir ganz klar. Und dann geschieht etwas mit mir. Kurz denke ich: mein Kreislauf. Spüre etwas Warmes mein Gesicht herunterrinnen: Nasenbluten? Nein. Tränen. Es sind Tränen. Ich weine. Stehe da, sehe Mona an und weine. Ich liebe Mona. Das kann ich fühlen. Und das ist seit langem mal wieder ein angenehmes Gefühl bei all der Angst und der Unsicherheit. Etwas, an dem sich festhalten lässt. Wir können es schaffen. Und selbst wenn nicht - wenn alles so bleibt, wie es ist, wäre das wirklich so schlecht, wie ich immer gedacht habe?
Nun läuft anscheinend ein ruhigeres Stück. Mona tanzt etwas weniger exaltiert, singt aber trotzdem nicht weniger inbrünstig mit. Ich erinnere mich nicht, wann ich jemals das Gefühl gehabt habe, Mona derart innig zu lieben wie in diesem Moment. Immer wieder muss ich mir über die Augen wischen, doch die Tränen hören einfach nicht auf zu laufen. Ich schluchze sogar.
Mona steckt sich eine neue Zigarette an und tanzt weiter durchs Wohnzimmer. Fast wäre ich zu ihr gerannt. Doch ich weiß, dass das nicht geht. Dass das alles zunichtemachen würde. Mein Misstrauen - Mona darf davon nichts wissen. Auf gar keinen Fall. Aber anrufen will ich sie. Wenigstens das. Ich will ihr sagen, dass ich sie liebe

und dass alles besser werden wird, dass ich das nun weiß. Und dass sie keine Angst zu haben braucht. Wir werden das schaffen, wenn wir nur zusammen sind. Unser Leben wird besser werden. Das will ich ihr versprechen, will auch wirklich alles dafür tun, dass es das – das Freizeichen. Mona hört abrupt auf zu tanzen und zu singen.
Rauchend geht sie zum Esstisch, wo ihr Handy liegt. Sie sieht es einen Augenblick an, während der zufriedene Ausdruck ganz allmählich aus ihrem Gesicht verschwindet, als würde sie sich wieder der Realität bewusst werden, nachdem sie zuvor wie in Trance gewesen ist. Ich bin diese Realität. Ich bin das.
Schnell lege ich auf. Aus Angst, sie könnte nicht rangehen. Oder schlimmer noch, mich wegdrücken. Eine Weile starrt Mona noch aufs Display, legt dann ihr Handy wieder zurück. Sie drückt ihre Zigarette aus und geht nach oben, ins Badezimmer, wo ich ihren Schatten hinter dem Milchglasfenster sehe. Anscheinend stützt Mona sich auf die Fensterbank und blickt durch das milchige Glas nach draußen. Zu mir, der ich für sie verschwommen und schemenhaft dort stehen muss.

WHEN THE SMOKE IS GOING DOWN

Unsere Mutter verließ uns am 17. August 1993, also genau einen Tag nach meinem und Aarons sechzehnten Geburtstag. Lange wussten wir gar nicht, wo sie überhaupt war. Vater erzählte uns, sie wäre zu einer Freundin nach Amerika geflogen. Obwohl wir bis dahin nie von einer Freundin in Amerika gehört hatten noch Mutter je so gewirkt hatte wie jemand, der jemanden in Amerika kannte. Mutter wirkte wie jemand, der jemanden in Pinneberg kannte. Vielleicht noch Österreich. Aber Amerika? Nein, nicht Mutter. Doch Vater beharrte darauf. Auch nach mehrmaligem Nachfragen entgegnete er streng: »Mutter ist in Amerika. Und damit basta.«
Heute glaube ich, dass Vater wollte, dass unser Leben möglichst lange noch intakt schien. Auch wenn das nur eine Illusion war. Vermutlich ahnte er, dass anschließend nichts mehr so sein würde wie zuvor und alles drohte kaputtzugehen. Und solange er uns dazu brachte, zu glauben, Mutter wäre in Amerika, solange er selbst daran glaubte, ja so lange bliebe unser Leben noch in bester Ordnung. Auch wenn meine Familie immer geglaubt hat, das Unglück wäre längst schon da, so kam es doch erst später wirklich zu uns. Und müsste ich einen Zeitpunkt

dafür benennen, so würde ich sagen, alles begann mit Mutters Verschwinden.
Einmal, ich erinnere mich noch, tat Vater sogar so, als würde er mit Mutter dort drüben in diesem seltsamen Amerika telefonieren. Er stand unten im Flur, steckte sich den Finger ins Ohr, presste den Hörer ans andere, weil die Verbindung so schlecht sei, wie er derart laut verkündete, dass auch Aaron und ich, die wir im Wohnzimmer saßen und fernsahen, es hören mussten.
»Ja, uns geht's allen gut«, rief er ebenso laut. »Die Freiheitsstatue? Echt? Na, da bin ich aber auf die Fotos gespannt.« Fast zehn Minuten telefonierte er mit der Stille und schloss dann mit den Worten: »Ja, ich liebe dich auch.«
Vater war kein guter Schauspieler. Auch wenn es natürlich stimmte, Vater liebte die Stille. Doch etwas war da nicht in Ordnung, das spürten wir. Trotz des Umstands, dass wir uns tief in den fischigen Sümpfen unserer Pubertät befanden und im Grunde die meiste Zeit nur mit uns selbst beschäftigt waren. Vater veränderte sich von Woche zu Woche mehr, und bald gab er sich schon keinerlei Mühe mehr, sich vor uns zu verstellen. Vater war immer schon merkwürdig gewesen. Nur hatte er es bis dahin verstanden, diesen Umstand gut zu kaschieren. Nun wollte er das gar nicht mehr. Wir sahen Vater kaum noch. Er war jetzt nur noch in seinem Arbeitszimmer, ohne dass wir so recht wussten, was er darin eigentlich tat. Er schlief, wenn wir wach waren, und umgekehrt. Nachts konnten wir ihn im Garten weinen hören. Ein-

mal sah ich ihn im Morgengrauen auf mannshohe Büsche einschlagen, die Mutter gepflanzt hatte.

Irgendwann rief Mutter dann wirklich an. Fast zwei Monate war sie da schon fort. Aaron ging ran, er stellte das Telefon laut, und eine Weile standen wir nur im Flur und hörten Mutter zu, die am anderen Ende – irgendwo weit weg, so dachten wir da – weinte. Immer wieder versuchte sie etwas zu sagen, doch es ging in ihrem Schluchzen unter, und schließlich legte Mutter einfach wieder auf.

Ein paar Tage darauf traf ein Brief von ihr ein, in dem stand, dass wir nie vergessen sollten, dass sie uns immer lieben würde, aber dass sie es nicht mehr aushalten könne – dieses Leben mit Vater und so. *Es geschieht doch einfach nichts!*, schrieb sie. Mit einem Ausrufezeichen dahinter und unterstrichen. *Aber es muss doch einfach mal etwas geschehen. Irgendwann muss doch auch mal was passieren. Leben bedeutet doch auch, dass etwas geschieht. Oder nicht?! Kann sein, dass das alles falsch ist und ich es eines Tages sehr bereue. Aber zumindest hat sich etwas verändert. Eure Mutter.*

Mutter hatte es nicht mehr ausgehalten mit der Normalität, die unser Leben mehr und mehr überflutete, so dass sie drohte darin zu ertrinken. Zumindest nach ihrem Empfinden. Hin und wieder schaffte sie es kurz mal an die Oberfläche, holte dort Luft, etwa bei einem ihrer Auftritte, so dass sie wieder fähig war, eine Weile im brackigen Becken der Gewöhnlichkeit zu tauchen. Doch nun war ihr die Luft ausgegangen. Sie war aus dem Becken geklettert und davongerannt. Schon in den Wochen zuvor hatte sie aus ihrer Abneigung gegen die Gewöhn-

lichkeit, die wir ihrer Ansicht nach allesamt verströmten, keinerlei Hehl mehr gemacht. Immer häufiger stritt sie mit Vater, und auch wenn sie es nie offen aussprach, so klang doch durch, dass sie ihn dafür verantwortlich machte, dass nichts aus ihr geworden war. Immer verzweifelter wurden ihre Versuche, ein wenig Aufmerksamkeit zu erlangen: Der *TVR* etwa, der *Theater Verein Rahlstedt*, den sie gegründet hatte und der sich jeden Dienstag bei uns traf und unter der Regie meiner Mutter Stücke probte, die man dann im Sommer draußen oder in den kalten Monaten in einer Kneipe aufführte. Meine Mutter hatte sogar bei der Wahl der *Miss Schlemmerstube Rahlstedt 1992* mitgemacht. War allerdings nur Vierte geworden. Immer wieder durchschritt sie mit missbilligendem Blick unser ihr nun zu eng gewordenes Haus. Zupfte an den Vorhängen mit den Tiki-Motiven, die sie einmal ausgesucht hatte. Nahm die Kakteen, die sie gekauft hatte, von der Fensterbank, öffnete das Fenster und warf sie in den Garten, wo sie anschließend noch lange liegen bleiben sollten. Ich glaube, Mutter ahnte da schon, dass sie es aus eigener Kraft nie aus dem Strudel der Durchschnittlichkeit hinausschaffen würde. Sie wusste, dass sie jemanden brauchte. Und dass Vater es noch einmal zu Ruhm bringen würde, daran glaubte zu dieser Zeit nun wirklich niemand mehr. Selbst Aaron und ich nicht, die wir Vater, trotz allem, über alle Maßen liebten.

Mutter verriet uns nicht, wo sie war. Aber der Brief war nicht abgestempelt worden. Es war gar keine Briefmarke darauf. Er lag einfach nachmittags, als wir von der Schule

nach Hause kamen, in unserem Briefkasten. Wir stellten uns alles Mögliche vor, wo sie nun sein könnte – und viel wichtiger noch, mit wem. Und je größer und strahlender wir uns diese neue Zukunft von Mutter ausmalten, umso leichter fiel es uns, über die Trennung von ihr hinwegzukommen. Nicht zuletzt bestand ja immerhin noch die Hoffnung, dass sie uns in dieses neue Leben nachholen würde. Sylt, Paris oder aber England, dachten wir. »Vielleicht ein Musiker«, sagte Aaron. »Vielleicht ist Mutter mit einem Musiker zusammen.« Mutter hatte begonnen wieder so auszusehen wie zu jener Zeit, als sie noch mit Musikern zusammen gewesen war, wie sie manchmal erzählte und uns Fotos zeigte. Sie trug kurze Röcke. Dann sehr kurze Röcke, so dass man ihr hauptsächlich auf die Knie starrte. Wir zumindest. In ihrer Jugend war sie eine Zeit lang wohl mal mit dem Bassisten der Rattles zusammen gewesen. Zumindest erzählte sie das. Kurz bevor sie Vater kennengelernt hatte. Sie hatte sich damals für Vater entschieden – und schien das im Nachhinein zu bereuen. Sie ging wieder viel aus und kehrte oft betrunken heim. Einmal fiel sie. Einmal weinte sie. Ein anderes Mal erbrach sie sich auf die unteren Treppenstufen, die wir Vater am nächsten Morgen reinigen sahen. Er habe es mit dem Magen, erklärte er, ohne uns dabei ansehen zu können. Sie kam mit dem Taxi oder zu Fuß. Im Sommer barfuß. Immer schwankend. Manchmal brachten sie auch irgendwelche Männer, mit denen sie anschließend noch im Auto vor unserem Haus saß, während der Motor lief. Einmal sah ich, wie Mutter jemanden küsste. Und so war

es nur eine Frage der Zeit, bis das Gerede über meine Mutter zunahm. Im Schaukasten der Bar, in die sie ging, es gab ja nur die eine in Rahlstedt, hingen Fotos, die zeigen sollten, welch ausgelassene Stimmung in Rahlstedt möglich war. Auf vielen davon war meine Mutter zu sehen, die trank, rauchte, tanzte, auf dem Tresen und auf Tischen, verkleidet oder leicht bekleidet. Männer mit Bärten, die ich nicht kannte, hatten ihre Arme um Mutter gelegt, oder sie saß auf dem Schoß von einem von ihnen. Dabei sah Mutter glücklich aus. Vermutlich war ihr da schon ganz egal, wer ihr Aufmerksamkeit entgegenbrachte und für was, Hauptsache, man nahm sie wahr.

»Sie ist bestimmt in Berlin«, sagte mein Bruder, »und lebt dort mit einem Prominenten zusammen.« Wie sie hier in Rahlstedt irgendwen Bekanntes hätte kennenlernen sollen, wussten wir nicht. Aber trotzdem hoffte ich, dass das, was sie gefunden hatte, wesentlich besser war als unser Leben. Alles andere hätte mich nur gekränkt. »Vielleicht ein Maler in Südfrankreich?« Und wir stellten uns dann vor, wie Mutter nackt am Meer entlangspazierte und wie ein Rotwein trinkender Mann sie malte, so undeutlich und abstrakt, dass selbst Mutter wieder schön aussah.

Als wir Mutter dann eines Tages in Rahlstedt begegneten, da waren wir mehr als enttäuscht. Wir waren wütend. Sie hatte es nur bis an den Anfang unserer Straße geschafft. Eine lange Straße zwar – aber trotzdem. Immerhin auf die andere Straßenseite, obwohl ich nicht wusste, ob das

besser war. Dort lebte ein Schauspieler, der in einer Vorabendserie mitspielte, die Vater anzusehen begonnen hatte, seit Mutter fort war. Wir hatten uns immer gefragt, warum, und geglaubt, dass es vielleicht wegen der einen Frau war, die ein wenig wie Mutter aussah und seinen Trennungsschmerz etwas linderte. Ansonsten sah Vater hauptsächlich Ratgebersendungen oder Dokumentationen über Dicke und Drogen.

Mutter bemerkte uns nicht, und wir brauchten einen kurzen Augenblick, um sie überhaupt zu erkennen. Sie hatte die Haare jetzt anders, sah aber trotzdem noch unverkennbar nach Rahlstedt aus. Sie trug neue Kleidungsstücke, die sich aber kaum von denen unterschieden, die sie bei uns getragen hatte. Als sie uns schließlich doch da stehen sah, starrte sie uns einen Moment lang nur an, als müsse sie überlegen, ob und woher sie uns kannte. Dann kam sie über die Straße. Zuckte mit den Schultern und drückte uns kurz an sich. Anschließend lief sie hastig wieder nach drüben und verschwand in einem der Häuser. Es war nicht viel größer als unseres, und es sah auch nicht wirklich so aus, als könne sich darin das befinden, wonach Mutter all die Jahre bei uns vergebens gesucht hatte.

Oft saßen Aaron und ich in den Tagen, nachdem wir sie getroffen hatten, auf der Straße vor dem neuen Haus von Mutter, rauchten schweigend oder machten Fotos, um sie am Abend Vater zu zeigen. Mutter wirkte nicht glücklicher, und wir fragten uns, wo da der Unterschied war oder was sie gehofft hatte, dort zu finden. Die Vorhänge

im Erdgeschoss sahen unseren recht ähnlich, auf diesen waren Hawaiimädchen. Mutter zog sie manchmal zu, wenn sie unsere Blicke nicht ertrug, beobachteten wir sie bei den Dingen, die sie auch schon bei uns getan hatte: Etwa wie sie das Wohnzimmer saugte, wie sie Kakteen auf die Fensterbänke stellte, das Haus dekorierte. Wie sie Wäsche wusch und sie im Garten aufhängte. Die Unterhosen des neuen Mannes, die kleiner waren als die von Vater, aber sonst alles in allem seinen sehr ähnlich sahen.

Vater ging kaum noch aus dem Haus, und wenn doch, nahm er das Auto und fuhr, selbst wenn das ein Umweg war, in der entgegensetzten Richtung aus unserer Straße. Er wollte unter keinen Umständen an diesem Haus vorbei. Er betrieb anfangs weiterhin den Imbisswagen – oder versuchte das zumindest. Seit Mutter fort war, fehlte ihm jeglicher Antrieb, und die Beschwerden der Imbisskunden häuften sich. Von Tag zu Tag kamen weniger. Ständig verbrannte das Essen, weil Vater in Gedanken war. Es kam vor, dass er in Tränen ausbrach und vor den verdutzten Kunden dastand und weinte, während sich hinter ihm die Hähnchen drehten, bis sie schwarz waren.

Nach der Schule halfen wir ihm oder betrieben den Imbiss allein, damit zumindest etwas Geld hereinkam. Aaron und ich nannten das *Graceland* nur noch *Wasteland*, und schließlich ging Vater kaum noch oder nur noch äußerst unregelmäßig dorthin. Er schaffte es einfach nicht. Immer mehr Tage gab es, an denen er im Bett lie-

gen blieb und dort dann auch noch lag, kehrten wir nachmittags von der Schule nach Hause zurück. Auf Mutters Seite des Ehebetts hatte er unzählige Bücher gestapelt, Ratgeber, vermutlich damit die Leere dort nicht so auffiel.
Ich wusste damals nicht, was schlimmer war: dass Mutter uns verlassen hatte oder dass Vater so war, wie er war. Ich habe es nie ertragen können, meinen Vater schwach zu sehen. Und nun hielt ich es kaum aus. Warum ließ er sich das alles gefallen?

Eines Nachts rannte Vater aus dem Haus, als würde es brennen. Wir hörten die Haustür und zogen schnell unsere Trainingsanzüge über, liefen ihm dann hinterher. Vater war aufgebracht, ohne dass ich je herausgefunden habe, was in jener Nacht geschehen ist, das ihn hatte losziehen lassen. Später sagte er immer nur: »Mit Elvis kann man das nicht machen. Don't do that with Elvis!«
Vater zog sich seinen Glitzeranzug an, den er lange schon nicht mehr getragen hatte. Dazu die weißen Stiefeletten mit den Pailletten daran, türmte sich seine Tolle auf, besprühte sie mit solchen Mengen an Haarspray, dass sie so fest wurde wie noch nie. Selbst als er unsere Straße hinunterstürmte, bewegte sie sich nur ganz leicht. Es war ein ganzes Stück, das er zu laufen hatte, die Straße ist lang, trotzdem büßte er auf dem Weg nichts von seiner Entschlossenheit ein, ja, von seiner Wut. Er postierte sich vor dem Haus des Neuen und schrie Mutters Namen. Immer wieder. So lange, bis das Licht auch in diesem Haus

angeschaltet wurde, in den umliegenden Häusern war es längst an.
Irgendwann erschien Mutters neuer Freund an der Haustür. In einem Bademantel, auf dem das Logo der Serie, in der er mitspielte, eingestickt war. Darunter stand ein Name, der allerdings nicht seiner war.
»Was willst du?«, fragte er und versuchte zu lächeln beim Anblick meines Vaters in dem hautengen Glitzeranzug. Doch er schien dessen Wut zu spüren, und das Lächeln hielt sich nicht lang auf seinem glatten Gesicht. Es verrutschte, zurück blieb Unsicherheit.
Vater antwortete nicht, sondern schrie wieder den Namen meiner Mutter, die nun in der Haustür erschien, in einer Strickjacke, die sie sich eng um den Oberkörper schlang, obwohl es nicht kalt war in jener Nacht. Auch sie sagte nichts, und doch sah ich, dass etwas mit ihr anders war. Da war kurz ein Leuchten in ihren Augen, wie wir es schon lange nicht mehr gesehen hatten. Auf den alten Fotos war es noch zu erkennen. Auf den Schwarz-Weiß-Aufnahmen. Ein Leuchten, und wäre Vater ein Schiff und dieses Leben ein Meer, Mutter wäre der Leuchtturm, dessen Licht Vater in den Hafen leitete. Und dieses Leuchten wurde noch heller, als Vater ausholte und diesem neuen Mann mit voller Wucht ins Gesicht schlug. So wie Elvis in Vaters Lieblingsfilm *Gold aus heißer Kehle*. Mutters neuer Freund ging sofort zu Boden und rollte sich dort zusammen wie ein Igel. Er wimmerte, und ich bemerkte, wie Mutter kurz das Gesicht verzog. Ein ganz kurzer Moment nur, doch ich sah es. Es war ihr

unangenehm. Vater, Mutter, Aaron und ich standen da und starrten diesen wimmernden Mann an. Wie er sich zusammenrollte zwischen den akkurat angepflanzten Beeten, in denen Holzstäbe mit Schildern steckten, auf denen in Schreibschrift *Tomaten*, *Rosmarin*, *Kresse* stand, und wie er dann zu weinen begann. So wie wir ihn schon unzählige Male im Fernsehen hatten weinen sehen. Das Gesicht mit den manikürten Händen verbergend.

Niemand wusste etwas zu sagen oder zu tun. Wir standen einfach da und sahen ihn an wie ein putziges Tierchen. Ich musste an die wenigen Zoobesuche bei Hagenbeck denken, früher, als alles noch in Ordnung gewesen war. Als man noch nicht wusste, dass einmal nicht mehr alles in Ordnung sein würde, dass das der Lauf der Dinge ist und dass man eigentlich sein ganzes Leben nur damit beschäftigt ist, dass alles wieder in Ordnung kommt, dass das Leben wieder so wird wie bei Hagenbeck. Was es meist aber nicht tut. Auch Hagenbeck ist ja nicht mehr so wie früher.

»Hör auf, Markus«, sagte Mutter jetzt leise. Doch Markus lag weiter da und weinte. Markus – das war noch nicht einmal ein Name, der mehr versprach. Leute, die Markus heißen, die stehen am Fenster und beobachten die Straße. Oder sind in der IT-Branche tätig und essen halbe Mettbrötchen mit akkurat geschnittenen Zwiebelwürfeln vorm Computermonitor.

»Und deshalb hast du uns verlassen, oder was?«, fragte Vater ernsthaft überrascht und zeigte mit dem stark beringten Zeigefinger seiner rechten Hand auf Markus.

»Das ist es, was du immer wolltest? Dass ich meine Gefühle zeige?«
Mutter sah Vater an, und kurz schien es, zumindest mir, als würde sie seine Hand nehmen und mit uns nach Hause gehen. Wir würden lachen über den weinenden Markus, der hier zwischen seinen verdammten Beeten lag und sich die Hände vors Gesicht hielt. Ein kurzer Moment der Hoffnung, alles käme wieder in Ordnung. Alles würde doch wieder gut werden – bis Mutter dann sagte, aber eigentlich eher schrie: »Geht. Ihr alle – geht endlich! Ich war immer für euch da. Aaron, Jesse – immer! Aber nun denke ich an mich. Nur an mich. Und ihr haut jetzt besser ab!«

CAN'T GET ENOUGH

Immer wieder gehe ich zu Gruppen. In manchen Zeiten sogar mehrmals die Woche. In der Hoffnung, dort mein Talent für irgendetwas zu entdecken. Ich will einfach nicht tatenlos zusehen, wie die Gewöhnlichkeit mehr und mehr Besitz von mir ergreift und mich unter ihrer Last begräbt. Ich will nicht so werden wie meine Eltern. Eine Weile habe ich Flamenco-Gitarre spielen gelernt. Extra in einer Gruppe von Senioren, in der Hoffnung, dort der Beste zu sein. Ich habe an Mittwochen Merengue getanzt, an Dienstagen Samba. Ich bin sogar heimlich mal geritten. Viermal habe ich an Samstagvormittagen, wenn Mona im *SUPERBUHEI* arbeitete, die Zauberschule Vahrenwald besucht, in der Hoffnung, die Illusion wäre vielleicht das Feld, auf dem ich glänzen könnte. Zaubern, dachte ich, das kann doch sicher jeder Idiot. Leider habe ich mich getäuscht. Stattdessen begann ich herbstliche Aquarelle zu malen. Spielte Pantomime. War in der *Ü30-Bogenschieß-Gruppe Langenforth*. Ich bin beim Kegeln gewesen, so verzweifelt war ich, ohne je wirklich das Gefühl gehabt zu haben, dass da ein Funke übergesprungen ist – und wenn doch, dann hat er zumindest nichts in mir zum Brennen gebracht. Alles ist nass. Nichts brennt. Zweimal

war ich sogar bei einem VHS-Kurs für Jazz Dance. Von den Bewegungen ist mir schwindelig geworden, und am Ende der zweiten Stunde ist die Trainerin zu mir gekommen, um mit mir zu reden. Immer wenn ich etwas entgegnete, hat sie sich weggedreht. Ich bin nicht wieder hingegangen.

Meine Angst, so zu werden wie meine Eltern, wächst mit jedem Tag, an dem wieder nichts geschieht. Das Leben ist ein Moor, in dem ich allmählich versinke und bald schon ganz darin verschwunden bin. Ein halbes Jahr noch, dann bin ich so alt wie mein Vater bei meiner Geburt. Mein Vater hat immerhin noch Kinder gezeugt. Obwohl ich nicht wirklich weiß, ob das das Leben besser macht. Mir läuft die Zeit davon, so viel ist klar. Und auch ich hätte laufen müssen. Doch ich trete auf der Stelle, so sehr ich mich auch bemühe.

Immer verzweifeltere Züge nimmt mein Kampf gegen die Bedeutungslosigkeit an. Hin und wieder arbeite ich als Statist beim Film. Genieße es, wenn ich in irgendwelchen Fernsehproduktionen im Hintergrund auftauche. Einmal habe ich in der Serie *Danni Lowinski* zu der Hauptdarstellerin Annette Frier gesagt: »Das weiß ich doch auch nicht.« Ich sehe es mir oft an. Aber in letzter Zeit nur noch allein. Ich nehme an Castings für Fernsehshows teil. Denn wer es ins Fernsehen geschafft hat, hat im Kampf gegen das Vergessen ein gutes Stück gewonnen. Ich war sogar mal bei *Big Brother*, wurde jedoch als Erster rausgewählt, und die Erkenntnis, dass selbst solche Idioten, die sich solch einen Mist ansehen, mich

nicht mögen, kränkte mich derart, dass ich zumindest vorerst nicht an weiteren Fernsehshows teilgenommen habe. Sogar *Das Perfekte Dinner* habe ich anschließend abgesagt, obwohl man mir bereits eine Zusage erteilt hatte und ich schon wusste, was ich kochen wollte.
Ich lese viele Biografien von Künstlern und anderen Prominenten, und das Erste, was ich stets tue, ist nachzurechnen, wie alt sie gewesen sind, als der Durchbruch kam. Die meisten waren jünger, als ich es jetzt bin. Und verdammt viele waren, als sie so alt waren wie ich, bereits lange tot. Es gibt nicht viele, die es erst spät zu Ruhm und Anerkennung gebracht haben: Raymond Chandler, Vincent van Gogh oder aber Santiano. Es besteht also noch ein Funken Hoffnung.
Und so treffe ich mich seit einigen Wochen jeden Mittwoch mit einer Schreibgruppe in einem schmucklosen Raum einer Schule, in dem wir dann auf Stühlen in einem Kreis unter Neonlicht sitzen. Wir lesen uns unsere selbstgeschriebenen Texte vor, kritisieren sie anschließend, nicht selten sehr scharf. Jeder will der Einäugige unter den Blinden sein, und man lässt meist kein gutes Haar an den Texten der anderen. Und zugegeben: Von Mal zu Mal fällt es mir schwerer zu glauben, dass dies der Anfang von etwas ganz, ganz Großem sein soll, wie der Dozent nicht müde wird zu betonen. Und wenn ich doch immer wieder hingehe, so vermutlich auch, weil diese Leute in der Gruppe die einzigen sozialen Kontakte sind, die ich außerhalb der Kneipe besitze. Ich finde einfach keine Freunde. Schon in Rahlstedt ist es mir schwer-

gefallen, aber hier in Langenhagen spüre ich das erste Mal, was Einsamkeit wirklich bedeutet. Natürlich habe ich mich lange danach gesehnt, doch nun gibt es Tage, an denen es mir ein bisschen zu viel des Guten ist. Gerade an Samstagen, wenn Mona sich mit ihren sogenannten Freundinnen trifft. Hin und wieder schließe ich mich ihnen an, betrinke mich schweigend in ihrer Gegenwart und versuche Gemütlichkeit zu verströmen. An anderen Samstagabenden sitze ich allein zu Hause und höre Radio, um mir wenigstens vorzugaukeln, da wäre noch jemand. Ich denke dann an meinen Vater und dass ich nun so zu werden beginne wie er, genauso seltsam. Scheiß Gene.

Wie findet man denn überhaupt Freunde? Will man jemanden zum Sex treffen oder sucht man wen für eine Beziehung, all das ist überhaupt kein Problem, oder gut: Zumindest ist es einfacher. Aber Freunde? Ab und zu gehe ich auf Konzerte. Noch immer Heavy Metal. Stehe bangend neben anderen alleinstehenden bangenden Männern und genieße das kurze Gefühl der Gemeinschaft, bevor ich wieder nach Hause fahre. Einmal habe ich sogar Stanislawski gefragt, ob wir nicht abends mal was zusammen trinken gehen wollen. Er sah mich an, lachte dann laut, schlug mir auf die Schulter und ging ohne ein weiteres Wort. Eine Weile habe ich Tennis im Verein gespielt, und einmal nach dem Training trank ich etwas mit einem Holger im Vereinsheim. Er redete viel über Fußball, und erst gab ich mir noch Mühe, so zu tun, als würde mich Fußball interessieren. Erzählte von Spie-

lern, deren Namen ich mir ausdachte. Dass ich früher selbst aktiv gespielt hätte, berichtete von fiktiven Verletzungen. Anfangs lief es ganz gut. Doch Holger wurde immer betrunkener, und je betrunkener er wurde, umso mehr begann er von Frauen zu erzählen. Ständig deuteten seine Finger Sexualpraktiken an, waren Penis, Beine und Scheide. Es war ein unangenehmes Gefühl, wenn er mir anschließend mit dieser Hand, die eben noch Geschlechtsteil war, auf die Schulter schlug. Wie viele Frauen ich schon befriedigt hätte, fragte er mich irgendwann. Ob ich lieber Haare mögen würde oder rasiert? Wie ich die Vagina nennen würde? Wie das Glied? »Lorris«, entgegnete ich. Er lachte. Anschließend schob er mir Block und Kugelschreiber rüber und sagte: »Mal mal die Möse von deiner Freundin auf.« Ich tat, als müsse ich aufs Klo, schlich über die Terrasse des Vereinsheims und rannte davon. Ich habe nie wieder Tennis gespielt.

Auch wenn es mir schwerfällt, aber ich genieße es, mit Menschen zu reden, die nüchtern sind. Auch wenn ich zunächst immer etwas schüchtern bin. Einfach weil mir die Übung im Umgang mit Nüchternen fehlt. Gespräche, die nicht nur aus einem Satz bestehen, auf den dann meist auch nichts zu erwidern ist, überfordern mich. Nüchtern mit Betrunkenen zu reden, da fühle ich mich überlegen. Es gibt mir Selbstsicherheit. Selbstsicherheit, die mir nun, wenn ich anderen - nüchternen - Menschen, sozusagen auf Augenhöhe begegne, fehlt, so dass ich manchmal vorher etwas trinke, um mir Mut zu machen, wenn das Sinn ergibt. Das ist auch ein Grund, warum ich

die Schreibgruppe weiterhin besuche. Der andere ist der, dass ich nicht mehr so recht weiß, was ich noch unternehmen soll, damit aus mir etwas wird. Ein Buch schreiben, das erscheint mir noch im Bereich des Machbaren. Selbst Boris Becker hat ein Buch geschrieben. Oder Dolly Buster. Selbst der Hund von Harald Glööckler hat ein Buch geschrieben. Daran denke ich immer, drohe ich zu verzweifeln, an den Hund von Harald Glööckler. Der Hund von Harald Glööckler ist der Vincent van Gogh des Kleinen Mannes. Und der Kleine Mann – das bin leider immer noch ich.

Wir sind meist zu acht bei der Schreibgruppe. Manuela, ein Thorsten mit h, ein Torsten ohne h, eine Frau Schmöckler, der Dozent Herr Schmochtke, außerdem eine Nadine und eine Monika. Wir sind zu Beginn zu zwölft gewesen, doch es werden jedes Mal weniger.

»Wir warten noch ein paar Minuten«, sagt Herr Schmochtke jetzt, während er wieder am Fenster des muffigen Klassenraums steht und nach draußen blickt, in der Hoffnung, er würde dort doch noch irgendwen entdecken.

»Ich glaube, da ist Susanne.« Er zeigt nach draußen in die Dunkelheit. Er schreit es fast. Wir anderen zucken nur mit den Schultern.

»Wirklich«, sagt er noch einmal und sieht uns so flehend an, dass Nadine sich schließlich erbarmt, aufsteht, neben ihn ans Fenster tritt und ebenfalls hinaussieht.

Um ehrlich zu sein, erinnere ich mich überhaupt nicht an eine Susanne, und so wie die anderen gucken, ver-

mute ich, dass es ihnen ähnlich gehen muss. Nun öffnet Herr Schmochtke auch noch das Fenster und schreit in die Dunkelheit hinaus: »Susanne! Susanne!« Er winkt ungestüm. Dreht sich dann noch einmal zu uns um und sagt wieder: »Da ist Susanne.«

Wieder nicken wir pflichtschuldig.

Er schließt das Fenster. Der Geruch nach Nacht, der hereingeströmt ist, hält sich noch lange im Raum und schlägt nur langsam um in den Geruch nach Nase, der durch das schweigende Ausatmen entsteht. Es ist still. Absolut still. Herr Schmochtke setzt sich. Steht dann wieder von seinem Stuhl auf und öffnet die Tür des Raums. Starrt ins dunkle Treppenhaus.

»Susanne?«, ruft er in die Dunkelheit. Aber es bleibt still.

»Vielleicht war das doch nicht Susanne«, sagt Thorsten oder Torsten nach einem unerträglich langen Moment, in dem Herr Schmochtke nur in der offenen Tür gestanden und in die stille Dunkelheit des Treppenhauses geblickt hat.

»Oder sie kommt später noch«, sagt Herr Schmochtke, ohne jetzt seine Enttäuschung darüber, dass wieder einer seinen Kurs nicht mehr besucht, wirklich verbergen zu können.

Jedes Treffen beginnt damit, dass Herr Schmochtke uns etwas von sich vorliest. Alles klingt äußerst autobiografisch, auch wenn er das vehement abstreitet. Doch einmal sind wir bei ihm zu Hause gewesen. Eine Art Weihnachtsfeier hat es werden sollen, es ist nur mit viel Alkohol auszuhalten gewesen, und dort hat es exakt so ausgesehen

wie in seinen Geschichten. Herr Schmochtke hat vor Jahren mal ein Buch veröffentlicht, das *Abgenagt vom Leben* heißt und das er immer mit zu den Treffen bringt, um es dort wieder und wieder herumzureichen. Auf dem Autorenfoto sieht Herr Schmochtke noch glücklich aus, und ich stelle mir oft vor, wie es sich angefühlt haben muss, zu glauben, dass nun etwas Großes beginnt. Das Buch ist abgegriffen, und auch Herr Schmochtke sieht auf eine Art abgegriffen aus. Herr Schmochtke lebt allein, und das merkt man auch. Einsame Figuren bevölkern seine Geschichten. Nicht selten dominieren ausufernde Masturbationsszenen diese Texte. Sexszenen, sagt er, gehörten zum Schwierigsten, was man überhaupt schreiben könne, nur um uns dann eine Sexszene vorzulesen, die eben genau das beweist. Herr Schmochtke scheint schon lange keinen Sex mehr gehabt zu haben. Jedenfalls keinen richtigen. Mit Menschen. Und ich will es gar nicht, doch ich muss mir immer wieder vorstellen, wie Herr Schmochtke nackt aussieht. Dürr. Hellhäutig wie eine geschälte Banane. Seine filterzigarettenfarbene Erektion, die anklagend in den Raum ragt und bei jeder seiner Bewegungen leicht zu wippen beginnt.

Auch heute liest Herr Schmochtke als Erstes eine seiner Szenen vor, während wir anderen wie immer verlegen aus dem Fenster blicken: »Petra lag ausgebreitet auf dem Bette da. Ihre Vulva war geöffnet wie eine leere Erbsenschote, in der nur noch eine einzige glänzende Perle verblieben war. Nicht grün. Nicht grün. Purpur. Reinstes Purpur. Johannes spürte, wie alles in ihm zu pochen be-

gann. Poch, poch. Es pochte im Kopfe und breitete sich über seinen ganzen Körper aus. Poch. Poch. Poch. Noch nie hatte er je jemanden so begehrt wie die nackte Petra. Er spürte, wie seine Erektion an ihm zog, wie das Blut in sie schoss und seinen restlichen Körper blass frösteln ließ vor Blutarmut.«

Geschrieben habe ich schon immer, auch früher, wenngleich ich natürlich nie daran gedacht habe, ein Buch zu schreiben. Daran denke ich erst seit kurzem. Etwas soll bleiben. Die Vorstellung, etwas zurückzulassen, wenn man geht, beruhigt mich. Außerdem sind diese Aufzeichnungen eine Art Absicherung. Die Sache mit der Wahrheit ist kompliziert. Es kommt vor, dass ich mich an bestimmte Sachen nicht mehr erinnere oder im Nachhinein nicht weiß, ob es wirklich passiert ist. Als ich noch mehr getrunken habe, da dachte ich, es läge am Alkohol. Nun habe ich die Hefte, und es kommt mir so vor, als würde ich mein Leben in Sicherheit bringen, so wie man Sachen aus einem brennenden Haus schafft. Hefte über Hefte schreibe ich voll, und für mich ist alles, was in diesen Heften steht, die Wahrheit. Jeden Mittwoch lese ich in der Schreibgruppe Passagen daraus vor. Schmochtke will, dass wir aufstehen und uns beim Vorlesen in die Mitte des Raums stellen. Wir sollen dabei Schuhe und Strümpfe ausziehen, die Männer sollen sich sogar obenrum freimachen, um es zu spüren, dieses nackte Gefühl als Autor im Mittelpunkt zu stehen, angreifbar zu sein, angreifbar von allen Seiten. Tatsächlich ist es äußerst unangenehm,

so dazustehen. Überhaupt vorzulesen, sein Innerstes preiszugeben, dazu noch vor Fremden. Es ist peinlich, und doch hat es etwas Reinigendes, all das einmal laut auszusprechen. Alles, was man hören kann, existiert.

»Das Feld abzufackeln, das denke ich oft. Es gibt Nächte, in denen ich am offenen Fenster stehe und auf das Feld schieße. Wieder und immer wieder. Manchmal denke ich daran, mit dem Auto einfach hindurchzufahren. Ständig habe ich das Gefühl, beobachtet zu werden. Dass er da drin ist, im Feld, und mich ansieht. An manchen Tagen ist es so schlimm, dass ich gar nicht wage, ans Fenster zu treten, aus Angst, er könne mich dann erschießen. Gehe ich raus, renne ich oft. Ich kann es nicht gut aushalten, allein mit dem Maisfeld. Davorzustehen. Zu wissen, dass es da ist, selbst nachts kann ich es rauschen hören. Es rauscht nur meinetwegen, damit ich es nicht vergesse. Damit ich weiß, dass es da ist. Dass er da ist«, ende ich. Noch immer stehe ich in der Mitte des Kreises, barfuß und mit freiem Oberkörper. Niemand sagt etwas, keiner guckt mich an. Nur Manuela sieht mir kurz in die Augen, versucht zu lächeln, sieht dann aber die Karte von Afrika an, die neben der Tafel hängt.

»Hast du getrunken, Jens?«, fragt Schmochtke mich.

»Jesse«, korrigiere ich ihn. »Nein«, sage ich. »Wieso?«

»Du bist ganz schlecht zu verstehen. Außerdem hast du das schon mal vorgelesen. Du liest fast jedes Mal einen ähnlichen Text. Merkst du das nicht?«

»Ich habe ihn verändert.«

»Ständig dieses Maisfeld. Was ist damit?«

»Mein Bruder ist bei einem Unfall mit einem Mähdrescher ums Leben gekommen«, lüge ich.
»In diesem Ranstedt, von dem du immer wieder schreibst?«
»Rahlstedt. Ja.«
»Dann ist das alles autobiografisch, was du da erzählst? Und Klaus Meine schreibt dir Briefe, oder was?«
Thorsten mit h und Torsten ohne h lachen leise.
»Ja«, sage ich. »Das tut er.«
»Meinst du das ernst? Du bist betrunken. Alkohol und Euphorie, das ist schon wichtig für die Literatur, aber man darf es nicht übertreiben. Und du übertreibst. Außerdem kannst du Fakten und Fiktion nicht voneinander unterscheiden.«
»Es stimmt doch aber«, rufe ich. Gehe zur meiner Jeansjacke, die über dem Stuhl hängt, und nehme etwas aus der Innentasche. Falte es auseinander und streiche es auf dem Oberschenkel glatt. Es ist eine Fotografie, die ich stets bei mir trage und bereits so oft angesehen habe, dass das Foto zerknickt und zerknittert ist. Feine weiße Risse überziehen es. Auf dem Bild bin ich gemeinsam mit Klaus Meine zu sehen. Wir stehen im Garten unseres Hauses in Rahlstedt. Klaus Meine mit freiem Oberkörper. Er hält sich einen Soft-Tennisschläger halb über den Kopf, so dass es aussieht, als habe er einen Heiligenschein. Mit der anderen Hand macht er das Teufelszeichen. Genau wie ich.
»Alles ist wahr«, wiederhole ich, während ich das Bild vor meine Brust halte und mich langsam drehe, damit jeder

es sehen kann. »Alles.« Ich schreie jetzt. Nehme dann meine Sachen, verlasse barfuß den Raum, die Schule, laufe. Draußen rauche ich etwas abseits und warte auf Manuela.

WOMAN

Ich weiß nicht, ob es Liebe wirklich gibt. Besser wäre es natürlich schon. Aber was mich für Frauen einnimmt, ist der Umstand, dass sie mir Sympathie entgegenbringen. Dass sie anscheinend bereit sind, in mir etwas zu sehen, was ich nicht bin. Und von dem ich weiß, dass ich es auch nie sein werde, wie sie dann im Laufe unserer Beziehung herausfinden. Haben sie das dann getan, spüre ich es meist. Auch Mona hat mal geglaubt, ich sei etwas Besonderes. Deswegen habe ich sie geliebt – und tue es ja immer noch. Meine Wut kommt auch daher, dass es fast unausweichlich scheint, dass ich sie eines Tages enttäuschen werde und alles kaputtgehen wird. Eigentlich warte ich fast täglich darauf, dass sie sagt, es sei nun aus mit uns. Ich sehe ihr zwar die Enttäuschung an, doch bislang hat sie es nicht ausgesprochen. Manchmal denke ich, dass ich mich trennen sollte. Einfach, um ihr zuvorzukommen. Alles ist ja leichter zu ertragen, wenn man das Gefühl hat, man habe Einfluss darauf. Doch eine Trennung würde zu viel Veränderung bedeuten und damit auch Unsicherheit. Es ist Monas Haus. Es ist Monas Auto. Und ich weiß auch nicht, wie es dann mit dem Klaus Meine weitergehen würde, wären wir nicht

mehr zusammen und müssten uns trotzdem noch jeden Tag wieder über den Weg laufen. Außerdem gehört der Laden auf dem Papier ihr. Wegen Aaron. Damit er mich nicht findet. Ihm ist alles zuzutrauen. Um vor der möglichen Trennung gewappnet zu sein, lasse ich mich, wann immer sich die Gelegenheit bietet, auf Affären ein. Genieße es, wenn Frauen in mir wieder etwas zu sehen glauben. Seit einigen Wochen nun schon gehe ich nach dem Schreibkurs regelmäßig mit zu einer der Teilnehmerinnen, deren Schönheit sich einem erst erschließt, wenn man sie lange genug ansieht. Ist sie nackt, braucht man noch etwas länger dafür. Sie heißt Manuela und sieht auch so aus. Und alles, was mich für sie einnimmt, ist, dass sie mich mag. Ja, sie scheint mich fast schon zu begehren, hat sogar ein Foto von mir auf dem Nachttisch liegen. Es rührt mich, rührt mich aufrichtig.

Nackt zu sein macht es ja nicht leichter mit der Liebe. So ist es auch bei Manuela. Es hat ein bisschen was Trauriges, wenn Manuela sich keuchend auszieht. Sie scheint ein wenig zu schwer für dieses Leben. Sie wohnt im fünften Stock, und ich mag es, langsam hinter ihr her die Treppen nach oben zu gehen. Sie nimmt nie den Fahrstuhl. Um abzunehmen, wie sie mir mal anvertraut hat. Je weiter wir nach oben kommen, umso mehr mischt sich der Treppenhausgeruch mit dem Geruch ihres süßen Schweißes. Sind wir oben, braucht sie immer einen Moment, bevor sie den Wohnungsschlüssel aus dem braunen Lederbeutel nimmt, der wohl ihre Handtasche sein

soll. Sie stützt sich an der Wand ab, immer an derselben Stelle, knapp über dem Lichtschalter. Mit der Zeit ist dort ein dunkler Fleck entstanden.
Manuela riecht nach etwas, das Wehmut in mir hervorruft, weil es mich an früher erinnert. Als man noch in Landschulheime fuhr und es noch Brottaschen gab. Je später es ist, wenn sie sich auszieht, umso ausgeprägter ist dieser Geruch. Einmal ist er derart intensiv gewesen, dass ich mich kurz im Badezimmer einschloss und Schmierstuhl vortäuschte. Ich habe weinen müssen. Es ist mir peinlich gewesen.
Zwar gebe ich mir alle erdenkliche Mühe, diese Affäre zu vertuschen, trinke bei Manuela immer noch schnell ein paar Bier, bevor ich gehe, um Mona sagen zu können, dass wir nach dem Kurs - Mona glaubt, ich würde einen Kochkurs für Männer besuchen - noch etwas trinken gegangen sind. Doch trotzdem wundere ich mich, dass Mona nie etwas bemerkt. Nur einmal hat sie gesagt, ich würde so seltsam riechen.
Manuelas Körper hat dunkelrote Druckstellen von ihrer Kleidung, die sie in der Größe kauft, in die sie gerne passen würde. Und ich mag es, wenn sie nackt auf mir liegt und mich fast unter sich begräbt, so dass ich Atemnot bekomme. Atemnot kann ja etwas sehr Schönes sein. Ich spüre nie viel von dem, was sie da tut, aber ihr scheint es zu gefallen. Meist dauert das Ganze nicht lang. Und ich glaube, Sexualität ist auch gar nicht der Grund, warum wir uns treffen. Sondern etwas, von dem wir beide glauben, dass es dazugehört, wenn man sich heimlich trifft,

und das wir dann eher pflichtschuldig erfüllen. Wir sind beide auf unsere Art allein.
Manuela besitzt einen Hund, den sie überfüttert, so dass er stetig dicker wird. Ich glaube, es verschafft ihr ein Gefühl der Überlegenheit, das sie sonst nur selten empfinden wird. Sie lächelt, wenn wir nackt nebeneinander im Bett liegen und dem fetten Hund zusehen, wie er sich ungelenk durchs Zimmer schleppt und dabei immer wieder ausrutscht. Der Boden ist zu glatt für seine Pfoten. Der Boden ist neu. Keuchend richtet der Hund sich dann wieder auf, schleppt sich weiter Richtung Korb, in den er sich erschöpft und umständlich hineinlegt.
Oft reden wir über Literatur, oder sie liest mir einen ihrer Texte vor. Texte, in denen es fast ausnahmslos um dünne, traurige Frauen geht, die auf der Suche nach etwas sind. Das Ganze ist im Stil von Tagebucheinträgen verfasst, so dass mich der beklemmende Verdacht überkommt, dass es im Grunde genau das ist: ein Tagebuch, in dem sie ihr Leben niederschreibt und so tut, als wäre sie dünn. Und ich frage mich, ob wir in der Gruppe in Wahrheit nicht alle einfach nur unser Tagebuch vorlesen, in dem wir uns andere Namen geben, die Dinge beschönigen. Glück, sagt Herr Schmochtke immer, sei das Langweiligste überhaupt, zumindest vom Standpunkt der Literatur aus betrachtet. Aber Unglück ist auch nicht viel besser.
Während ich nun so tue, als würde ich ihr zuhören, stehe ich nackt draußen auf dem Balkon und blicke ins leblose Langenhagen, das dort unter mir liegt wie ein erschlagenes Tier, das zu verwesen vergisst. Kein Ort passt besser

zu mir als Langenhagen. Langenhagen, das so viel will und doch nichts bekommt. Unzählige Einkaufszentren haben sie gebaut. In der Hoffnung, dann würde alles besser werden. Einkaufszentren, die die Existenz unseres Supermarktes bedrohen. Viele im *SUPERBUHEI* hassen diese Einkaufszentren. Allen voran natürlich die beiden Geschäftsführer. Von einem soll es sogar ein Video im Internet geben, wie er nachts betrunken vor den Eingang eines der Einkaufszentren kackt. Das Video soll der andere Geschäftsführer aufgenommen haben.
Manchmal hoffe ich, der *SUPERBUHEI* würde endlich pleitegehen, und damit wäre ich dann auch meinen Laden los und wieder frei, ohne dass ich mich grämen muss, vielleicht doch die falsche Entscheidung getroffen zu haben.
»Ganz schön«, sage ich jetzt aufs Geratewohl, weil ich höre, dass Manuela aufgehört hat zu lesen. Sie kommt zu mir auf den Balkon, und dann stehen wir nebeneinander da, beide nackt, im leblosen Langenhagen. Doch niemanden da draußen interessiert das. Ab und zu hört man bei Manuela Flugzeuge, die über das Haus hinwegfliegen. Immerhin. Weite Welt und so.
Noch immer regnet es. Ein feiner Sprühregen, der in mir ein angenehmes Gefühl von grenzenloser Sauberkeit hervorruft. Das Leben – man muss es nur abspülen, damit es wieder glänzt.
»Wie geht es dir denn überhaupt?«, fragt Manuela mich jetzt, nachdem wir eine Weile da draußen gestanden haben. Manuela hat den Arm um mich gelegt, dazu der

Regen, es ist ein schöner Moment. Mich überkommt hier nur selten ein schlechtes Gewissen.

»Was meinst du denn?« Ich stecke mir eine neue Zigarette an. Früher habe ich allein hier gestanden und geraucht. Irgendwann hat Manuela auch damit angefangen. Ich habe sie abhängig gemacht. Süchtig. Nun stehen wir zusammen draußen. Obwohl wir auch drinnen rauchen könnten. Vermutlich stehen wir hier, damit die Leute von drüben sehen, dass ein Mann bei ihr ist. Ein nackter Mann.

»Na, als du das letzte Mal hier warst, ging es dir ja nicht so gut. Du hast ja sogar geweint.«

»Ich hab geweint?« Ich drehe mich, vielleicht etwas zu abrupt, zu ihr um. Manuela zieht gerade an der Zigarette, inhaliert Rauch, den im Körper zu behalten sie noch immer etwas anstrengt. Sie lässt die Augen dabei geschlossen, als könne der Rauch ansonsten durch die Poren ihrer Netzhäute entweichen.

»Ja.« Sie nickt.

»Wann war ich denn das letzte Mal hier? Da hab ich doch nicht geweint?«

»Doch. Du standst da, wo du jetzt stehst, und hast geweint.«

Ich versuche mich zu erinnern. Meine aber, dass wir das letzte Mal versucht hatten, miteinander zu schlafen, ich hatte Erektionsprobleme. Was für uns beide nicht weiter dramatisch gewesen ist. Stattdessen haben wir danach auf ihrem Bett gesessen und Heavy Metal gehört, wie wir das häufiger tun. Für mich ist das immer etwas sehr

Schönes: nackt mit ihr auf dem Bett zu sitzen und *Raining Blood* von Slayer oder aber *Seek And Destroy* von Metallica zu hören. Glück ist natürlich das falsche Wort dafür, aber eine gewisse Zufriedenheit verspüre ich dann schon. Zufriedenheit, die einen Schutzwall um mich baut und mir für einen Moment ein Gefühl von Sicherheit verschafft. Wir sprechen nicht viel, tun wir ohnehin nie, bewegen nur Kopf und Oberkörper im Takt der Musik vor und zurück, rauchen.

»Weswegen soll ich denn geweint haben?«

»Ja, das wolltest du mir nicht sagen. Du standst nachts auf einmal vor meiner Tür. Du hast verzweifelt gewirkt. Ob du bei mir bleiben kannst, hast du gefragt. War schon ein bisschen seltsam.« Sie versucht zu lächeln. »Irgendwann bist du dann einfach ohne was zu sagen abgehauen.«

»Ach, komm, das stimmt doch nicht! Wann soll das denn bitte gewesen sein?«

»Samstag«, sagt sie, ohne lang zu überlegen. »Drüben war Schützenfest.«

Ich nicke und blicke rüber zum Platz, auf dem jetzt nur noch zwei unbeleuchtete Wohnwagen stehen. Manuela geht zur Anlage und wechselt die CD. *Herz aus Stahl* von Manowar. Ich stecke mir eine weitere Zigarette an, trinke den Rest des Biers aus.

»Mona ist schwanger, vielleicht deshalb«, sage ich, als Manuela wieder neben mir draußen auf dem Balkon steht. Ich mustere ihr Gesicht, wie sie reagiert.

»Und? Was bedeutet das? Ich meine – für uns?«, fragt sie

nach einem Augenblick, in dem es so ausgesehen hat, als versuche sie ihren Mund zu essen. Ich zucke mit den Schultern, gehe hinein und öffne den Kühlschrank. Genieße die Kälte, auch wenn sie nicht hilft. Ich starre Butter und Eier an. Ein Stück Käse. Das Licht im Kühlschrank ist grell. Es tut auf eine angenehme Art fast weh, lange hineinzusehen. Was ich aber tue. Normalität und so, ich will mich vollsaugen damit. Entschlossen schlage ich die Tür wieder zu. Meine Hände sind leer. Ich hebe sie hoch und betrachte sie. Zwei Hände, die in diesem Moment jedem hätten gehören können. Ich beobachte sie, sehe, wie die linke die Schublade neben dem Kühlschrank öffnet, darin herumläuft wie eine dicke, behinderte Spinne, über Gabel, Löffel, Dosenöffner, Fleischhammer, sich dann eins der Messer herausnimmt, es sachte in der Hand wiegt.

»Was machst du denn da?«, fragt Manuela. Sachlich. Nicht erschrocken. Aber laut.

»Manuela, das stimmt nicht. Ich war nicht da. Sag das nicht. Bitte sag das nicht mehr. Ich war das nicht!«

»Jesse, ich weiß doch, ob du bei mir warst.«

»Es ist schwer zu erklären«, sage ich noch einmal. Aaron, denke ich. Fixiere Manuela, blicke wieder auf meine Hände. Sehe, wie die rechte in die Luft fährt, der Arm sich ausstreckt, während die linke Hand mit dem Messer dem rechten Unterarm einen langen Schnitt beibringt. Der Schmerz gehört mir. Erst jetzt merke ich wieder, dass alles mit mir zu tun hat. Ich bin versucht zu schreien. Der Arm, Blut sickert langsam aus dem Schnitt.

»Jesse, was machst du denn?!«
»Ich war das nicht.«
»Was ist mit dir?«
Ich lasse Wasser über das Messer laufen und trockne es anschließend gründlich mit dem Geschirrhandtuch ab, lege es wieder zurück in die Besteckschublade. Das sind jetzt wieder meine Hände. Blut tropft auf den Boden.
»Mona«, sage ich und lege kurz die Arme um sie, drücke sie an mich.
»Manuela«, sagt Manuela und schiebt mich weg.
»Manuela«, korrigiere ich mich. Nehme ihre Hände und sehe sie an. Manuela blickt auf meinen Unterarm, der stärker blutet als angenommen. Ich presse eins der Geschirrhandtücher auf die Wunde. »Ich war das nicht«, sage ich.

ARE YOU THE ONE?

Meine Mutter war die Einzige, die mich und Aaron je wirklich hat auseinanderhalten können. Selbst mein Vater hatte Angst, uns zu verwechseln, und sprach uns daher nur äußerst selten einzeln mit Namen an. Er nannte uns eigentlich immer nur im Verbund. Wir waren Aaron-undJesse. So wie SiegfriedundRoy. Ich hasste es. Mein ganzes Leben lang bin ich für Aaron gehalten worden, und je älter ich wurde, umso weniger ertrug ich es. Es kam vor, dass ich ausrastete, sprach man mich mit Aaron an. Mit fünf habe ich meinen Großvater – sehr zum Entsetzen meiner Eltern – mehrere Male getreten, als er mich für meinen Bruder gehalten hat. Mit zwölf rammte ich einem Lehrer den Zirkel in den Handrücken, als er mich mit Aaron ansprach. Später prügelte ich mich, wenn einer mich für meinen Zwillingsbruder hielt, und da ich das tat, wusste derjenige am Ende dann, dass ich nicht Aaron war. Denn Aaron prügelte sich nicht, jedenfalls nicht aus diesem Grund, er mochte es, wenn man uns verwechselte.

Wenn ich etwas wollte, so war es, nicht so zu sein wie er. Ich wollte einzigartig sein. Doch wie sollte man einzigartig werden, wenn da noch jemand war, der genauso war

wie man selbst? Selbst aus Klaus Meine wäre wohl kaum Klaus Meine geworden, hätte es noch einen Zwillingsbruder gegeben. Als Zwilling bist du austauschbar. Und das bedeutet, dass du dir keinen einzigen Fehler erlauben darfst, weil da sofort jemand ist, der dich ersetzen kann. Der genauso ist wie du, nur eben ohne diesen Fehler. Meine Freundinnen haben mir oft genau dieses Gefühl gegeben: austauschbar zu sein. Auch die Liebe ist als Zwilling schwieriger. Zumal sie mit Angst durchtränkt ist, weil ich mir nie sicher sein kann, dass meine Freundin, vielleicht ohne ihr Wissen, vielleicht bewusst, sich nicht doch mit Aaron trifft, mit ihm schläft oder was weiß ich noch alles tut. Aaron ist schon immer ein Schwein gewesen, allein auf seinen Vorteil bedacht. Bei anderen Zwillingen mag das anders sein und es so etwas wie ein Miteinander geben. Aber nicht bei uns. Aaron wurde immer perfekter darin, mich zu kopieren. Er liebte es, hielt man ihn für mich. Selten klärte er das Missverständnis auf. Half dieser ohnehin schon von Natur aus angeborenen Gleichheit noch nach, indem er – auch später noch, da waren wir bestimmt schon Anfang zwanzig – im Partnerlook mit mir herumlief. Oder das zumindest versuchte. Er kaufte die gleiche Kleidung wie ich, und fand er etwas davon nicht, so ließ er mein entsprechendes Kleidungsstück einfach verschwinden oder tauschte es gegen eins aus, dessen Kopie er besaß. Jeden Morgen lauerte er darauf, was ich anziehen würde, und zog dann dasselbe an. Ich nahm mir Kleidung zum Wechseln mit, um mich unterwegs umzuziehen. Aaron

zerriss mir die Kleidung, wir prügelten uns, prügelten uns derart heftig, dass wir blutüberströmt wieder nach Hause mussten. Er ging zum selben Friseur und ließ sich die Haare so schneiden, wie ich sie trug. Und selbst als ich mich in meiner Verzweiflung mit achtzehn habe tätowieren lassen, da ist er zum selben Tätowierer auf den Hamburger Berg gegangen und hat sich dasselbe Motiv stechen lassen, einen Zyklopen auf den Oberarm. Manchmal brachte ich mir Wunden bei, die mich kennzeichnen sollten. Verbarg sie unter Verbänden vor Aaron, damit er sie nicht kopieren konnte.

Mir fiel auf, dass Aaron mich beobachtete, ja, fast schon studierte. Es war unheimlich. Er ahmte mich nach. Ging wie ich, begann so zu reden wie ich. Ich fand Kassetten, auf denen er aufgenommen hatte, wie ich telefonierte oder mich mit unseren Eltern unterhielt. Und wenn er mit Kopfhörer auf seinem Bett lag, schien er sich diese Kassetten anzuhören, um mich perfekt nachzuahmen. Ich weiß, dass er Freundinnen von mir anrief und sich für mich ausgab. Ging ich alleine weg, verfolgte er mich, um zu sehen, wie ich war, wenn er nicht da war. Später fand ich sogar Videos, die er von mir gemacht hatte.
Doch das Schlimmste war, dass mir niemand glaubte, dass Aaron das tat. Man sieht ihm nicht an, zu welch Perfidie er neigt. In Anwesenheit anderer tat er harmlos und wirkte so ganz anders als ich, gab sich schüchtern, nett, lächelte viel, und selbst seine Stimme veränderte er, sie wurde mit einem Mal etwas höher, und es klang ein

wenig, als blase man auf einem Kamm. Doch das alles war bloße Berechnung. In Wahrheit strebt Aaron die völlige Gleichheit an. Er besitzt nicht den Ansporn, dass aus ihm etwas wird. Ihm reicht es, wenn aus mir etwas wird. Es ist das Prinzip des Trockenwohnens. Aaron wartet, bis ich das Leben für ihn trockengewohnt habe, dann zieht er ein und gibt mein Leben als seins aus – oder übernimmt es gleich.

Wenn es neben der äußerlichen Ähnlichkeit überhaupt etwas gibt, das mich und Aaron verbindet und für das wir uns gleichermaßen interessierten, zumindest früher, so war das – neben Mädchen und Sex, den wir kaum oder nur sehr unregelmäßig hatten – Heavy Metal. Nichts liebten mein Bruder und ich so sehr, und in nichts in diesem Leben waren wir uns so einig. Wir verehrten dieselben Bands: Venom, Slayer, Possessed. Verachteten Bands wie Mötley Crüe, Poison, Stryper. Und nur über die Scorpions waren wir uns uneins. Mein Bruder hasste sie im Gegensatz zu mir, der ich sie auch nur mochte wegen meiner Verehrung für Klaus Meine. Wir teilten uns eine Plattensammlung und stritten nie darüber, was wir hören wollten, und wenn es je in meinem Leben eine Zeit gegeben hat, in der ich mich damit, ein Zwilling zu sein, zumindest hatte abfinden können, dann war es sicher in jener Zeit Anfang der Neunziger, als wir die *Metal Twins* waren, wie man uns in Rahlstedt nannte. Zwei Jahre lang hatten wir sogar eine eigene Band namens Tormentors of Rahlstedt. Vermutlich hätten wir nie damit begonnen, Musik zu machen, hätte Mutter uns nicht verlassen. Und,

sicher, so tragisch ihr Entschluss am Ende für unsere Familie auch war, wollte man darin etwas Gutes sehen, so war es der Umstand, dass Aaron und ich etwas zusammen machten und zwischen uns, zumindest für kurze Zeit, so etwas wie Harmonie herrschte. Wenngleich man das unserer Musik natürlich nicht anhörte. In keiner Weise. Tormentors of Rahlstedt klangen so, wie der Name vermuten lässt. Wir besaßen nicht viel Talent, aber in uns hatte sich über die Jahre eine gehörige Portion Wut aufgestaut – Wut auf Rahlstedt, Wut auf Mutter, Wut auf Vater, Wut auf uns, Wut auf die Bahn, die so selten fuhr, dass man sich hier wie abgeschnitten fühlte –, die uns das Talent ersetzte. Denn zumindest bei der Art von Heavy Metal, die wir spielten, war Wut fast ebenso wichtig wie Talent. Wenn nicht sogar noch wichtiger. Durch die Wut ließ sich gut kaschieren, dass wir unsere Instrumente nicht wirklich beherrschten.

Mutter hatte ein schlechtes Gewissen wegen dem, was sie uns angetan hat. Hinzu kam, dass die Leute in Rahlstedt über sie redeten. Immer wieder sprach sie mit uns und sagte, es würde ihr leidtun. Vermutlich wollte sie Absolution von uns. Die wir ihr aber verwehrten. Wir steckten zu tief in der Pubertät und versuchten Mutters schlechtes Gewissen noch zu verstärken, indem wir uns größte Mühe gaben, möglichst verwahrlost und verlassen auszusehen, hockten wir auf dem Bürgersteig vor Mutters neuem Haus. Anklagend und langhaarig. Wir rauchten und ließen Spucke in den Rinnstein laufen, in der wir dann zischend die Zigaretten löschten. Mutter kam stän-

dig raus und bat uns, nicht vor ihrem Haus herumzulungern. Es sei nun mal so, wie es sei. Was wir überhaupt wollten? Manchmal weinte sie. Manchmal nahm sie uns in den Arm. Einmal verfrachtete sie uns in ihr neues Auto und fuhr uns in eine Eisdiele ins nahegelegene Jenfeld, wo sie uns große Eisbecher bestellte und uns mit diesen danach alleine dort sitzen ließ und davonfuhr. Daraufhin verstärkten wir unseren Sitzprotest nur noch. Als die Sommerferien begannen, waren wir schon frühmorgens vor ihrem Haus. Wir wechselten uns ab, saßen nachmittags dann gemeinsam dort, bis tief in die Nacht hinein. Einmal kam sogar Vater dazu, und wir saßen dort, tranken Bier und lachten. Es war ein schöner Abend. Eigentlich der schönste, seit Mutter uns verlassen hatte. Mutter bot uns Geld an, das wir ablehnten, bis sie schließlich einwilligte, uns Gitarren samt Verstärkern zu kaufen, wenn wir nur endlich damit aufhören würden, ständig vor ihrem Haus herumzusitzen. Sie bezahlte sie mit dem Geld ihres neuen Freundes, das dieser mit seiner Vorabendserie verdient hatte. Zum Dank widmeten wir ihm den ersten Song, der so hieß wie die Serie, nur auf Englisch: *Black Roses.*

Black roses grow in hell
Black roses I pick and yell:
Black roses
Black roses
Black roses.

Vater sagte nichts, wenn wir übten. Ich glaube, der Krach tat ihm sogar gut, weil er ihn von dem ablenkte, was da

in seinem Kopf war und wucherte. Später begann er, auch wenn wir nicht übten, laut Musik zu hören. Selbst nachts, was unheimlich war, wenn mitten in der Dunkelheit Elvis' Stimme durchs Haus drang. Unterbewusstsein und so.

Jemand aus unserer Straße, der selbst in einer Cover-Band spielte, brachte uns etwas Gitarrespielen bei. Rock. Das wollten wir zwar nicht, doch wenn man die Verstärker weiter aufdrehte und etwas schneller spielte, klang es fast nach Heavy Metal. Er brachte uns Stücke bei, natürlich *Smoke On The Water*, den Anfang von *Stairway To Heaven*, später *Highway To Hell* und *Paranoid*. Kurz darauf begannen wir eigene Stücke zu schreiben, die vornehmlich von Hass, Wut oder Gewalt handelten und Titel wie *Hate Over Hate*, *Annihilation All Day*, *Destroy, Destroy Destroy* oder *Total Destruction* trugen. Anfangs sangen wir beide. Wenn man von Gesang überhaupt sprechen konnte. Es war eher eine Art Grunzen. Ein dicker Junge aus der Nachbarschaft trommelte ganz passabel dazu, wenngleich der Traum einer slayeresken Doublebass immer Zukunftsmusik geblieben ist. Einen Bassisten hatten wir nicht.

Wir absolvierten einige Auftritte, zu denen hauptsächlich Leute aus der Schule kamen. Alle fanden in einer Kneipe in Rahlstedt statt, die dem Vater des Schlagzeugers gehörte.

Aaron sagte einmal, Alkohol sei unser fünfter Beatle gewesen, und tatsächlich verstanden wir es, bei Betrunkenen eine Hysterie zu wecken, die fast schon unmensch-

lich war. Viele schienen gar nicht mehr zu wissen, zu was für einer Begeisterung sie fähig waren. Nicht selten drückten sich gestandene Männer nach den Auftritten noch an uns, umarmten uns.

Wir wussten, dass wir es musikalisch nicht weit bringen würden, so dass wir schon frühzeitig an gewagten Bühnenoutfits herumbastelten. Wir schminkten uns die Augen schwarz. Operierten mit Kunstblut, das Ingo, unser Drummer, beim letzten Stück in die Luft spuckte und das er zuvor auf seinen Toms verteilte, so dass es bei jedem Trommelschlag in die Luft spritzte. Es sah gut aus, doch das war Ingos Vater egal. Er wollte uns die Reinigung und auch das Streichen der Decke und der hinteren Wand in Rechnung stellen. Wir weigerten uns, so dass er uns nie wieder bei sich auftreten ließ und seinen Sohn dazu nötigte, bei uns auszusteigen.

Um ehrlich zu sein, dachten wir anfangs, wir könnten es auch in der richtigen Welt schaffen, im richtigen Hamburg. Nicht nur in Rahlstedt. Wir verschickten Demo-Tapes an verschiedene Läden und an Labels, eine Kassette schickten wir sogar an Rock 'n' Rolf von Running Wild. Doch wir erhielten nie von irgendwem eine Antwort. Und als wir merkten, dass wir es in der richtigen Welt nicht schaffen würden, da baten wir Ingo, ob er nicht doch noch einmal seinen Vater fragen könne. Wir boten ihm etwas Geld. Und so kam es, dass wir dort noch einen letzten Auftritt spielten, der auch der letzte gemeinsame Auftritt der Tormentors of Rahlstedt war. Danach stieg Ingo endgültig aus. Wir bemühten uns

über Anzeigen im *Rock Hard*, im *Metal Hammer* oder der *Avis* um einen neuen Drummer, und es kamen auch einige zum Vorspielen. Noch immer probten wir bei uns im Haus, unten im Wohnzimmer. Drei Schlagzeuger meldeten sich und spielten vor. Stefan kam aus Rahlstedt, aber auch eher vom Jazz. Jochen war sehr alt, älter als unser Vater. Nils war so gut, dass er frei heraussagte, dass wir vielleicht erst einmal noch etwas üben sollten und uns dann aber bei ihm melden könnten. Mein Bruder und ich machten daraufhin, was wir immer machten, wenn wir nicht weiterwussten: Wir stritten. Schließlich beschlossen wir, die Band ganz aufzulösen. Ich dachte kurzzeitig, ich würde möglicherweise solo weitermachen. Was ich auch versuchte, aber Heavy Metal allein – da hört jeder, dass man nicht spielen kann. Kurz darauf gab ich es auf.

ROLLIN' HOME

Ich renne. Der Regen hat auf mich gewartet, ich versuche ihm zu entkommen. Kaum, dass ich aus Manuelas Haus getreten bin, ergießt er sich in solchen Sturzbächen, dass ich völlig durchnässt am Auto ankomme. Ich zittere, weiß aber nicht, ob es bloß an der Kälte liegt. Ich fühle nichts. Drücke die Knöpfe der Türen herunter, lasse den Motor laufen, um das Heizungsgebläse einschalten zu können. Die Scheibenwischer kommen kaum gegen den Regen an. Es wäre sinnlos, jetzt loszufahren. Zumal ich betrunkener bin, als ich angenommen habe. Warum eigentlich? So viel habe ich doch gar nicht getrunken? Aber vielleicht liegt auch das nur am Regen. Alles verschwimmt. Der Lärm des auf das Autodach prasselnden Regens ist ohrenbetäubend. Die Tropfen explodieren richtig.

Mein Arm schmerzt. Als ich mir eine Zigarette anstecke, ist es kaum auszuhalten. Meine Hände riechen nach Manuela. Aus dem Handschuhfach hole ich Feuchttücher und reibe mir damit die Finger ab. Nehme dann noch das Desinfektionsspray, das ebenfalls dort liegt, und sprühe es auf meine Hände, reibe sie aneinander. Desinfektion hilft gegen Angst. Ich frage mich, ob ich wirk-

lich friere oder ob es nicht doch die Furcht ist, die nun, da ich nichts weiter zu tun habe, vollends von mir Besitz ergreift. Mich zittern lässt.
Ich ziehe den Kunstfellbezug des Fahrersitzes ab und schlinge ihn um mich. Sitze da wie ein falsches Tier und atme tief die künstliche Heizungsluft ein. Noch immer läuft das Regenwasser in Strömen an den Scheiben hinunter. Wie im Kopf eines Betrunkenen ist es hier im Auto.

*

Fast eine Stunde muss ich warten, bis der Regen endlich etwas nachlässt, so dass ich losfahren kann. Hektisch schwingen die Scheibenwischer hin und her, wie im Stroboskoplicht taucht die Landschaft immer nur kurz auf. Ich muss langsam fahren, brauche eine Ewigkeit bis nach Langenbostel. Als ich in unsere Straße biege, sehe ich an den erleuchteten Straßenlaternen kopierte Zettel in Klarsichthüllen. Das Bild eines großen braun-weißen Hundes. *WO IST BINGO?*, steht in Großbuchstaben über der Fotografie. Auch an unserer Haustür hängt so ein Zettel. Mona hat das Licht vor dem Haus angelassen, wie wir es tun, wenn der andere abends fort ist und erst spät wiederkommt. Zumindest das ist ein gutes Zeichen.
Ich parke den Wagen. Gerade als ich die Scheinwerfer ausschalten will, bemerke ich, dass da Menschen vor mir am Maisfeld sind. Menschen! Trotz des anhaltend starken Regens. Sie haben Taschenlampen, mit denen sie nun zu mir ins Wageninnere leuchten. Schützend halte ich mir die Hand vor die Augen, das Licht blendet.

Erst erkenne ich nichts, doch dann kann ich vier, vielleicht fünf Gestalten in dunkler Regenkleidung dort ausmachen, die nun mit ihren Taschenlampen im Maisfeld verschwinden. Ich entdecke andere Lichtkegel darin. Vermutlich suchen sie nach diesem Hund.
Ich steige aus und höre Stimmen aus dem Maisfeld. Immer wieder rufen sie den Namen des Hundes: »Bin-go!« Das Maisfeld wogt. Lichtstrahlen fallen aus dem Feld, verschwinden wieder darin. Das Ganze hat etwas Gespenstisches.

In unserem Haus ist es dunkel. Nur die Sonnenbank im Wohnzimmer, auf der Mona oft liegt, gibt ihr bläuliches Licht an den Raum ab. Mona wird kurz nach oben gegangen sein. Manchmal schmiert sie sich mit etwas ein, von dem sie hofft, es lasse sie noch brauner werden.
»Mona«, rufe ich in die Dunkelheit des Hauses, erhalte aber keine Antwort.
Mona sagt immer, sie liege so oft auf der Sonnenbank, um nicht krank auszusehen, doch Mona liegt in letzter Zeit so häufig darauf, dass sie krank aussieht. Bräune ist zu so etwas wie ihrem Hobby geworden. Bräune, die wie eine dicke Schutzschicht zwischen Mona und dem Leben wuchert. Manchmal ist Mona so braun, dass es schwer ist, ihre Mimik zu deuten. Bei uns im Wohnzimmer ist immer Sommer, und stets riecht es darin nach Monas Schweiß, der hin und wieder sogar die Fenster beschlagen lässt und in Schlieren die Scheiben hinunterläuft.

»Mona«, rufe ich noch einmal, während ich durch die Diele bis zum Treppenabsatz gehe, wo ich dann von oben das Geräusch des Föhns hören kann, das allerdings nicht wie sonst aus dem Badezimmer, sondern dem Schlafzimmer dringt.
Dort sind die Deckenlichter eingeschaltet, vier Neonröhren, die ich angebracht habe, um es im Notfall schnell sehr hell haben zu können. Mona steht auf einem Stuhl in der Ecke und föhnt nicht sich, sondern die Zimmerdecke und die Wände. Dabei sieht sie nach draußen ins Maisfeld, zu den Leuten und dem Licht. Sie scheint mich nicht bemerkt zu haben, denn sie erschrickt, als ich sie frage: »Was machst du denn da, Mona?«
Ihre Hand mit dem Föhn zuckt kurz, als sie mich im Türrahmen stehen sieht, dann richtet sie den Föhn wie eine Waffe auf mich.
»Die Wand ist nass.« Sie zeigt auf den riesigen feuchten Fleck, der sich über Zimmerdecke und Wände erstreckt.
»Ach«, sage ich. »Warst du schon oben und hast nachgesehen, woher es kommt?«
Sie schüttelt den Kopf, blickt wieder den Fleck an. Mona findet es unheimlich auf dem Dachboden. Ihr Vater hat sich dort erhängt.
Langsam steige ich die schmale Stiege nach oben und öffne die Bodenklappe, an der zwar ein Flaschenzug angebracht ist, die sich aber dennoch nur mit größter Anstrengung öffnen lässt. Und auch jetzt habe ich Mühe, glaube kurz, es nicht zu schaffen. Muss mich schließlich mit meinem Oberkörper dagegenstemmen, damit

die Luke nachgibt. Das Holz drückt gegen meine Schulter.
Noch immer quillt das Haus über mit den Sachen von Monas Eltern. Kaum etwas kann Mona wegschmeißen, als könne sie ihre Eltern so am Leben erhalten, indem sie ein Gegenwicht schafft zum Sog der Vergänglichkeit. Die Dinge, die aus dem Haus zu entfernen sie sich bereit erklärt hat, liegen nun hier oben, und gäbe es einen Ort auf der Welt, an dem die Vergangenheit eingesperrt ist, er würde so aussehen wie dieser Dachboden. Vermutlich bin ich deshalb so gerne hier. Es ist ein Raum, an dem Unnützes vor dem Vergessen bewahrt wird. Hier fühle ich mich wohl. Hier fühle ich mich selbst weniger unnütz. Hier schreibe ich.
Nun zwänge ich mich durch die alten Möbel und Kartons, über die ich teilweise hinwegklettern muss, weil sie dicht an dicht stehen, um zu der Stelle zu gelangen, an der es im Schlafzimmer, das darunter liegt, feucht geworden ist. Überall stapeln sich Kartons. Auf den meisten steht *Vater* und irgendeine römische Zahl. Es sind so viele, dass Mona am Ende arabische Zahlen verwendet hat, da sie die römischen nicht mehr kennt. Auf einem steht *Vater 53*. Ich kann schon nicht mehr sagen, wie oft ich diese Kartons bereits von einem Ort zum anderen bewegt habe. Mittlerweile sind sie vom ständigen Umstapeln so zerbeult, dass bald schon all diese Türme umkippen werden. Manche Kartons sind leicht, andere verhältnismäßig schwer, so dass ich mich jedes Mal wieder frage, was darin ist. Sicher habe ich irgendwann einmal nachgesehen,

es dann aber wieder vergessen. Es ist mehr, als man sich merken kann. In manchen scheppert es, in anderen wieder klappert es. So arbeite ich mich bis zur entsprechenden Ecke vor und sehe, dass das Dach dort von innen feucht ist. Noch immer fehlt die Dämmung zwischen den Dachbalken. Der Holzboden darunter ist nass. Eine richtige Pfütze hat sich dort gebildet.
Ich nehme eins der alten Hemden von Monas Vater aus einem der Kartons und mache mich daran, Dach und Boden trocken zu wischen. Im Dunkeln ist nicht auszumachen, wo die undichte Stelle ist. Auch nicht, als ich mit der Schreibtischlampe von dem provisorischen Schreibtisch, den ich mir aus mehreren Kartons und einer alten Tür gebaut habe, das Dach ableuchte. Morgen früh werde ich noch einmal nachsehen und entscheiden müssen, was zu tun ist. Was erst einmal großspurig klingt, in Wahrheit aber bedeutet, dass ich einfach jemanden verständigen werde. Nur wen, das muss ich noch entscheiden. Ich habe keine Ahnung von Häusern, habe keine Ahnung von Lecks. Dafür kenne ich mich mit Sicherheit aus.

»Irgendwas stimmt mit dem Dach nicht«, sage ich zu Mona, als ich wieder unten bei ihr im Schlafzimmer bin. »Das sieht undicht aus.«
Mona steht noch immer auf dem Stuhl und föhnt die Wand. Es ist nicht zu erkennen, ob die Stelle durchs Föhnen wirklich trockener geworden ist.
»Was hast du gesagt?« Sie stellt den Föhn aus.

»Du hast mich nicht Jesse genannt!« Ja, ich schreie. »Du hast mich nicht Jesse genannt!«
»Hör endlich auf damit.«
»Ich bin doch nicht verrückt!« Ich werde noch wütender, als Mona es wagt, nichts darauf zu entgegnen. Weshalb ich es noch einmal wiederhole: »Ich bin nicht verrückt!«

WHERE THE RIVER FLOWS

Am nächsten Morgen steht Wasser unten in der Diele. Grundwasser, glaube ich zumindest. Ich kenne mich mit Wasser nicht wirklich aus. Der ständige Regen, vermutlich ist es von unten durch den Boden gedrungen, nun steht es fast knöchelhoch über dem Teppichboden. Und das Haus riecht noch muffiger, als es das ohnehin schon tut. Aber ich sage besser nichts. Mona ist da sehr empfindlich. Wir haben schon bitter gestritten, weil ich mich einmal dazu habe hinreißen lassen, zu sagen, dass das Haus stinkt.

Trotzdem blickt Mona mich vorwurfsvoll an. Als wäre ich für das ganze Wasser verantwortlich, das da in unser Leben gedrungen ist. Als sei ich das Leck. Sie zieht sich jetzt Jeans und Strümpfe aus, watet in Unterhose zur Küche.

»Nun komm schon!«, fährt sie mich an, der ich auf der Treppe stehen geblieben bin und ihr zusehe. Nur widerwillig ziehe ich meine Tennissocken aus, kremple die Hosenbeine hoch. Das Wasser ekelt mich. Gott weiß, woher es kommt und wo es überall schon gewesen ist.

Unter der Speisekammer befindet sich ein kleiner Raum, nicht höher als anderthalb Meter. Man gelangt über eine

schmale Stiege hinunter. Dort unten ist eine Pumpe, die das Grundwasser abpumpen soll. Hin und wieder müssen wir nach unten, um zu überprüfen, ob sie noch läuft, und um den Wasserzähler abzulesen. Und nun scheint die Pumpe diesen Wassermassen nicht mehr gewachsen zu sein, denn in dem Raum steht das Wasser so hoch, dass es von dort in die Küche und in die Diele gelaufen sein muss.
Es regnet noch immer. Allerdings nicht mehr so stark wie in der Nacht zuvor, in der ich immer wieder aufgewacht bin. Sie sind die ganze Nacht im Maisfeld gewesen. Vermutlich konnte ich deshalb nicht schlafen. Ich kann nie schlafen, wenn jemand im Maisfeld ist. Dieses verdammte Maisfeld! Alles Mögliche verschwindet darin. Taucht erst wieder auf, fährt man die Ernte ein. Bald ist es wieder so weit.
Durchs Fenster sehe ich, dass einige Nachbarn aus dem Haus gekommen sind und auf der Straße stehen. Sie blicken in den Himmel, der dunkelgrau und vollgesogen aussieht. Er kommt mir viel näher vor als sonst. So als sacke er durch das Gewicht des Regens weiter nach unten. Irgendetwas geschieht hier. Etwas, das nicht richtig ist. Ganz und gar nicht richtig. Wo kommt bloß all dieser Regen her?
Die Leute tragen Regenkleidung. Einer hat einen Feldstecher, mit dem er minutenlang in den Himmel starrt, als könne er so die Ursache für den nicht enden wollenden Regen entdecken. Ein anderer blickt durch eine CD. Allesamt wirken sie besorgt. Etwas scheint da kaputt zu

sein mit dem Himmel. Das merken wohl auch sie. Zumindest dieser Umstand tröstet mich ein wenig. Normalität und so.
Mit einem Mal drehen sie sich zu mir um und starren mich aus nassen Gesichtern an, wie ich da am Fenster stehe und möglichst ebenso besorgt wie sie nach draußen sehe, zum Himmel. Sie grüßen mich nicht. Kein Ausdruck des Erkennens in ihren Gesichtern. Als ich winke, drehen sie sich einfach weg und starren weiter in den Himmel.
»Hilf mir mal lieber, anstatt da rauszuglotzen!« Mona schmeißt einen Eimer nach mir. »Davon wird das Haus auch nicht wieder trocken.«
Mit Eimer und Schüssel machen wir uns an die Arbeit. Über eine Stunde brauchen wir dafür. Anschließend wischen wir den Rest mit Handtüchern auf, schöpfen das Wasser aus dem Raum mit der Pumpe. In der Diele klappen wir den Teppich an den Seiten hoch, so dass Luft an den Boden kommt. Obwohl ich nicht glaube, dass ein bisschen Luft da helfen wird. Das Wasser scheint ja aus dem Boden nach oben zu drücken. Doch ich sage lieber nichts. Sehe Mona zu, die beginnt, den Teppich zusammenzurollen.
»Mach schon, hilf mir«, schreit sie mich an.
»Mona, das alles ist nun wirklich nicht meine Schuld!«
Sie hält kurz inne, fixiert mich, und kurz glaube ich, sie wolle etwas entgegnen, doch dann sagt sie nichts, und schließlich rollen wir mühsam den schweren Teppich auf.

»Das ist noch nie passiert! Meine Eltern haben hier über dreißig Jahre gelebt! Über dreißig Jahre, Jesse! Aber das ist nun wirklich noch nie passiert. Echt nicht«, sagt sie und öffnet die Eingangstür. Immer wieder wischt sie sich mit den Handrücken über die Augen.

»Das Haus ist eben alt«, entgegne ich. »Und dann der ständige Regen.«

Mona schüttelt nur den Kopf. »Das Haus war immer schon alt, ohne dass in der Diele Wasser stand.«

»Es regnet seit Tagen. Irgendwas stimmt da draußen nicht. Da ist doch was kaputt. Es ist doch nicht normal, dass es immer nur regnet. Seit Tagen schon. Ohne Unterbrechung.«

»Dieses Haus war noch nie feucht, Jesse, verstehst du«, sagt sie noch einmal. »Geregnet hat es schon immer. Auch viel. Aber das Haus war noch nie feucht!« Den letzten Satz spricht sie langsam und deutlich, während sie mich dabei am Arm packt und mich eindringlich ansieht. »Wirklich noch nie.«

»Treibhauseffekt. Vielleicht liegt das daran. Früher gab es das ja nicht. Haarspray und deine Sonnenbank.«

»Meine Sonnenbank?! Als würde die das Wetter kaputt machen. Quatsch nicht, fass lieber mit an.« Mona packt die große Teppichrolle an dem einen Ende, ich nehme das andere. Wir müssen sie zwar wieder und wieder fallen lassen, weil einer von uns beiden nicht mehr kann, aber wir bekommen sie doch irgendwie aus dem Haus getragen.

»Der Teppich ist nass«, erkläre ich den Nachbarn, die uns

seltsam ansehen, als wir die schwere Rolle aus dem Haus schleppen. Sie nicken, hören jedoch nicht auf, den Teppich anzustarren. Sehen zu Mona, die nur mit den Schultern zuckt. »Das ist noch nie passiert«, sagt sie wieder.

»Nein.« Der alte Mann schüttelt den Kopf und sieht mich anschließend, wie ich finde, eine Spur herausfordernd an.

»Der verdammte Regen«, sage ich, nehme mein Ende der Teppichrolle wieder vom Boden auf. Mona zögert, tut es mir dann gleich, und so schleppen wir den Teppich hinters Haus bis vor den Schuppen. Die anderen sehen uns hinterher, das kann ich spüren.

»Lass ihn uns da reinlegen«, sagt Mona.

»Wo rein?«

»Na, in den Schuppen.«

»Wieso? Wir schmeißen ihn doch sowieso weg.«

»Vielleicht kann er trocknen, und dann können wir ihn reinigen lassen.«

»Du willst doch nicht wirklich diesen alten Teppich reinigen lassen. Wie der schon stinkt.« Ich rieche demonstrativ an meiner Hand. Alt und brackig. Als hätte ich ein Schiff untenrum angefasst.

»Jesse, der Teppich gehört meinen Eltern. Ich schmeiße nichts weg, was meinen Eltern gehört. Nichts. Das weißt du doch. Das kann ich einfach nicht.« Sie hockt sich hin, um den Schuppenschlüssel unter dem Stein hervorzuholen.

»Wo ist der Schlüssel?«

»Keine Ahnung. Ist der nicht da?«

Mona schüttelt den Kopf, drückt die Klinke nach unten, aber die Tür ist abgeschlossen.
»Jesse, was ist mit der Tür? Was ist da im Schuppen?« Immer wieder rüttelt Mona an der Klinke, immer hektischer wird sie dabei. Schließlich stößt sie einen Schrei aus, der nahtlos in eine Art Schluchzen und Weinen übergeht. Ich nehme sie in den Arm, in der Hoffnung, dass sie aufhört damit. Drücke sie fester, immer fester, als könnte ich so ihr Schluchzen ersticken. Die Nachbarn, ich will nicht, dass sie uns so sehen. Der Grieche. Mona soll aufhören damit.
»Was ist nur los?«, höre ich sie an meiner Brust schluchzen. Und dann: »Was ist nur los mit dir?«

II

GOING OUT WITH A BANG

Die Tür ließ sich nicht öffnen. Sie schien abgeschlossen zu sein. Obwohl sie das sonst nie gewesen war, und je mehr wir daran rüttelten, umso mehr gerieten wir in Panik. Fast kam es mir so vor, zumindest im Nachhinein, als hätte irgendwo irgendwer gekreischt. Doch ich glaube, das stimmt gar nicht. Es kreischte niemand. Obwohl es gut gepasst hätte. Aber es kreischte niemand. Vermutlich einfach, weil dieses Leben kein Roman ist.

Durch das Schlüsselloch war nichts zu erkennen, Dunkelheit. In der Hoffnung, dass dahinter doch noch alles einigermaßen in Ordnung war, klopften wir immer wieder gegen die Tür. Immer wieder. Schlugen später dagegen, wieder und wieder und immer wieder, bis uns die Hände schmerzten. Am Ende riefen wir laut, als würde das noch etwas ändern, als könnte man das Schicksal einfach verjagen wie einen streunenden Hund. Doch so sehr wir auch schrien und schlugen, es blieb still hinter der Tür. Hinter dieser verdammten Tür, hinter der das Früher war, das das Jetzt verändern würde, kaum dass wir die Tür öffnen würden. Scheiß Stille, die uns nur noch stiller vorkam, durch den Radau, den wir zuvor veranstaltet hatten. Im Kino sind dramatische Momente

immer mit bedrohlicher Musik untermalt. Im wahren Leben ist es die Stille, die Unheil ankündigt. Stille, die sich im Haus ausbreitete und alles zu betäuben schien. Das Ticken der Uhr erstarb. Das Knacken der Holzfußböden. Selbst von draußen drang kein Geräusch mehr herein.

Wir saßen vor dieser Tür und rauchten. Hin und wieder presste einer von uns sein Ohr an das Holz, und wir dachten uns immer unwahrscheinlichere Möglichkeiten aus, warum die Stille da war, warum sie anhielt und trotzdem doch alles noch in bester Ordnung war. Einmal schaltete ich kurz den Fernseher ein, nur um mich zu vergewissern, dass es Geräusche überhaupt noch gab und ich auch in der Lage war, diese zu hören. Als wäre die Ursache für die Stille ein Defekt und nicht das Schicksal.

Die Dunkelheit kam, und wir verharrten oben in unserem Zimmer im Dachgeschoss. Warteten darauf, dass die Geräusche wieder einsetzten. Dass sie kamen, um uns herunterzuholen, so wie früher an Heiligabend, wenn Mutter mit einem Glöckchen läutete. Es war lange her, und jetzt wollte diese entsetzliche Stille nicht mehr aufhören. Und wir warteten und warteten, auf die fette Normalität, die sich auf diese Stille legen und sie unter ihrer Last begraben und ersticken würde. Doch sie kam nicht. Die Normalität war verschwunden, und es sah auch nicht aus, als würde sie wiederkommen.

Am Ende war es eine Fliege, die die Stille zerriss. Tatsächlich zerriss, weil das Summen nach all den geräuschlosen

Tagen derart laut wirkte, dass es kaum auszuhalten war. Eine Fliege, die von unten nach oben in unser Zimmer geflogen kam und deren schnelles Vibrieren der Flügel so laut war, dass ich mir die Ohren zuhalten musste. Die Fliege flog ans Fenster. Saß dort einen Moment lang, so dass kurz wieder alles ruhig war, bevor sie weiter im Zimmer umherflog. Vorbei war es mit der Stille, das Leben ging nun weiter. Ob wir das wollten oder nicht. Wir wollten eher nicht. Ich zumindest.

Aaron war es schließlich, der vom Bett aufsprang und die Treppe nach unten stürmte, wo er sich dann ohne lange zu zögern gegen die Tür von Vaters Arbeitszimmer warf. Gleich beim ersten Mal gab diese nach. Ein lautes Splittern war zu hören. Danach war es kurz wieder still, bevor ich Aaron laut aufschreien hörte. Die Tür wurde zugeschlagen. Dann war es wieder so still wie zuvor.

Ich wollte nicht nach unten. Wollte nicht in Vaters Arbeitszimmer und nachsehen, was war. Bliebe ich hier, könnte ich mir noch eine Weile vormachen, dass das Leben noch so war, wie es das noch bis eben gewesen war, oder zumindest fast – oder vielleicht auch nie gewesen war, wir aber trotzdem geglaubt hatten, dass es das gewesen wäre.

Ich steckte mir eine Zigarette an. Rauchte sie langsam. Steckte mir eine weitere an. Rauchte noch langsamer. Und ich glaube, ich rauchte noch eine weitere Zigarette, bevor ich das Leben wieder in Gang setzte, indem ich die Treppe nach unten ging, zu Vaters Arbeitszimmer. Oder wie ich da schon dachte: Vaters früherem Arbeitszimmer.

Die Tür war zwar zu, schloss aber nicht mehr richtig. Das Schloss war herausgebrochen. Von innen hörte ich Aaron schluchzen, und für einen Augenblick war ich froh, dass diese entsetzliche Stille endlich vorüber war. Wenn auch nur für einen Moment. Aaron musste hinter der Tür sitzen und sich von innen dagegenlehnen. Sie ließ sich nicht öffnen. Auch nicht, als ich stärker dagegendrückte. Erst als Aaron aufstand und mich ins Zimmer ließ. In dieses enge Arbeitszimmer, in dem nie Platz für etwas anderes als Vater gewesen war. Ich glaube, er stellte es aus genau diesem Grund so voll. Eben damit niemand hineinkonnte. Ich glaube, Vater war nur in diesem Zimmer so, wie er wirklich war, und am Ende schaffte er es nicht mehr raus, weil er sich einfach nicht mehr verstellen konnte. Ihm fehlte die Kraft, glücklich zu tun, wie er es all die Jahre immer getan hatte. Mutter war gegangen und hatte etwas von ihm mitgenommen, ohne das Vater nicht mehr lebensfähig war. Auch jetzt musste ich an der Tür stehen bleiben, weil kein Platz in diesem Zimmer war, in dem nun auch noch Vater lag und all die Sachen unter sich begrub, die sonst den Boden bedeckten und jeden Schritt in dieses Zimmer hinein und durch dieses Zimmer hindurch zu einem Balanceakt hatten werden lassen. Überall lagen Sachen herum, für die sich zu interessieren Vater spontan begonnen hatte. Auf dem Fußboden lagen verstreut Prospekte über Gefriertruhen und Folienschweißgeräte. Entrindete Äste, lose Kabel, Stecker. Glastiere, Schreibhefte, Kugelschreiber, Schweißbänder, Aufkleber. Ein aus Sauerteig geformter *Rockandroll*-Schriftzug. Ein

aus Kastanien und Streichhölzern gebasteltes Pärchen, auf das Vater hinten ungelenk *Elvis + Priscilla* geschrieben hatte. Ein Marmeladenglas mit verwesenden Froschresten darin. Ein Stück Dachpappe. Unzählige Schrauben und Muttern. Notizzettel, auf die Fremde etwas geschrieben hatten, Vater klaubte sie aus dem Leben da draußen. Zwischen all diesen Dingen hatte er aus Nachschlagewerken und Ratgebern kleine Podeste aufgetürmt, auf denen er durchs Zimmer balanciert war. Sachen, die ihm wichtig waren und die er unter gar keinen Umständen verlieren wollte, hatte Vater an gelbe Wäscheleinenabschnitte geknotet, die mit Nägeln an der Decke befestigt waren. Dort hing sein Schlüsselbund, ein Kreuz- und ein Schlitzschraubenzieher, seine Rohrzange, ein Ratgeber darüber, wie man im Wald überlebt, die Tollenbürste samt seinem Haarspray sowie die Sofortbildkamera, mit der er sämtliche Dinge fotografierte.

»Ich erforsche das Verschwinden«, hat er immer geantwortet, wenn wir ihn fragten, was er da tue. Vater glaubte, dass die Dinge verschwänden, ohne dass man wüsste, wohin, und um zu beweisen, dass sie verschwänden, müsste man erst einmal beweisen, dass sie überhaupt existiert hätten. Am Ende fotografierte er dann nur noch sich selbst. Ich glaube, auch er hatte Angst, zu verschwinden. Aber im Grunde war Vater ja schon lange verschwunden oder war wie tot, und das Leben passte sich nur den Tatsachen an, die Vater selbst geschaffen hatte. Seit Mutter gegangen war, hatte Vater sämtliche Zeitungsartikel, in denen von verschwundenen Personen

berichtet wurde, gesammelt. Später fotokopierte er die Gesichter der Vermissten, vergrößerte sie und hängte sie an die Wände seines Arbeitszimmers, von wo aus sie ihn nun ernst und traurig ansahen. Fast schon anklagend, als wäre Vater schuld daran, dass sie nicht mehr da waren. Und auch wenn die Verschwundenen auf den Fotos eigentlich noch nicht wussten, dass sie verschwinden würden, so meinte ich später, dass man es ihnen doch ansehen konnte. Von da an spürte auch ich in mir nach, ob ich etwas fühlte, das bewies, dass auch ich verschwinden würde. Sah mir die Gesichter der anderen Menschen genauer an, ob ich darin etwas entdecken konnte, das darauf hindeutete, dass sie eines Tages verschwinden würden.

Tauchte wer von ihnen wieder auf, tot oder lebendig, nahm Vater das Bild ab, schmiss es weg und ersetzte es durch ein neues. Es verschwanden ständig Menschen. Das war mir bis dahin nicht klar gewesen. Mitten zwischen den Verschwundenen hing wie selbstverständlich ein Bild von Mutter. Obwohl sie ja genau genommen nicht verschwunden war, sondern wir alle wussten, wo sie war.

Hin und wieder, zumindest als es mit Vater noch einigermaßen ging, unternahmen wir sogenannte Ausflüge mit ihm. Vater schien dann wieder euphorisch, wie früher, wir hatten ihn lange nicht mehr so gesehen und dachten, er habe vielleicht wen kennengelernt, den er uns nun vorstellen wollte. Vater kochte Eier hart, grillte Hähnchenkeulen, wickelte Papierservietten darum, schnitt aus Käse

akkurate Würfel, aus Melonen Viertel. Doch wir trafen niemanden. Stattdessen fuhren wir zu Häusern, aus denen Menschen verschwunden waren. Besuchten Orte, an denen Menschen verschwunden waren, und taten nichts weiter, als dort im Auto zu sitzen und zu essen und diese Orte zu fotografieren. Vater versuchte Indizien zu finden, wie er sich ausdrückte, Gemeinsamkeiten zwischen den Orten, die vielleicht Aufschluss darüber gaben, warum ausgerechnet hier jemand verschwunden war, und dass man in der Folge hätte bestimmen können, wo die Gefahr zu verschwinden größer war, um diese Orte dann zu meiden. Doch Vater fand nie wirklich etwas – außer dass sich überall in der Nähe Nadelbäume befanden und Vater in der Folge Nadelbäume mied. Kurz nach dieser Entdeckung grub er alle Nadelbäume aus unserem Garten aus und verbrannte sie. Manchmal kamen aus den Häusern, in denen die Verschwundenen bis zu ihrem Verschwinden gewohnt hatten, Menschen. Oft wirkten sie mitgenommen, die Gesichter ernst und fahl, und man sah ihnen die Sorge und die Angst an, die das Verschwinden eines Menschen ihnen bereitete. Es waren die wenigen Momente, in denen Vater noch ein wenig zufrieden wirkte. Einfach, weil er sah, dass es anderen schlechter ging als ihm. Das mochte er.

Ich weiß nicht, ob in Graceland Nadelbäume wuchsen. Aber Elvis verschwand ja auch nicht, Elvis starb. Er rutschte vom Klo und fiel auf den Fliesenfußboden. Bei ihm fand man ein Buch über Jesus Christus. Elvis Presley

war an Herzversagen gestorben, das man auf einen Medikamentencocktail zurückführt, der wohl unter anderem aus Schlafmitteln, Abführmitteln und Beruhigungstabletten bestanden hatte. Vater nahm nur Schlaftabletten. Noch einmal hatte er sich die verbliebenen langen Haare so gut es ging auf dem Kopf zu einer Tolle hochtoupiert. Hatte noch einmal den Glitzeranzug angezogen, den er zum Zeitpunkt seines Todes kaum noch ausfüllte, so abgemagert war er am Ende.

»Elvis has left the building«, sollte auf Vaters Wunsch auf seinem Grabstein stehen, doch es stand dort einfach nur Bernd Bronske. Zu seiner Beerdigung kamen so viele Leute, dass nicht alle Platz in der Kirche fanden. Und erst da wurde mir klar, dass Vater es eigentlich geschafft hatte: Er war berühmt. Nicht überall, aber zumindest in Rahlstedt. Die Leute kannten ihn, und ja, es schien, dass sie ihn trotz seiner Absonderlichkeit gemocht hatten. Oder gerade deshalb. Ich glaube, Vater hat das nicht gewusst. Er war etwas Besonderes. Hätte er das nur geahnt, vielleicht wäre am Ende alles anders gekommen.

A MOMENT IN A MILLION YEARS

Mal angenommen, Mona würde sterben, nur mal angenommen, vermutlich würde es ganz ähnlich aussehen: Blaues Licht, das sie umschließt und in einer Welt empfängt, von der Mona glaubt, dass es dort besser ist als hier. Wesentlich besser. Abwechselnd glaubt Mona mal ans Paradies und dann doch lieber wieder an Wiedergeburt. Je nachdem, was ihr gerade besser in den Kram passt.

Ich bewundere Mona dafür, dass sie an Dinge glauben kann, die völliger Unfug sind. Gott zum Beispiel, und ständig liest sie Horoskope. Und nicht nur, dass sie sie liest, nein, sie verbessern auch tatsächlich ihre Laune. Ist sie sehr schlecht gelaunt, liest sie mehrere Horoskope hintereinander. Oft sehe ich sie in der Zeitschriftenabteilung des *SUPERBUHEI* hocken und eine Zeitschrift nach der anderen durchblättern. Helfen auch mehrere Horoskope nicht, beginnt sie auch noch die Horoskope ihres Aszendenten zu lesen, so lange, bis sie sich besser fühlt. Ich belächle sie nicht deswegen, ganz im Gegenteil, eher beneide ich sie. Denn dieser Glaube, davon bin ich fest überzeugt, macht vieles einfacher. Aus diesem Grund versuche ich immer wieder, an Gott zu glauben, ohne dass

es mir wirklich gelingt. Nur betrunken schaffe ich es. Manchmal. Sehr betrunken.
Ich weiß, dass der Gedanke, dass es irgendwo eine Instanz gibt, die das Leben regelt, die mit alledem, mag es auch noch so schrecklich sein und auf uns vollkommen willkürlich wirken, einen größeren Plan verfolgt, mich beruhigt hätte. Menschen sterben, und niemand weiß, warum. Man selbst kann jeden Augenblick tot umfallen, ohne dass es dazu eines triftigen Grunds bedarf. Doch ich schaffe es einfach nicht, an Gott zu glauben. Die Beweislast ist zu erdrückend. Und ich frage mich, ob Gott überhaupt an mich glaubt? Und was ist mit Mona? Glaubt sie noch an mich?
Mona sitzt jetzt in einem violetten Slip, den ich nicht kenne, der aber so aussieht, als habe auch er schon ein früheres Leben besessen, auf der Sonnenbank, die ihr bläuliches Licht an das Wohnzimmer abgibt. Mona telefoniert, während der Fernseher ohne Ton läuft. Lachende Frauen zeigen mit manikürten Fingern auf Schautafeln, von denen ich nicht weiß, was sie darstellen.
Ich war oben, um mir trockene Sachen anzuziehen. Unser Kleiderschrank steht in dem Zimmer, das nach hinten rausgeht. Während ich mich anzog, habe ich nach draußen auf die Teppichrolle gestarrt, die dort vor dem Schuppen liegt. Dabei war die ganze Zeit Monas Lachen von unten zu hören. Jetzt wirkt Mona so ernst wie zuvor.
»Okay. Ja, ich auch.« Sie drückt auf ihr Handy, behält es anschließend aber in der Hand. Sie schaltet den Ton des Fernsehers wieder ein.

»Wer war das?«, frage ich.
»Stanislawski.«
»Und?«
»Ich hab ihn angerufen. Ich will heut zu Hause bleiben. Er sagt, das ist okay. Und dass ich besser aufpassen soll.«
»Entscheidet Stanislawski das jetzt?!«
»Immerhin ist er mein Boss, oder etwa nicht?« Mona steckt sich eine Zigarette an. Der Aschenbecher neben ihr auf der Sonnenbank ist voller Zigarettenstummel. Hat sie die alle heute Morgen geraucht?
»Und du willst jetzt wirklich hierbleiben, oder wie? Und gucken, ob das Wasser kommt?«
»Einer muss doch aufpassen. Was, wenn das Wasser weiter steigt? Und was, wenn wir dann nicht hier sind?! Die Nässe darf uns nicht alles kaputt machen, Jesse.«
»Das ist doch Quatsch. Das Wasser wird doch wohl kaum so schnell steigen. Ich kann doch sonst auch heute Mittag herfahren und nachsehen.«
»Nein.« Mona schüttelt energisch den Kopf. »Ich werde hierbleiben. Es regnet noch immer, und sie haben gesagt, dass der Regen noch zunehmen wird.« Sie zeigt auf den Fernseher, in dem die Frauen nun wirken, als hätten sie uns zugehört. »Außerdem brauchen wir Heizgeräte. So Bautrockner.« Sie sieht auf ihr Handy. »Schreiben sie im Internet.«
»Bautrockner?«
»Ja, so große Heizgeräte. Damit soll man die Feuchtigkeit wieder aus dem Haus kriegen. Ich werde nachher in den Baumarkt fahren und welche kaufen oder ausleihen.«

»Mit dem Auto?«
Mona nickt, ohne mich anzusehen.
»Wie soll ich dann zum Meine? Mit dem Bus, oder wie?!«
»Ja, Jesse. Es ist ja wohl nicht zu viel verlangt, wenn du mal mit dem Bus fährst. Schließlich wohnst du hier doch auch, oder etwa nicht!«
»Etwas ist doch, oder«, platzt es jetzt aus mir raus. Vielleicht zu heftig, denn ich bemerke, wie Mona zurückschreckt. »Was ist los? Es geht doch nicht um dieses Haus? Um den Regen, oder?!«
»Worum soll es denn sonst gehen?« Mona klingt ruhig. Aber ihre Hand zittert, als sie die Zigarette, die schon bis zum Filter heruntergeraucht ist, zum Mund führt. »Lass mich, bitte.« Jetzt flüstert sie fast, obwohl ich nichts getan habe. Ich habe doch nichts getan.
»Ich kann nichts dafür!«, schreie ich jetzt. »Mona, ich kann für all das nichts!«

EYE TO EYE

Gegen Mittag kommt Stanislawski ins Klaus Meine und fragt mich, ob ich kurz Zeit hätte. Angeekelt blickt er dabei in die Runde der bereits stark alkoholisierten Gäste, die auf aggressive Weise gute Laune zu verströmen versuchen.

»Was ist denn?«, frage ich.

»Komm mit hoch, dann sag ich es dir.«

Ich nicke zögerlich.

»Aber nicht ficken«, ruft Frauke uns hinterher.

Die meiste Zeit liegt Frauke mit dem Oberkörper auf dem Tresen und tut so, als würde sie schlafen. Horst glaubt, sie tut das, weil sie nicht will, dass jemand ihr Gesicht sieht. Und es ist immer angenehmer, lehnt sie so auf dem Tresen. Fraukes Gesicht ist nicht gut fürs Geschäft. Zumindest nicht für das mit Alkohol. Die anderen bestellen tatsächlich weniger Schnaps, lehnt Frauke nicht auf dem Tresen, sondern hält ihr vom Alkohol unansehnlich gewordenes Gesicht anklagend in die Runde. Meistens schweigt sie zwar, was besser ist, doch wenn sie etwas sagt, hat es eigentlich immer mit Ficken zu tun. Oder klingt zumindest so. Frauke ist nur schwer zu verstehen. Viele Zähne fehlen. Die Zunge wirkt viel zu groß

für ihren Mund und lugt oft auf anzügliche Weise zwischen den Lippen hervor, was stets Anlass für allerlei Fellatio-Witze ist. Gerne stelle ich mir vor, dass das, was Frauke da sagt, in Wahrheit blumige Sätze sind, wie beispielsweise, dass es möglicherweise auffrischen würde, der Wind eisig durch die Straßen des pittoresken Städtchens zöge – doch fast alles klingt immer nur nach Ficken, Pimmel und Möse. Den anderen gefällt es. Ich glaube – und hoffe es inständig –, dass keiner meiner Gäste noch so etwas wie Geschlechtsverkehr hat, und so sind Fraukes Kommentare kleine Reminiszenzen an jene Zeit, als das Untenrum noch eine andere Funktion hatte als nur die, das, was man obenrum reingetan hat, untenrum in die Freiheit zu entlassen.

Stanislawski und ich hören die anderen noch lachen, als wir schon im Treppenhaus sind. Ich gehe hinter ihm und versuche ihn nicht anzusehen. Männerhintern haben etwas Depressives, finde ich. Stattdessen starre ich nun auf die Fotos an den Wänden, die Stanislawski und seinen Kollegen zeigen. Beide sehen auf den Aufnahmen deutlich jünger aus. Auch zufriedener. Auf einem Bild hebt Stanislawski einen großen Fisch hoch über seinen Kopf und strahlt über das ganze Gesicht, auf einem anderen hält er zwei große exotische Früchte wie zwei Babys im Arm. Je höher wir kommen, umso kühler wird es. In der obersten Etage deutet kaum noch etwas darauf hin, dass wir uns in einem Supermarkt befinden. Wo man unten eine Atmosphäre aus Heimeligkeit und Perfektion zu schaffen versucht hat, so wirkt es hier oben im Gegen-

satz dazu unaufgeräumt und fast schon schmuddelig. Vermutlich würde jeder Kunde, der einmal hier oben gewesen ist, nie wieder etwas unten im Supermarkt einkaufen. Aber in den ersten Stock kommen außer den Mitarbeitern nur Ladendiebe, die dann ohnehin Hausverbot bekommen. Neben dem schmucklosen Aufenthaltsraum mit diversen Automaten gibt es einen Umkleideraum für Männer und einen für Frauen sowie einige wenige Büros. In Stanislawskis Büro riecht es wie in dem Mund eines alten Mannes. Es ist zwar das größte von allen, trotzdem ist es eng. In den anderen hält man es kaum aus, will sofort eins der Fenster öffnen, die es nicht gibt. Zumindest in den anderen Büros nicht. Doch auch das Fenster in Stanislawskis Büro vermag kaum etwas gegen das Unwohlsein und die Melancholie, die mich jedes Mal hier überfällt, auszurichten. Grelle Neonröhren hängen unter der Decke und lassen alles, was sie anstrahlen, krank aussehen. Hinter dem Schreibtisch stehen Schränke, die auf viel zu beige Weise so tun, als wären sie aus Holz. Doch das Neonlicht entlarvt sie sofort. Die Schranktüren sind abgegriffen. Auf einer von ihnen klebt ein Poster, auf dem *Abenteuer Leben* steht und das in Verbindung mit dem Raum und Stanislawski fast schon hämisch wirkt. Vor dem einzigen Fenster hängt ein schmutziger Spitzenvorhang, durch den das Leben da draußen vergilbt und abgegriffen aussieht.
Auf Stanislawskis Schreibtisch stehen vier kleine Monitore, die die Bilder der Überwachungskameras übertragen. Sie nehmen eine Hälfte der Tischplatte ein. Auf der

anderen steht ein Computermonitor samt Tastatur, die äußerst dreckig ist. Dazwischen ist eine Lücke, in die Stanislawski jetzt seine Unterarme legt, dazu muss er sie dicht aneinanderpressen, um nicht gegen einen der Monitore zu stoßen. Es lässt ihn unbeholfen aussehen und wirkt so, als säße er das erste Mal an diesem Schreibtisch.

An einem Haken hinten an der Wand hängt der weiße Kittel, den Stanislawski trägt, wenn er unten im Supermarkt unterwegs ist, und den er eben ausgezogen hat. Darüber ist ein Foto, das ihn mit seiner Frau an einem Strand zeigt. Es ist groß kopiert worden und dadurch unscharf. Die Farben sind blass, seine Frau wirkt dadurch aufgedunsen und schwammig. Ihre Brüste sind fast so groß wie ihr Kopf. An den Brüsten von Frau Stanislawski kann man sehen, wie es mit dem Supermarkt läuft. Früher sind die Busen mit jedem Jahr gewachsen. Wenn sie sich wieder hat operieren lassen, durften die Kassiererinnen fühlen, und Stanislawski hat stolz und glücklich ausgesehen. Doch seit einiger Zeit stagniert die Größe, und man munkelt, dass sie begonnen hätten zu hängen. Die verdammten Einkaufszentren.

»Jesse«, sagt Stanislawski jetzt ernst. »Was ist da eigentlich los bei euch?« Er sieht mich nicht an, sondern starrt stattdessen auf die Monitore.

»Waren wir zu laut? Du kennst doch die Idioten. Wenn die breit sind, können die nicht leise.«

»Nein, das mein ich nicht. Nicht im Klaus. Sondern bei euch. Zu Hause.«

»Ach so. Das Haus ist feucht. Seit gestern. Hat Mona doch erzählt. Ich dachte, ihr hättet telefoniert?! Der ständige Regen. Das Dach ist undicht, und nun ist in der letzten Nacht wohl auch noch das Grundwasser gestiegen. Am Morgen stand die ganze Suppe unten in der Diele. Und du weißt doch, wie Mona mit dem Haus ist«, sage ich, ohne sicher zu sein, ob Stanislawski wirklich weiß, wie Mona mit dem Haus ist. Und als ich kurz darüber nachdenke, komme ich zu dem Schluss, dass das vielleicht auch besser wäre, ansonsten müsste ich mir Sorgen machen. Schon ein paar Mal habe ich gedacht, ob die beiden nicht etwas miteinander haben. Manchmal riecht Mona so anders. Zieht sie sich dann abends aus, um ins Bett zu gehen, verströmt ihr nackter Körper einen Geruch, der mich hin und wieder misstrauisch werden lässt. Weil er mir bekannt vorkommt, hier aus dem Supermarkt.

»Ja, ja, der verdammte Regen. Macht alles kaputt. Auch das Geschäft.« Stanislawski sieht nachdenklich nach draußen durch die Spitzengardinen, durch die man nicht erkennen kann, ob es noch immer regnet. Wie lange regnet es jetzt überhaupt schon?

Eine Weile starren wir nach draußen. Oder zumindest habe ich das geglaubt, denn als ich nun wieder zu Stanislawski blicke, bemerke ich, dass er mich die ganze Zeit gemustert haben muss. Jetzt sagt er: »Mona hat Angst.«

Ich tue so, als würde ich ihn ansehen, fixiere in Wahrheit aber die Stelle zwischen den Augen, wie immer, wenn ich so tue, als würde ich jemandem in die Augen blicken.

»Ja«, sage ich schließlich, »das Haus bedeutet ihr alles. Ihre Eltern haben es damals gekauft und es dann …«
»Mein Gott, es geht nicht um das Haus, Jens.«
Stanislawski glaubt hartnäckig, dass ich eigentlich Jens heiße und Jesse nur mein Spitzname ist. Ich bin es leid, ihn zu korrigieren, und ertrage es nun einfach, dass er mich Jens nennt. Was für ein scheiß Name.
»Was meinst du damit?« Ich schiebe meine Hände tief in die Taschen meiner Trainingsjacke. In der linken kann ich einen Zettel fühlen, den ich mit Daumen und Zeigefinger abtaste.
»Kannst du dir nicht vielleicht denken, was ich damit meine?«
»Komm, Stanislawski. Sag schon. Was hat Mona denn erzählt?«
»Was soll Mona schon erzählt haben. Die Wahrheit natürlich.«
»Die Wahrheit!« Ich schnaube verächtlich. »Wer erzählt denn heutzutage noch die Wahrheit?!«
»Sei doch mal ehrlich, Jens.« Stanislawski öffnet eine der Schreibtischschubladen und nimmt ein Päckchen Zigaretten heraus. Es ist die gleiche Marke wie die, die Mona auch raucht. *Rote Landsberg.* Er steckt sich eine an, nimmt einen tiefen Zug und lässt den Rauch langsam und geräuschvoll mit einer Art Stöhnen aus seinem Mund entweichen. »Keine Angst.« Er zeigt an die Decke, auf die leere Halterung für einen Rauchmelder, den er wohl rausgenommen hat.
»Ich hab keine Angst. Hast du eine für mich? Meine sind unten.« Ich zeige auf die Schachtel.

Stanislawski sieht mich einen Moment an, so als würde er tatsächlich darüber nachdenken müssen, nickt dann, ohne mir jedoch die Schachtel hinzuhalten. Ich muss aufstehen, um umständlich über den Schreibtisch zu greifen. Stanislawski sieht mir dabei zu. Noch während ich da stehe, redet er weiter: »Mona sagt, du veränderst dich.«

Ich stecke mir die Zigarette an, noch immer über seinen Schreibtisch gebeugt, setze mich wieder hin und bemühe mich dabei um Lässigkeit, ohne zu wissen, ob mir das gelingt.

»Ich verändere mich? Ja und? Tun wir das nicht alle? Ich meine verändern. Du veränderst dich doch auch, Georg. Guck dich doch mal an.« Ich zeige auf das Foto hinter ihm, das vor sechs, sieben Jahren gemacht worden sein muss, kurz nachdem er den Supermarkt übernommen hat. Es zeigt ihn auf dem Parkplatz. Stanislawski strahlt darauf fast euphorisch, reckt beide Daumen empor und zeigt mit ihnen auf den Supermarkt im Hintergrund.

»Du bist komisch, sagt Mona. Bist du nicht gerade erst mit einem Gewehr durchs Haus gelaufen? Stimmt doch, oder? Mona sagt das.«

»Ach ja, sagt Mona das? Sagt sie auch, dass da ein Einbrecher war?!«

»Du brauchst nicht gleich zu schreien, Jens. Mona hat mich gebeten, mit dir zu reden. Du weißt, dass ich nicht nur der Chef von Mona bin.«

»Wie meinst du das?«

»Nicht so, wie du vielleicht denkst. Aber wir sind ja auch

fast befreundet. Nicht nur bei Facebook, sondern auch so«, er sucht nach dem passenden Wort, sagt dann aber nur, »na, richtig eben.«

Ich nicke, als würde ich das tatsächlich wissen.

»Mona erzählt mir halt auch ein paar Sachen abseits hiervon, *SUPERBUHEI* und so. Mach ich ja auch. Von Moni und dem Hund und so.«

»Welcher Hund?«

»Ach, komm, das ist doch jetzt egal. Mona hat das nicht gesagt, aber sie klang seltsam am Telefon. Beunruhigt, Jens. Ich glaube, Mona hat Angst vor dir.«

»Sei nicht albern. Mona hat Angst um das Haus.«

»Ich glaub nicht, dass es ihr um das Haus geht. Habt ihr in letzter Zeit nicht oft Streit?«

»Worum soll es denn sonst gehen? Der Regen. Das Haus. Alles geht kaputt, Georg. Mona passt halt auf. Das Haus ist alles, was sie noch hat. Von früher, mein ich. Wegen ihrer Eltern. Ihre Eltern sind tot!«

»Hör auf zu schreien, Jens. Sonst hol ich die Security.«

»Was soll das alles, Stanislawski? Was geht dich das denn überhaupt an? Ich frag dich doch auch nicht, ob du mit Moni Streit hast. Geht mich nichts an.«

»Aber Mona arbeitet für mich«, sagt Stanislawski nach einer kurzen Pause, in der wir beide nach draußen durchs Fenster auf den Parkplatz gesehen haben. »Und ich bezahl sie dafür, dass sie das tut. Heute kann sie nicht für mich arbeiten, obwohl sie das eigentlich müsste. Verstehst du? Mona gehört mir acht Stunden und dir sechzehn. Ich bezahle sie dafür.«

»Warum erzählst du mir das alles, Stanislawski?«
»Ich kann ja wohl verlangen, dass in deinen sechzehn – unbezahlten – Stunden nichts passiert, was meine acht – bezahlten – Stunden gefährdet. Oder?! Das kann ich doch wohl erwarten?«
»Ihr streitet doch auch mal, du und Moni. Erst neulich hab ich euch doch auf dem Parkplatz gesehen, wie du ihr ...«
»Aber ich schlag sie nicht«, unterbricht Stanislawski mich barsch. »Verstehst du. Ich schlage Moni nicht.«
»Das mach ich doch auch nicht«, brülle ich. »Wie kommst du denn darauf, dass ich sie schlage! Ich schlage Mona nicht!«
Stanislawski sieht mich an, streicht sich mit der Hand mit der Zigarette darin über seinen kahlen Kopf. Drückt die Zigarette dann aus. Er geht zu einem der Schränke, holt eine Flasche grünlichen Schnaps hervor sowie zwei Schnapsgläser aus Plastik. Er schenkt beide voll. Geräuschlos stoßen wir sie gegeneinander, trinken die nach Pfefferminz schmeckende Flüssigkeit.
»Pfeffi«, sagt er ruhig. »Aus Leipzig.«
Irgendwas erwidere ich. Ich weiß nicht, was. Irgendeinen Quatsch vermutlich. Dann nimmt Stanislawski eine Lotion aus der Schreibtischschublade, drückt sich etwas aus der Flasche auf die Fingerspitzen und reibt sich anschließend damit die Kopfhaut ein. Es riecht nach Südsee.
»Warum soll Mona denn Angst vor mir haben? Wir sind seit fast vier Jahren zusammen. Das wären wir ja wohl

kaum, hätte sie Angst vor mir. Mona hat Angst, dass das Haus kaputtgeht. Alles überflutet wird. Die ganze Diele stand heute morgen voll Wasser.«

»Wie soll denn euer Haus überflutet werden? Ihr wohnt doch nicht am Fluss? Das ist Unfug, was du da erzählst.«

»Grundwasser vielleicht. Schon mal von gehört?«

»Das Grundwasser? Das Grundwasser steigt und flutet euer Haus, oder was? Ich hab doch mit Mona gesprochen. Sie hat nichts davon gesagt, von dem Wasser. Sie hat von dir gesprochen. Sie hat die ganze Zeit nur von dir gesprochen.«

»Das stimmt nicht, Georg. Ich war doch dabei!«

»Jens, ich will nur, dass alles wieder in Ordnung kommt. Dass es euch gut geht. Dass es zu Hause stimmt, das ist doch auch wichtig für den Markt. Die Leute merken das, wenn es den Angestellten nicht gut geht. Wer kauft schon gerne bei traurigen Leuten? Wir verkaufen hier auch eine Illusion, verstehst du? Wir sind nicht nur einfach ein Supermarkt, sondern wir sind für viele Leute ein Teil der Familie. Ein zweites Zuhause. Die meisten Menschen sind häufiger bei uns wie bei ihren Eltern. Schon mal darüber nachgedacht?«

Ich zwinge mich, nicht darüber nachzudenken. Stanislawski redet noch immer, ohne dass ich es wirklich mitbekomme. Meine Gedanken schweifen ab, während ich wieder nach draußen auf den Supermarktparkplatz sehe. Wo alles noch in Ordnung ist. Alles dort ist in akkurate Rechtecke eingeteilt, zwischen denen man entlangfährt, entlanggeht. Ohne die weißen Linien zu berühren. Gäbe

es im richtigen Leben weiße Linien, vieles wäre einfacher. Gäbe es wirklich so etwas wie einen Gott, man würde doch glauben, dass der zumindest mal auf die Idee gekommen wäre, weiße Linien zu ziehen.

»... gefesselt und in einen Schrank gesperrt«, höre ich Stanislawski jetzt sagen, während ich weiter nach draußen sehe. Ich bin wie unter Wasser. Kurz tauche ich auf, nur um dann erneut vom Leben unter Wasser gedrückt zu werden. Etwas ist falsch, so viel ist klar. Erst weiß ich nicht, was es ist. Wieso muss ständig etwas falsch sein. Dann spüre ich, dass da draußen etwas ist. Auf dem Parkplatz. Ein Fehler hat sich eingeschlichen. Angestrengt starre ich nach draußen, während Stanislawski weiter auf mich einredet. Aus den Augenwinkeln sehe ich, dass er aufgestanden ist und sich auf den Schreibtisch stützt. Sein Mund bewegt sich hastig. Doch ich höre ihn nicht mehr. Ich suche nach diesem Fehler. Da draußen. Auf dem Parkplatz. Ich muss den Fehler finden. Damit alles wieder in Ordnung kommt. Damit alles wieder richtig wird. So, wie es sein muss. Weiße Linien. Alles sehe ich mir genau an, der Fehler, wo ist der Fehler – und dann weiß ich es mit einem Mal. Diese Gestalt. Je länger ich sie ansehe, desto mehr meine ich, dass auch sie mich ansieht. Und vielleicht ebenfalls glaubt, ich sei der Fehler. Aber das bin ich nicht. Er ist es. Er. Er sitzt auf der Mauer. Er sitzt einfach da auf der Mauer. Raucht. Beobachtet mich. So scheint es zumindest. Trotz der Spitzengardinen. Dann steht er auf, tritt die Zigarette aus. Winkt mir noch zu, bevor er langsam davongeht.

SPEEDY'S COMING

Das Gefühl des Beobachtetwerdens ist im Supermarkt immer sehr stark, ohne dass ich mich je daran habe gewöhnen können. Eher ist es mit den Jahren noch schlimmer geworden. Kameras. Überall sind Kameras. Kameras können sich im schwarzen Kriep eines Apfels befinden, in Walnüssen, es gibt sehende Blutwurstenden ebenso wie filmende Tampons, und weiß man das erst einmal, hat man kaum noch eine ruhige Minute. Auch auf dem Parkplatz des *SUPERBUHEI* sind Kameras. Sie filmen die parkenden Autos und die Kunden, die diesen Fahrzeugen entsteigen und darin wieder davonfahren. Sie filmen alles, was auf dem Parkplatz geschieht. Alles, und so haben sie auch mich gefilmt, wie ich panisch über den Parkplatz renne. Gemeinsam mit Stanislawski sehe ich mir diese Aufnahme an.
»Ach, mein Gott«, sagt Stanislawski jetzt schon zum dritten Mal. »Was machen wir hier eigentlich?!«
Plötzlich bleibe ich auf der Aufnahme stehen und drehe mich nach allen Seiten um. Schreie etwas, das man aber nicht hören kann, da die Aufnahme ohne Ton ist.
Ich weiß nicht, ob er mir glaubt. Ich habe nur gesagt, dass da jemand gewesen ist, den ich kenne. Den ich von

früher kenne. Den ich lange nicht gesehen hätte. Als er mich weiter so angesehen hat, als würde etwas mit mir nicht stimmen, da habe ich noch gesagt, dass ich angenommen hätte, diese Person wäre tot. Vielleicht hätte ich das Letzte besser nicht gesagt. Aber Stanislawski scheint mich für verrückt zu halten. Verzweifelt habe ich nach einer halbwegs plausiblen Erklärung für all das gesucht. Ich bin nicht verrückt. Das bin ich nicht. Und das soll auch niemand denken. Aber klar, wenn man die Wahrheit nicht kennt, kann man das leicht glauben. Kurz bin ich versucht, alles zu erzählen. Dämme weichen auf, es ist schwer, all das für mich zu behalten. Ich kann nicht mehr. Und dann denke ich, dass es die Wahrheit vielleicht nur noch schlimmer macht.
Ich bin über den Parkplatz und danach die Straße entlanggelaufen, doch Aaron ist nicht mehr da gewesen. Erst später ist mir aufgefallen, dass Leute stehen geblieben sind und mich anstarrten. Eine Gruppe Teenager machte sogar Fotos von mir. Sie liefen nicht weg, als ich die Faust hob und möglichst drohend ein paar Schritte auf sie zumachte. Ich wusste nicht, ob das ein gutes oder ein schlechtes Zeichen war. Schließlich stand ich vor einem von ihnen, ich glaube ein Junge, hoffte, dass es ein Junge war, und schrie: »Haut ab!«
»Haut ab! Haut ab!«, ahmte er oder sie mich mit hoher, weinerlicher Stimme nach und machte ein weiteres Foto von mir. Kurz dachte ich daran, ihm oder ihr meine Faust ins Gesicht zu schlagen. Wenn ich es dann doch nicht tat, vermutlich nur aus Angst, es könne ein Mäd-

chen sein. Etwas geschieht da, und mich verfolgt seit langem die Angst, etwas Falsches zu tun. Etwas zu tun, das nicht richtig ist. Von dem ich nur denke, dass es richtig ist. Nur bei einem bin ich mir sicher: Es ist Aaron gewesen. Und fast bin ich froh, ihn gesehen zu haben. Leider ist er auf den Videoaufnahmen. Und Stanislawski behauptet, da wäre niemand gewesen. Dabei blickt er mich herausfordernd an.

»Mensch, Bronske«, sagt Stanislawski, als wir zusammen die Treppe nach unten gehen, »reiß dich doch mal zusammen. Wir alle haben schwierige Phasen. Contenance, Alter. Sonst geht das nicht mehr. Ich kann mir Verrückte hier im Markt einfach nicht erlauben. Ein Supermarkt muss immer eine heile Welt bleiben. In einer kaputten Welt kauft doch niemand was. Die Leute kommen zu uns, wenn es ihnen nicht gut geht. Die Leute erwarten von uns, dass wir ihnen Schutz bieten. Niemand hat hier Angst. Und in einem Supermarkt gibt es keine Krankheiten, keine Angst und keinen Terror. Wir sind die perfekte Welt, verstehst du, Bronske. Wäre es da draußen wie in einem Supermarkt, alle wären glücklich. Glaub mir. Und wenn du mich fragst: Das Leben da draußen könnte sich von uns ruhig mal eine Scheibe abschneiden.«

*

Es ist noch nicht mal zehn. Es ist unangenehm, wie langsam die Zeit hier im Klaus Meine vergeht. Gerade am Anfang, wenn es so ruhig ist. Diese Stille, wenn die Trinker

noch fahrig und unsicher sind und erst ihren Pegel erreichen müssen. Jeder fühlt sich vom anderen beobachtet. Vor allem von jenen da draußen, den Normalen, Nüchternen. Es ist kaum auszuhalten. Alle warten darauf, dass jemand den ersten Witz macht. Dass jemand etwas sagt, das diese unerträgliche Stille zerstört. Meist ist es Horst.

Früher haben wir alle geraucht, in der ersten Stunde eine nach der anderen, Stanniolpapier, das raschelte, das Schnippen des Feuerzeugs beim gegenseitigen Feuergeben, Hauptsache, die Hände hatten was zu tun – nun herrscht die Stille der E-Zigarette. Nun trinken sie stattdessen hastig. Kehlköpfe hüpfen auf und ab wie kleine spärlich behaarte Hündchen, die an ihren Herrchen hochspringen. Es ist wirklich seltsam – da sitzen wir seit bald vier Jahren fast jeden Tag zusammen, verbringen mit keinem Menschen auf dieser Welt mehr Zeit als mit uns und sind uns doch noch immer absolut fremd. In der ersten Stunde spürt man das auch. Später könnte man glauben, wir wären Brüder – eine Familie. Meist ist das noch unangenehmer. Wenn die Leute von draußen reinsehen und mich als einen Teil des Ganzen wahrnehmen. Diese Männer – es sind ja fast nur Männer, bis auf Frauke, bei der man aber oft vergisst, dass sie in Wahrheit eine Frau ist – sind ohne den Alkohol scheu, fast schon ängstlich. Rotfleckige Trinker-Rehe. Im Winter ist es nicht auszuhalten, wenn es morgens dunkel ist und wir uns auch noch im Schaufenster spiegeln. Es gibt kein Entrinnen. Dann sehe ich mich hinter dem Tresen stehen,

wo ich von den Männern und Frauke angesehen werde. Einige tragen stets Sonnenbrillen, auch wenn es dunkel ist, einfach, weil sie nüchtern den Blick ins Leben nicht aushalten. Vermutlich würde auch das Leben den Blick in sie nicht ertragen. Erst später, wenn sie den nötigen Pegel erreicht haben und der Alkohol sich wie eine Imprägnierung über ihre Netzhäute legt, nehmen sie die Spiegelsonnenbrillen ab.

Morgens spiele ich wenig von dem Balladenzeug der Scorpions, sondern eher die energischeren Stücke wie *Dynamite* oder *Rock You Like A Hurricane*, die die Stille etwas erträglicher machen. Doch ich darf die Musik nicht wirklich laut stellen. Stanislawski hat sogar den Lautstärkeregler der Anlage manipuliert, so dass man ihn nun nur einen Strich weiter als Zimmerlautstärke bekommt, so dass selbst die eruptiven Ausbrüche von *Rock You Like A Hurricane* kaum lauter sind als das Anzapfen eines großen Bieres. Morgens brüllt auch noch niemand den Refrain mit. Ab dem Nachmittag spiele ich dieses Stück nicht mehr.

Gegen neun fällt meist der erste Witz. *Wind of Change* – Horst, der das Pfeifen Klaus Meines mit Flatulenz-Geräuschen untermalt. Viel zu lange schon muss ich mir das mindestens drei Mal die Woche anhören. Immer lachen die Übrigen ihr erleichtertes Lachen, sind dankbar für den ersten Witz, jeden Tag aufs Neue. Ich weiß nicht, ob sie sich wirklich nicht erinnern. »Verdammt, ihr müsst euch doch erinnern!«, will ich manchmal schreien, wenn sie wieder und wieder über die gleichen Witze

lachen, mir dieselben Geschichten erzählen – über den Bootsmann, der sich aufgehängt hat, die Mutter, die einfach gegangen ist und nichts weiter zurückgelassen hat als ein wenig Geld und Fertiggerichte. Vorige Woche dann habe ich es nicht mehr ausgehalten, ich habe Horst angeschrien: »Hör auf! Hör endlich auf damit! Klaus Meine hat sich sicher was dabei gedacht, dass er da pfeift. Hast du schon mal gepfiffen? Ich meine, richtig gepfiffen! Vor Tausenden von Zuhörern. Pfeif doch mal. Pfeif du doch jetzt mal!«
Ich habe ihn gepackt und genötigt zu pfeifen. Was er zögerlich tat. Horst hat schlecht gepfiffen. Es klang nicht viel besser als die Flatulenz-Geräusche.
»Da siehst du es! Und du machst dich hier lustig. Über Klaus Meine! Über Klaus Meine!«
Horst hat in sein Bier gesehen und dabei auf seiner Unterlippe herumgekaut. Jeder sah weg, als ich kurz einen nach dem anderen anschaute. Anschließend spielte ich noch einmal *Wind of Change*. Und noch mal. Stumm und ernst haben sie es sich angehört. Kaschattke hat versuchsweise mit dem Kopf etwas im Takt zu nicken begonnen, bis ich ihn ansah, die Augen kurz schloss und den Kopf leicht schüttelte. An diesem Tag hat es bis zehn gedauert, bis die Stille verschwand. Noch dreimal habe ich *Wind of Change* gespielt. Als Lektion. Nur leider hatte Horst das alles am nächsten Tag bereits wieder vergessen. Und so ging alles von vorne los.
Klaus Meine hat mir mal geschrieben, dass das Pfeifen etwas sehr Schönes für ihn sei und die eigenen Lip-

pen das Instrument, das nur die wenigsten wirklich beherrschten. Rudolf, etwa, sei zwar ein guter Gitarrist, aber pfeifen – zumindest gut pfeifen – könne der nicht. Pfeifen vor Publikum habe er, Klaus, schon immer gewollt. Klar hätte er *fear* davor gehabt, anfangs, denn Pfeifen, da sei es wichtig, wie feucht die Lippen, wie trainiert die Muskeln um die Lippen herum sind – Musculus orbicularis oris. Er habe mal ein Stück geschrieben, das nur aus Pfeiftönen und Schlagzeug bestünde, *Sirens of Doom* würde es heißen.

Auch jetzt pfeift Klaus Meine, und ich stehe hinter dem Tresen, sehe nach draußen. Die Hände habe ich in den Taschen, als ich wieder den Zettel spüre. Ich vermute, dass es irgendeine Einkaufsliste ist oder eine Notiz. Manchmal notiere ich mir Dinge, die ich später zu Hause aufschreiben will. Für das Buch. Sachen, die ich nicht vergessen darf. Ich nehme den Zettel aus der Tasche und falte ihn vorsichtig auseinander. *Wau wau*, steht da. Sonst nichts. *Wau wau.* Dahinter ist ein umgedrehtes Kreuz gemalt.

ANIMAL MAGNETISM

Noch immer regnet es stark. Und auch, wenn ich weiß, dass das nicht wahr sein kann, so habe ich doch das Gefühl, dass alles an mir poröser zu werden beginnt. Wie bei der Erosion. Der ständige Regen. Der Himmel ist grau, und ich kann mich kaum noch der depressiven Anflüge erwehren. Trinke wieder etwas mehr, um all das auszuhalten. Heute bin ich wieder am Spülkasten gewesen. Mehrmals sogar.

Der Regen brennt jetzt richtig, als ich aus dem Bus steige und nach Hause gehe. Das klamme Gefühl ist zu einem ständigen Begleiter geworden. Das einzig Gute am Regen ist, dass kaum Menschen unterwegs sind. Auch jetzt nicht. Die Bushaltestelle befindet sich am Eingang von Langenbostel, so dass ich noch ein gutes Stück zu Fuß nach Hause laufen muss.

Ja, ich habe gar nicht wirklich darüber nachgedacht, sondern würde sagen, dass ich fast schon instinktiv zu früh abbiege, jedenfalls stehe ich mit einem Mal vor dem Haus des Griechen. Vielleicht ist es die Angst davor, dass Aaron bei Mona ist. Noch immer besitze ich keine Waffe. Keine Ahnung, was mit Schrapnell ist. Er kommt nicht mehr. Niemand weiß was. Vielleicht ist er einfach

nur krank. Obwohl kaum ein Trinker je wirklich krank wird.
Ich will mich nun vorsichtshalber von hinten an unser Haus schleichen, um mich zu vergewissern, dass Mona auch wirklich alleine ist. Ich muss immer wieder daran denken, was ist, wenn nicht ich das bin, vor dem Mona da angeblich Angst hat, sondern Aaron, den Mona nur für mich hält. Ich glaube, ich muss ihr von ihm erzählen. Am besten noch heute Abend. All das muss aufhören. Endlich einmal die Wahrheit sagen. Vielleicht ist die Wahrheit gar nicht diese spießige Angelegenheit, für die ich sie immer gehalten habe.
Wie selbstverständlich öffne ich die Gartenpforte und gehe durch den gemauerten Torbogen. Der Grieche steht da und macht irgendetwas mit einer Gießkanne. Er scheint sich diesmal nicht darüber zu wundern, dass ich mit einem Mal in seinem Garten stehe. Er lächelt sogar, und wir begrüßen uns wie zwei alte Bekannte. Ich bin noch nie mit einem Griechen befreundet gewesen und denke in diesem Moment, dass das bestimmt schön wäre. Zwei verschiedene Kulturen und trotzdem Freunde, Sirtaki, Ouzo und was man sonst noch so in Griechenland tut und trinkt. Wir beide. Zusammen.
»Wieder Schlüssel vergessen?«, ruft er und lacht.
»Ja, der Kopf«, sage ich und gehe schnurstracks weiter zum Zaun, auf dem ich dann sitze und mich noch einmal zu ihm umdrehe und rufe: »Mir tut das leid übrigens. Das alles mit den Griechen, meine ich.«
»Mit den Griechen?« Er sieht mich verständnislos an.

»Ja. Die armen Griechen!« Ich klettere über den Zaun.
»Mir auch«, ruft er. »Aber warum erzählen Sie mir das?«
»Sie sind doch Grieche.« Ich lache.
»Nein«, sagt er ernst. »Ich bin Niedersachse.«
»Sie sprechen aber gut Deutsch.«
»Ich bin ja Niedersachse.«
»Ja.«
»Ja. Niemand in meiner Familie ist Grieche!«, ruft er noch.
»In meiner auch nicht«, rufe ich zurück und laufe zu unserem Haus, hinter den Schuppen, wo er mich nicht mehr sehen kann. Die ganze Zeit hat er noch irgendwas gerufen, das ich aber nicht verstanden habe. Für mich klang es griechisch, da kann er sagen, was er will. Mir braucht er doch nichts vorzumachen. Ich finde es gut, dass er hier lebt. Ich hab nichts gegen Ausländer. Aber das glaubt einem heutzutage ja auch niemand mehr. Zumindest nicht, wenn man Deutscher ist.
Je näher ich unserem Haus komme, umso deutlicher höre ich eine Art Brummen aus dem Inneren. Es klingt nach Strom und elektrischem Defekt. Wird lauter, je weiter ich mich nähere. Ich schleiche an der Wand entlang, um das Haus herum, stehe dann davor und versuche, durch eins der Fenster ins Innere zu spähen. Es ist dunkel im Haus, und ich frage mich, was ist, wenn sie mir auflauern, Mona und Aaron, um mich zu überwältigen. Und was ist das überhaupt für ein Brummen? Gibt es das wirklich? Oder ist es nur in meinem Kopf und bedeutet in Wahrheit, dass ich Angst habe? Dass ich fliehen

soll. Einfach in den Mais rennen, und dann für immer weg.
Ich weiß, dass man eigentlich immer der Letzte ist, der es bemerkt, wenn man verrückt wird. Normalität – das sind immer die anderen. Und die Paranoia ist im Grunde längst da, wenn man selbst gerade erst anfängt, darüber nachzudenken.
Der elektrische Hund bellt, als ich mich der Haustür nähere. Sie ist nicht abgeschlossen, Mona muss also da sein. Allerdings entdecke ich nirgends Licht. Vorsichtig öffne ich die Tür – und dann sehe ich es, oder besser, höre es: Das Brummen kommt von zwei schulkindgroßen Trocknern, die in der Diele stehen und warmen, muffigen Kinderatem verströmen. Dunkel sind ihre Umrisse zu sehen. Sie vibrieren. Der ganze Boden vibriert. Wie hat Mona das nur den ganzen Tag über ausgehalten? Mich macht es jetzt schon verrückt.
»Mona?«, rufe ich laut, doch die Trockner schlucken jedes Geräusch. So als wäre ich gar nicht da.
Ich schalte das Licht ein und ziehe die Stecker der beiden Heizgeräte aus der Steckdose, ihr Brummen erstirbt langsam, und sie hören auf zu vibrieren.
»Mona!«, rufe ich noch einmal, erhalte jedoch wieder keine Antwort. Aber etwas ist da. Ich sehe es nicht, spüre es aber.

Die Tür zum Wohnzimmer steht offen, Licht fällt von der Diele in den Raum, schafft es aber nicht weit hinein. Es lässt die Dunkelheit dahinter nur noch dichter und schwärzer wirken.

»Mona?«
Ich stehe im Türrahmen und betrachte meinen Schatten, der ins Zimmer fällt und größer ist als ich selbst. Ich folge ihm ins Zimmer hinein. So wie man ins kalte Meer geht, erst vorsichtig, bevor man schließlich die Luft anhält und ganz darin untertaucht.
»Komm nicht näher«, sagt Mona leise. Sie sitzt in dem Sessel.
»Ich bin es, Jesse.«
Doch sie scheint zu wissen, dass ich es bin.
»Bleib, wo du bist.« Sie steht auf und kommt näher. Ich sehe, dass sie etwas in der Hand hat.
»Was ist denn? Was hast du da?«
Sie hält eine Pistole mit beiden Händen und zielt auf mich. Wenn im ersten Akt eine Pistole auftaucht, muss sie im letzten Akt abgefeuert werden, erklärt Herr Schmochtke, der Dozent des Schreibseminars, immer.
»Mona, was machst du denn da? Spinnst du, oder was?!«
Ich mache einen Schritt auf sie zu, doch sie meint es ernst. »Komm nicht näher, Jesse. Lass uns rausgehen.« Sie deutet mit der Pistole zum Schuppen.
»Mona«, versuche ich es noch einmal, gehe dann aber langsam an ihr vorbei zur Terrassentür. Öffne sie, und wir treten hinaus in den Regen. Das Hemd klebt an meinem Oberkörper. Ein unangenehmes Gefühl des Aufgeweichtwerdens. Als würde sich mein Inneres nun mit dem da außen vermischen und zu etwas Neuem verbinden. Grenzen verschwimmen. Keine weißen Linien.
Ich schlinge meine Arme um meinen Oberkörper, so fest

ich nur kann. Ein künstliches Gefühl der Geborgenheit, das sich jedoch nicht wirklich einstellen will.

»Zum Schuppen«, sagt Mona.

Der Grieche hat uns entdeckt und winkt uns zu. Wir winken beide zurück. Unser aufgesetztes Lächeln, das so plötzlich auftaucht, wie es auch wieder verschwindet, macht die ganze Situation noch unheimlicher. Mona gibt mir den Schlüssel für den Schuppen. Ich schließe ihn zögernd auf. Öffne langsam die Tür.

Ich höre nicht, dass ich schreie, ich spüre es. Mein Körper zuckt. Alles fühlt sich heiß an. Dann geben meine Beine nach. Ich versuche noch, mich an Mona festzuhalten. Doch sie tritt einen Schritt zurück, so dass ich zu Boden sacke. Als habe man mich erschossen.

I WANTED TO CRY (BUT THE TEARS WOULDN'T COME)

Mona glaubt nicht mehr an meine Wahrheit. Nach allem, was in letzter Zeit passiert ist, glaubt sie mir jetzt einfach nicht mehr. Das muss sie gar nicht sagen. Das spüre ich. Sie würde mir nicht glauben, dass nicht ich das war. Das mit dem Hund. Dass ich ihn nicht getötet habe. Ja, dass ich zu so etwas überhaupt nicht in der Lage bin. Aaron. Aaron ja. Aaron hat sogar mal auf ein Reh geschossen. In Rahlstedt. Hinter unserem Haus, an den Gleisen. Ich aber nicht. Doch aus Angst, dass alles, würde ich es abstreiten, am Ende bloß noch schlimmer wird, denke ich, dass es das Beste ist, wenn ich es erst einmal zugebe.
»Ich erinnere mich nicht mehr. Vielleicht war ich betrunken«, sage ich. »Aber ich glaube nicht, dass ich das war.« Dabei tue ich so, als würde ich weinen. Was mir nicht wirklich gelingt. »Ich kann mich nicht mehr daran erinnern, Mona. Wirklich nicht.«
»Du tötest einen Hund und kannst dich nicht mehr daran erinnern? Meinst du das ernst?! Was ist denn nur los mit dir?«
»Mona, bitte schrei nicht so. Der Grieche.«
»Welcher Grieche, verdammt!«
Wir stehen noch immer am Schuppen und sehen den

toten Hund an, der auf einem großen Badehandtuch liegt. Alles ist voller Blut. Der Kopf wirkt seltsam deformiert, eingedrückt wie ein schlapper, brauner Fußball. Mona steht hinter mir. Sie hat noch immer die Pistole in der Hand, die schlaff an ihrem Arm herunterhängt, als zöge ihr Gewicht ihn nach unten, und nur wenn sie mit mir spricht, beziehungsweise mich anschreit, gestikuliert sie wild mit der Waffe in der Luft herum, dass man Angst bekommen kann – dass ich Angst bekommen kann.

»Was ist nur los mit dir, Jesse? Liegt es am Alkohol? Säufst du wieder so viel?«

»Lass uns reingehen. Bitte. Wir können doch drinnen reden. Der Grieche.«

Aber es liegt gar nicht am Griechen, sondern am Hund, der mit seinen blutigen Augen alles anzustarren scheint. Lebende fokussieren etwas, Tote sehen alles an, ihr Blick trifft jeden. Unheimlich ist das. Auch bei Vater ist es so gewesen. Vater hat mich und Aaron das erste Mal gleichzeitig angesehen, als er tot war.

»Ist es der Alkohol? Ist es das?«

Ich nicke. »Aber drinnen. Bitte. Drinnen.« Nun, glaube ich, weine ich wirklich. Die Tränen laufen mir aus den Augen, richtige Tränen, ich zittere, meine Stimme klingt seltsam, als ich sage: »Es tut mir leid. Ich wollte das doch alles nicht. Alles. Ich glaube, ich ...« Hier breche ich ab, ohne zu wissen, was ich noch sagen will.

Mona geht jetzt vor, ich folge ihr. Drinnen legt sie die Pistole auf den Esstisch, während ich die Terrassentür ab-

schließe. Mona setzt sich in den Sessel, ich mich aufs Sofa. Versinke so tief darin, als habe die Gravitation zugenommen. Astronauten rauchen durch einen Schlauch, hat Vater uns einmal erklärt. Ich nehme mir eine Zigarette aus der Schachtel, die auf dem Tisch liegt, und wir sitzen schweigend da und rauchen.

»Du machst mir Angst.« Mona kniet auf einmal neben mir auf dem Sofa und schlingt ihre viel zu kalten Arme um mich. Die Zigarette in meiner Hand ist kaum heruntergebrannt, obwohl ich sie gerade ausmachen wollte, weil ich dachte, ich hätte sie bereits zu Ende geraucht. Die Zeit, die Zeit, was geschieht nur die ganze Zeit mit ihr?

»Du machst mir einfach nur noch Angst, Jesse.« Mona scheint jetzt zu weinen. Dieses lautlose Weinen, das von allen Arten ihres Weinens am grausamsten ist. Es ist, als absorbiere es sämtliche Geräusche, um sie in sich zu speichern und mit einem Mal mit einem lauten, anklagenden Schluchzen zu entlassen. Als würde sich die Erde auftun und alles hineinstürzen, alles.

»Ich war das nicht«, sage ich jetzt laut. So laut, damit es noch wahrer wird. »Mona, ich mach so was doch nicht! Glaub mir bitte.«

Mona sieht mich an. »Du warst das nicht? Wer soll es denn sonst gewesen sein? Wer sonst soll diesen Hund erschlagen und in unseren Schuppen gelegt haben?! Wer außer dir kann denn so etwas tun?«

»Aaron«, sage ich ganz leise.

»Was?«

»Da ist eine undichte Stelle. Es regnet durch.«
»Das Dach war immer dicht, immer«, sagt Mona mit leiser Stimme, Tränen laufen ihr über die Wangen. Sie steht da mit dem Föhn in der Hand und weint. Ich habe selten etwas derart Trauriges gesehen und merke, wie auch mit meinen Augen etwas geschieht. Ich gehe zu ihr, nehme sie in den Arm und presse sie an mich, damit sie es nicht sieht.
»Ist doch nicht so schlimm«, sage ich.
»Alles geht kaputt. Warum muss nur immer alles kaputtgehen«, schluchzt Mona.
Durch mein Hemd kann ich ihre Tränen spüren. Auch ich bin jetzt ein Haus, in das Nässe dringt.
»Wir lassen es einfach reparieren, und dann ist gut«, sage ich, wobei ich mich um einen optimistischen Ton bemühe, der mir allerdings nicht gelingt.
»Das Haus geht kaputt, Jesse«, sagt Mona nach einer Weile, in der wir da gestanden haben. Umschlungen und so. Ich ziehe die Vorhänge zu, weil mir bewusst wird, dass man uns von draußen sehen kann. Die Menschen sind noch da. Lichtkegel. Maisfeld.
»Ich werde nicht zulassen, dass das Haus kaputtgeht, Aaron.«
»Das Haus wird nicht kaputtgehen, dafür werden wir schon sorgen«, entgegne ich. Und dann: »Wie hast du mich eben genannt?«
»Was?«
»Wie du mich genannt hast? Eben.«
»Jesse, wieso? Wie soll ich dich sonst nennen, *Schatz*?!«

»Ich weiß es nicht, Mona. Aber ich weiß, dass ich das nicht war. Ich weiß es einfach. Wieso traust du mir überhaupt so etwas zu? Du weißt doch, wie ich bin.«

In der Tasche spüre ich den Zettel. *Wau wau.* Kurz bin ich versucht, ihn Mona zu zeigen. Als Beweis. Doch dann sagt sie: »Weil du trinkst, Jesse. Deshalb. Du trinkst, und du veränderst dich. Ich weiß nicht mehr, wie du bist. Und was noch schlimmer ist: Du belügst mich. Ich kann dir kaum noch glauben. Glaubst du dir selbst denn noch? Diese Briefe, von denen du erzählst, dass die von Klaus Meine sind ...«

»Klaus Meine schreibt mir.«

»Ach, Jesse, hör doch auf. Warum sollte Klaus Meine dir schreiben? Hör auf, so zu tun, als wäre alles in bester Ordnung. Das ist es nicht! Und das ist es auch schon seit langem nicht mehr. Alles hier geht kaputt. So wie dieses Haus geht auch unser Leben kaputt. Manchmal glaube ich, ich kenne dich überhaupt nicht. Bist du der, der du bist, wenn du trinkst? Oder bist du in Wahrheit der andere, den ich liebe – oder zumindest geliebt habe? Den anderen möchte ich nicht mehr. Ich hasse dich dann.«

»Mona, ich weiß, dass es nicht so leicht ist mit mir im Moment. Ich bin unzufrieden. Dieses scheiß Klaus Meine. Ich hasse es, hinter der Bar zu stehen. Ich hasse das Leben dafür, dass es geworden ist, wie es ist.«

»Du trägst doch die Verantwortung für dein Leben! Niemand sonst. Hör auf, die anderen dafür verantwortlich zu machen. Du bist es, Jesse, niemand anders, verstehst

du das denn nicht? Du machst immer andere dafür verantwortlich, dass nichts aus dir wird.«

»Ich weiß, dass ich für mein Leben verantwortlich bin. Das musst du mir nicht sagen. Ich bin kein kleines Kind!«

»Schrei mich nicht so an. Hör auf zu trinken, dann hast du auch wieder mehr Einfluss auf dein Leben. Ach, Jesse, manchmal bist du echt ein Idiot.«

»Ja, du hast ja recht«, gebe ich nach einigem Zögern zu, versuche sogar zu lächeln. »Ich trinke wieder mehr. Aber ich halte es im Moment einfach nicht aus. Ich will da nicht mehr arbeiten. Ich hasse das Klaus Meine. Aber, Mona, ich bin nicht ständig betrunken. Und zu so was bin ich schon mal gar nicht fähig.« Ich zeige vage nach draußen in die Dunkelheit, wo der Hund liegt. Mit seinen toten Augen. Und dem verdammten toten Rest. »Außerdem könnte doch jeder den Hund da reingelegt haben. Der Schlüssel lag die ganze Zeit draußen.«

»Nein, er war jetzt im Haus. Und es gibt doch nur diesen einen Schlüssel.«

»Bist du sicher?«

»Es gab immer nur diesen einen Schlüssel.«

»Ich war das nicht, Mona.«

»Ich weiß wirklich nicht mehr, wozu du fähig bist und wozu nicht. Ich glaube, du weißt es auch nicht mehr. Jesse, ich habe Angst vor dir. Ich habe wirklich Angst vor dir. Zumindest wenn du getrunken hast. Und wenn du so anders bist.« Nach einer kurzen Pause schiebt sie noch hinterher: »Aber ich habe auch Angst um dich.«

Ich sehe sie an. Dann, als sie nichts mehr sagt, frage ich sie: »Wo hast du überhaupt die Pistole her?«

»Ich habe das Haus durchsucht, Jesse. Ich bin nicht blöd. Ich weiß, dass du diese Pistole hast. Ich weiß alles, was in diesem Haus vor sich geht. Alles. Das ist schließlich mein Haus.«

»Ich will dich doch nur beschützen! Ich würde es nicht ertragen, wenn dir etwas geschieht. Ich liebe dich doch. Und das weißt du auch. Ich würde doch nichts tun, was dir irgendwie wehtun würde«, sage ich schnell, überlege aber, woher diese Waffe kommt. Hat Schrapnell mir eine Pistole mitgebracht? Neulich – gestern? Vorgestern? Aber Schrapnell war doch, seit die Polizei da war und mir das Gewehr abgenommen hat, nicht mehr im Klaus Meine?

»Nein?«

»Das weißt du doch, Mona.«

»Aber du bist so anders in letzter Zeit. Wo ist der Jesse, den ich mal geliebt habe?«

»Ich mag mich im Moment selbst kaum.«

»Dann fang damit an. Und hör auf zu trinken.«

Ich stehe auf und nehme Mona in den Arm. Sie regt sich nicht, lässt es aber geschehen. Sie ist verschwitzt. So stehen wir eine Weile da. Ich starre nach draußen in die Dunkelheit, wo der Schuppen ist, die Wirklichkeit, und dann geht das Licht im Garten des Griechen an.

III

MAKE IT REAL

An diesem Morgen komme ich mir so nüchtern vor wie schon lange nicht mehr. Statt meiner scheint nun die Welt besoffen. Alles schwankt da draußen. Die Erde dreht sich, sie dreht sich wirklich, und vielleicht ist es das erste Mal, dass ich keinerlei Zweifel daran habe. Sie dreht sich, und ich scheine ihr unbeweglicher Mittelpunkt. Statt mir, scheinen die Menschen, die am Haus vorbeigehen, zu torkeln, und die Vögel fliegen im Zickzack am Himmel umher. Es würde mich nicht überraschen, wenn ein paar von ihnen einfach so aus dem Himmel fallen würden. Vermutlich liegt es am Regen. Nass und vollgesogen stelle ich mir diese Vögel vor, zu schwer zum Fliegen.

Die Regenfälle haben weiter zugenommen. Im Fernsehen heißt es, dass es noch nie so schlimm gewesen ist. Vor ein paar Tagen sind mehrere Menschen mit einem Balkon abgestürzt, weil der Regen das Holz eines Tragbalkens hat morsch werden lassen. In Süddeutschland kommt es immer wieder zu heftigen Überschwemmungen. Menschen verlieren Haus und Hof. Einige sogar ihr Leben. Doch nun besteht leise Hoffnung, dass es vielleicht besser werden wird, an diesem Morgen nieselt es nur noch

leicht. Trotzdem ist der Himmel noch immer dunkel und grau, und es ist schwer vorstellbar, dass sich dahinter irgendwo die Sonne verbirgt. Ich kann schon nicht mehr sagen, wann der Regen begonnen hat. In meiner Erinnerung kommt es mir so vor, als hätte es schon immer geregnet. Der letzte trockene Tag ist lange her.

Normalität, hat Mona gesagt, alles, was wir jetzt bräuchten, sei ein klein wenig Normalität.

Normalität, das klingt so simpel und kann dabei doch so vieles sein. Und vermutlich zeichnet sich echte Normalität eben dadurch aus, dass sie einem gar nicht als solche auffällt. Normalität darf man nicht spüren, nur so ist es eine perfekte Normalität. Eine gute Normalität. Normalität hüllt sich in den Mantel des Alltags und liebt die Perfektion – nicht selten im Sinne von Eintönigkeit. Veränderung enttarnt die Normalität, gibt das Individuum dahinter preis. Allein ist es viel schwieriger mit der Normalität. Normalität braucht immer die anderen. Normalität bedeutet, viele machen es, alle sollten es, deshalb überprüft die Mehrheit auch immer die Normalität des Einzelnen, muss das tun und ermahnt diesen, droht, dass dessen Normalität zur Unnormalität wird und dadurch letztendlich auch die Normalität der anderen gefährden würde. Sind zu viele Menschen unnormal, wird Unnormalität zur Normalität, und dann herrscht das Chaos. Das kann niemand wirklich wollen.

Normalität ist in einer Beziehung auch deshalb so schwierig, weil diese meistens nur aus zwei Personen besteht, die beide jeweils die Normalität für sich be-

anspruchen. Es gibt keine Mehrheit. Dabei ist ja gerade für eine Partnerschaft Normalität unabdingbar, und wenn man mal ehrlich ist, viel wichtiger als Leidenschaft oder so etwas.

Ich stehe am Fenster, blicke nach draußen und denke über Normalität in Zeiten der bevorstehenden Maisernte nach. Das Maisfeld wogt. Wirkt aufgebracht.

Es fällt mir schwerer mit der Normalität, als ich gedacht habe. Schuld daran ist das Leben, das einfach zu kompliziert ist. Gerade ohne Alkohol. Ich habe beschlossen – oder vielmehr Mona hat es getan, und ich habe dem nicht widersprochen –, dass es gut wäre, wenn ich, vorerst zumindest, zu Hause bliebe. Weil es dann leichter ist, nicht zu trinken. Ich habe Agneta eine SMS geschrieben, ob sie für mich arbeiten könne. Heute und wenn es ginge auch morgen. Ich sei krank. Ihre Antwort kam prompt, obwohl es noch früh am Morgen war. Dass sie das gerne mache und dass es ihr sogar ganz gut passe. Sie müsse zwar gerade etwas fürs APPD schreiben, aber ein wenig Pause täte ihr sicher ganz gut. Auch wegen des bevorstehenden KBB. Dahinter hat sie einen Smiley gesetzt, dessen Gesichtsausdruck ich nicht wirklich zu deuten wusste. Er sah ein wenig traurig aus, aber auch wütend. Danke, schrieb ich einfach nur zurück und kam mir fast ein bisschen schroff vor, so dass ich schließlich noch eine SMS mit irgendeinem Smiley hinterherschickte, woraufhin sie mir einen Smiley mit einem fragenden Gesichtsausdruck zurückschickte.

Ich war lange nicht mehr tagsüber zu Hause, zumindest

nicht unter der Woche, am Sonntag ja, aber da ist ja alles anders als sonst. Es ist kompliziert, ständig geschieht etwas und man muss reagieren. Immer wieder wird die Normalität geprüft, herausgefordert. Andauernd klingelt das Telefon. Gehe ich ran, ist oft niemand dran. Am Vormittag hinterlässt ein Mann eine sehr lange Nachricht in einer fremden Sprache auf unserem Anrufbeantworter. Es klingt arabisch und beunruhigt mich. Hin und wieder klingelt es an der Haustür. Wenn ich doch immer wieder öffne, dann weil die Neugier die Angst besiegt. Einmal steht ein Schornsteinfeger vor der Haustür, der die Heizung überprüfen will. Augenblicklich ist die Angst da. Ich sage, das gehe jetzt nicht, er solle später wiederkommen. Krank, ich sei krank, etwas Ansteckendes. Doch er sagt, er wolle ja nur kurz mal seinen Stab in die Heizung stecken. Er betont das Wort Heizung dabei, als sei es eine Frage. Ich sehe ihn an. Ob er homosexuell sei, erkundige ich mich. Ob mit mir alles in Ordnung wäre, fragt er zurück. Ich schließe schnell die Tür. Bleibe dann dahinter stehen und sehe ihm durch das Glas zu, wie er sich langsam entfernt. Er beschimpft mich. Er hat kein Fahrrad. Er trägt eine gewöhnliche Jeans und ein Sweatshirt, über das er sich eine schwarze Jacke gezogen hat. Dazu einen Zylinder, der wie alles andere auch falsch aussieht. Er hat auch nicht verbrannt gerochen. Schornsteinfeger riechen aber verbrannt! All das nährt den Verdacht in mir, dass es sich bei ihm um keinen echten Schornsteinfeger gehandelt hat. Ich rufe die Polizei nur nicht, weil ich nicht weiß, wie ich diesen Umstand erklä-

ren soll. Und kann man überhaupt der Polizei trauen? In Wahrheit sind Polizisten ja auch nur Menschen. Und Menschen kann man einfach nicht trauen. Das weiß jeder. Und dann stehen mittags drei sogenannte Feuerwehrleute vor der Tür und behaupten, sie würden Geld für die Feuerwehrmaskerade sammeln.

»Was soll das sein?«, frage ich. »Sind Sie keine richtigen Feuerwehrleute? Sind Sie nur verkleidet?«

»Nein, nein, wir sind schon echte Feuerwehrleute. Aber bei der Maskerade verkleiden wir uns dann als etwas anderes.«

»Dafür spende ich nichts«, sage ich, weil ich nicht recht verstehe, und schließe die Tür.

Später am Tag bringt mir der Paketbote ein Paket, das zwar zweifelsfrei an mich adressiert ist, das ich jedoch nicht bestellt habe. Es ist von einer Firma, die *PePu AG* heißt.

»Das habe ich aber gar nicht bestellt«, sage ich zum Paketboten. Es klingt trotzig. Das merke ich selbst.

»Aber es steht ja Ihr Name drauf.«

Ich blicke auf das Paket in meiner Hand. Dann wieder zu ihm. Er hat einen Schnurrbart, das habe ich nie bemerkt, und nun fällt mir ein, dass ich mir vorgenommen habe, Männern mit Bärten zu misstrauen.

»Unterschrift brauch ich noch von Ihnen«, sagt er und hält mir einen schwarzen Kasten hin, in dem sich ein graues Feld befindet, auf dem man mit einem speziellen Stift unterschreiben soll. Über Computer wird es dann und so weiter und so fort.

Ich sauge Luft durch die Zähne ein, bin hin- und hergerissen, unterschreibe aber schließlich, damit er abhaut. Er tut der Normalität nicht gut, das spüre ich. Als ich mich vergewissert habe, dass er wirklich weg ist, öffne ich das Paket. Darin finde ich eine Penispumpe. Anfangs wage ich nicht, sie auszuprobieren. Wie ein Teil der Außenwelt kommt sie mir vor, und es wäre, als würde ich mein Glied durch den Briefschlitz in der Haustür nach draußen halten. Das wäre falsch, und mit Normalität hätte das ganz sicher nichts zu tun. Doch am Ende überwiegt die Neugier, und ich stehe da, untenrum nackt, mit dem Penis in der Penispumpe, die mir sehr kalt vorkommt und die nicht so neu und steril aussieht, wie ich mir das gewünscht hätte. Als ich kurz daran rieche, riecht etwas darin nach fremdem Mann, untenrum und so.

Der Penispumpe liegt noch ein Schreiben bei: *Guten Tag lieber Penispumpen-Käufer, wir von der PePu AG wissen nur zu gut, dass es in Wahrheit auf die inneren Werte ankommt. Und doch möchte man ja manchmal sein Innerstes nach außen kehren, wenn Sie so wollen, weil innere Werte ja auch oft ein äußerliches Begehren wecken. Gerade in einer Partnerschaft. Wir von der PePu AG wollen nur, dass Ihre äußeren Werte sich Ihren inneren angleichen. Wir wollen es schaffen, dass Sie sich wieder in allen Bereichen des Lebens groß fühlen. Unsere Mission heißt Ausgleich der naturgegebenen Ungerechtigkeit. Wir wollen, dass Ihr Körper das widerspiegelt, was Sie sind. Und über zehntausend verkaufte Penispumpen geben uns recht. Meinen Sie nicht auch?*

Es ist anfangs ein unangenehmes Gefühl. Der Unter-

druck ist recht schmerzhaft, und mein Glied sieht in dieser Pumpe kaum noch nach Glied aus. Und doch – ich habe etwas zu tun, das mir fast sinnvoll scheint. Für die Zukunft. Vor einiger Zeit habe ich einmal an einem Pornocasting teilgenommen. Die Firma hieß THW, was die Abkürzung von *The Hole World* war. Ich hoffte, es vielleicht im Bereich der Erwachsenenunterhaltung zu etwas zu bringen. Ich hatte mir sogar schon einen Künstlernamen überlegt. *Onkel Bumm Bumm* wollte ich heißen. Ich stand mit heruntergelassenen Hosen vor einer Art Jury, die aus vier älteren Männer bestand, die wenig nach Pornoindustrie aussahen, sondern fast schon etwas Gutmütiges hatten, sowie zwei Frauen, die nur aus Busen zu bestehen schienen und die die Güte und auch die Seriosität, die diese Männer zu verströmen versuchten, wieder zunichtemachten. Das ganze Leder und das Netzoberteil besorgten den Rest. Die Sekretärin – oder zumindest hatte ich sie für so etwas gehalten, eine Frau Anfang fünfzig – ging keuchend vor mir auf die Knie und begann erst mit der Hand, später mit dem Mund, meinen Penis zu stimulieren, während die vier Männer und die zwei Frauen mich ansahen und ich gar nicht wusste, wo ich hinsehen sollte. Draußen die belebte Vahrenwalder Straße. Ein Plakat an einem wenig erregenden Aktenschrank zeigte einen traurigen Koalabär und rief dazu auf, dass man die Koalabären retten solle. Es dauerte, doch dann stand ich da mit meiner Erektion in diesem Büro. Die Menschen betrachteten sie interessiert und notierten etwas auf die Vordrucke auf den Klemmbrettern

vor ihnen. Anschließend erklärte mir einer der Männer, während er mit einem Kugelschreiber auf mein halbsteifes Glied zeigte, dass mein *Apparillo*, so drückte er sich aus, einfach viel zu klein sei für ihre Zwecke.
Ich pumpe den ganzen Tag. Am Abend schmerzt mein Penis. Wirkt ungesund und wund. Doch tatsächlich kommt er mir etwas dicker vor. Aber auf keine gute Art. Er wirkt geschwollen. Ich stelle mir vor, wie Mona zu mir sagt, du veränderst dich. Wo bleibt sie nur? Es ist schon fast Mitternacht, und sie ist immer noch nicht da. Ich weiß nicht, wie oft ich sie jetzt schon angerufen habe. Aber sie geht nicht an ihr Handy. Antwortet nicht auf meine SMS.

Schließlich halte ich es im Haus nicht mehr aus und gehe nach draußen auf die Straße. Will nicht eher reingehen, bis Mona auftaucht. Und wenn ich die ganze Nacht dortbleibe. Der kalte Bürgersteig fühlt sich angenehm an unter meinen nackten Fußsohlen. Ein Gefühl, als sei ich durch ihn geerdet. Als ströme alles Unnormale wie überschüssige elektrische Ladung in den Boden.
Wenn man vor dem Haus steht, kann man die Straße weit hinunterblicken. Schon früh kann ich so sehen, wenn Mona heimkommt. Scheinwerfer. Daran muss ich denken. An die Scheinwerfer unseres Autos. Und dann denke ich, dass etwas anders ist. Erst überkommt mich ein mulmiges Gefühl, bis ich feststelle, dass es nicht mehr regnet. Es hat aufgehört. Noch immer fühlt sich die Welt klamm an, es ist kalt, obwohl doch eigentlich

Sommer ist. Aber es hat aufgehört zu regnen. Vielleicht ist zumindest das ja gut.
Ich spüre die Gänsehaut, als ich mir über die nackten Arme streiche. Den nackten Bauch. So paradox es klingt, aber das Warten gibt mir immerhin das Gefühl, etwas zu tun zu haben. Außerdem rauche ich dabei noch. Eine nach der anderen. Als könnte ich so die Zeit beschleunigen. Trete die Zigaretten mit den nackten Füßen aus, ohne etwas dabei zu spüren.
Ist Mona abgehauen? Das frage ich mich wieder und wieder, je länger ich dastehe und warte. Ist sie einfach abgehauen? Allein oder mit Aaron? Doch so recht kann ich das nicht glauben. Mona würde vielleicht mich verlassen, aber nie und nimmer dieses Haus.
Das Maisfeld rauscht. Es ist das Einzige, was zu hören ist. Das Rauschen des Maisfelds, von dem ich nicht weiß, ob es zuvor bereits gerauscht hat. Ein Knacken ist zu hören. Ein lautes Knacken mitten im Rauschen, als stammten alle Geräusche des Lebens von einer alten Schallplatte. Je älter man wird, umso mehr knackt und rauscht es, Sprünge. Ich bin mir erst gar nicht sicher, ob es wirklich da ist, bis ich es dann noch einmal ganz deutlich höre: ein Knacken im rauschenden Maisfeld. Ich stehe da und starre in die wogende Dunkelheit des Felds. Als es erneut knackt, überquere ich die Straße und gehe vorsichtig bis zum Feldrand. Ich atme den Geruch ein. Doch Mais riecht nicht wirklich.
Der Wind ist so heftig, dass man tatsächlich meint, der Mais könne über die Ufer treten und einen holen. Strö-

mung, die einen ins Feld zieht und darin versinken lässt. Ertrinken. Wieder knackt es.

»Aaron?« Ich flüstere es erst nur. Wirklich. Ich flüstere es nur. »Aaron, bist du das?«

Da muss jemand im Feld sein. Ich höre Pflanzen, die über Polyester streichen. Pflanzen, die brechen. Das Schmatzen von aufgeweichtem Erdboden unter Gummisohlen.

»Aaron?«

Das Rascheln setzt einmal kurz aus, dann raschelt es wieder, diesmal lauter. Nun kommt auch noch ein Knacken dazu. Knacken, das auf Knacken folgt. Rascheln, Rauschen, Knacken – ich gehe in den Mais hinein. Weiter. Tiefer. Vorher hole ich Luft und halte sie an, als würde ich tauchen.

Ich gehe schnell. Spüre, wie der Mais sich hinter mir schließt. Mich in sich verschwinden lässt. Die Pflanzen stehen so hoch, dass ich nichts sehe. Noch immer das Rauschen, das Knacken von irgendwo. Wo war wo? Erst ist es weit weg, dann ganz nah.

»Aaron«, rufe ich. Ich weiß, dass er ganz in der Nähe sein muss. Ich spüre ihn. »Aaron, wo bist du? Verdammt! Ich weiß doch, dass du hier bist. Ich weiß es doch.«

Wieder halte ich inne. Obwohl ich abrupt stehen bleibe, sind das Rascheln und das Knacken noch einen Augenblick länger zu hören, bevor alles erstirbt und es wieder still ist.

Vorsichtig gehe ich in die Richtung, aus der die Geräusche kamen. Teile die Pflanzen, ich laufe jetzt. »Aaron!«, rufe ich. Renne und rufe seinen Namen und renne immer

weiter, rufe, weiter und weiter, rufe und wundere mich, dass das Rascheln wieder woanders ist, laufe, renne, wie groß dieses Feld ist, und weiter, rufe, die Vögel über mir, bis es dann auf einmal aufhört und ich wieder fast vor unserem Haus stehe. Noch immer rufe ich, aber jetzt steht da Maria. Mona, meine ich. Sie starrt ins Feld. Dass sie betrunken ist, das sehe ich gleich. Sie trägt andere Sachen als die, mit denen sie das Haus am Morgen verlassen hat, ich bin mir sicher. Sie ist nicht allein. Sie ist nicht allein. Nie ist sie allein. Da ist wer bei ihr.

YOU AND I

Etwas verbindet uns. Ob wir nun wollen oder nicht. Es gibt da eine Art Band, oder wie auch immer man das nennen will. Es ist schwer zu beschreiben. Früher habe ich mir vorgestellt, dass wir wie zwei Doppelhaushälften sind mit dünnen Wänden, durch die man den Bewohner der anderen Doppelhaushälfte hören kann. So ähnlich ist es mit mir und Aaron. Schwieg ich und gelang es mir, an nichts Bestimmtes zu denken, so konnte ich, oder meinte das zumindest, Aaron denken hören. Wie eine Art Wispern, das ich dann wahrzunehmen glaubte und auf das ich mich zwar konzentrieren musste, das ich so aber tatsächlich recht gut verstehen konnte. Nicht alles, aber Teile davon. Dazu mussten wir uns räumlich, aber ich glaube auch emotional nahe sein. Ganz genau sagen kann ich es wirklich nicht. Aber ja, es gab sogar Momente, in denen ich nicht ganz klar hätte sagen können, welcher Gedanke von Aaron und welcher von mir, wo da die Grenze war. In Zeiten allergrößten Streits war diese Verbindung gekappt, und nur nachts hörte ich dann, hatten wir uns etwas beruhigt, Aarons Träume. Das Bellen von Hunden, das Rauschen des Waldes oder Frauen, die aus Aarons Dickicht zu flüchten schienen und gegen

meine Schädelwände schlugen, während sie dabei um Hilfe schrien. Meist waren es Frauen, die es nicht wirklich gab. Doch hin und wieder konnte ich ihre Stimmen erkennen. Es waren Freundinnen von mir, von denen Aaron träumte und sie so in sich einsperrte. Alles war so nah, schien fast eins, dass ich in manchen Nächten gar nicht sagen konnte, welche Aarons und welche meine Träume waren. Nichts in meinem Kopf gehörte nur mir allein, nichts darin war wirklich vor ihm sicher. Damals habe ich damit begonnen, Sachen aufzuschreiben, die ich bewahren wollte. Die ich nur für mich haben wollte. Vermutlich kam auch daher diese Angst, die anfangs noch recht konkret gewesen war. Schlimm wurde es, als ich überhaupt nicht mehr sagen konnte, wovor ich mich eigentlich fürchtete. Eine Furcht, die tief in mir drin zu sitzen schien, die mich lähmte und nahezu handlungsunfähig machte. Noch schlimmer wurde es, als zu dieser Angst noch die Angst vor der Angst kam, die mich permanent in einen Zustand völliger Unruhe versetzte, da es nicht mehr wirklich eines Auslösers bedurfte, sondern die Angst jederzeit zuschlagen konnte. Ich konnte vor allem Angst haben, dachte ich nur lange genug darüber nach. Da war die Angst vor dem Tod noch fast das Harmloseste. Ich hatte Angst davor, in meinem Kopf eingesperrt zu sein. Darin in einem Loch zu versinken, wie in einem Tagtraum, aus dem man nicht mehr rauskam. Ich hatte Angst davor, wahnsinnig zu werden. Hatte Angst davor, etwas zu tun und dann im Gefängnis zu landen. Noch mehr Angst hatte ich davor, gar nichts getan zu

haben und im Gefängnis zu landen. Und am allermeisten davor, etwas getan zu haben und mich nicht mehr daran erinnern zu können, etwas getan zu haben, dann im Gefängnis zu landen und zu glauben, ich wäre unschuldig.

Ich hatte nie gewusst, wie ich dieser Angst begegnen sollte, was ich gegen sie ausrichten konnte, ja, bis ich schließlich Klaus Meine kennenlernte und spürte, dass es in seiner Nähe besser wurde mit der Angst. Später fuhr ich immer wieder zu seinem Haus. Dort fühlte ich mich sicher. Selbst wenn Klaus Meine auf Tour war. Aber der Anblick seines Hauses, des Gartens, die Obstbäume, die über den Zaun ragten – all das verströmte für mich ein Gefühl von Geborgenheit.

Als ich achtzehn war, hatte ich bei einem Preisausschreiben der Zeitschrift *Rock Hard* gewonnen. Mein Preis war ein Tag mit Klaus Meine. Es war der zweite Preis. Der erste war ein Tag mit Tom Araya und Jeff Hanneman von Slayer. Eigentlich aber hatte ich an dem Preisausschreiben nur teilgenommen, weil ich den dritten Preis, ein Iron-Maiden-Picture-Disc-Set gewinnen wollte. In dem Telefonat, in dem man mit mir die Details des Treffens besprach, hatte ich gefragt, ob ich nicht stattdessen auch das Geld haben könne. Welches Geld?, hatte es nur lapidar geheißen. Und so wurde ich morgens um elf von Götz Kühnemund, dem damaligen Chefredakteur, in einem beigefarbenen Volvo in Rahlstedt abgeholt und zum Hotel Atlantic gefahren, wo Klaus Meine schon in der Lobby auf mich wartete. Er war so klein, dass es mir

fast unangenehm war, überragte ich ihn doch um fast zwei Köpfe, so dass ich auf den Fotos, die sie machten, immer etwas gebeugt dastand. Bei allem, was wir taten, wurden wir fotografiert. Wir waren dann einen Augenblick wie eingefroren, schüttelten uns die Hände, ohne sie zu schütteln, oder aßen möglichst langsam, wie der Fotograf uns bat, eine der Bananen, die Klaus Meine mitgebracht hatte.

»Ich esse jeden Tag fünf Bananen«, erzählte Klaus Meine währenddessen. »Bananas give me power and energy.« Er ballte die Faust, und der Fotograf schlug vor, ich solle einmal die Muskeln von Klaus Meine fühlen. Aber das wollte Klaus Meine nicht.

»Nicht anfassen war ausgemacht«, sagte der Manager Klaus Meines, der bis dahin unbeteiligt in der Lobby gesessen und in einem Tennismagazin geblättert hatte.

Anschließend unternahmen wir eine Hafenrundfahrt, während der Klaus Meine und ich stumm an Speicherstadt und Landungsbrücken vorbeifuhren. Wenn wir fotografiert wurden, machten wir mit den Händen das Teufelszeichen und taten so, als wären wir gut gelaunt. Klaus Meine setzte sich eine Kapitänsmütze auf, die der Fotograf mitgebracht hatte. Wortlos hielt er mir ein Matrosenhemd hin, das ich nur widerwillig überzog. Wieder machten wir Fotos, saßen dann schweigend da und blickten auf die Elbe.

»Welchen Song der Scorps magst du am liebsten?«, fragte mich Klaus Meine irgendwann unvermittelt.

»*In Trance*«, entgegnete ich.

»Gute Wahl«, sagte er. »Und sicher auch *Wind of Change?*« Ich nickte nur. Kurz darauf begann er zu pfeifen und bedeutete mir, mit einzusteigen, und so saßen wir da und pfiffen gemeinsam.

Später aßen wir in einem Fischrestaurant, wo Klaus Meine die Pilze aus seinem Gericht pickte und erklärte: »Pilze bringen keine energy. Pilze sind noch ewig in deinem Magen und saugen dir die energy raus.«

»Ach«, sagte ich oder etwas ähnlich Blödes. Ich wusste nicht, was ich mit ihm reden sollte. Trotzdem fühlte ich mich wider Erwarten sehr wohl in seiner Gegenwart. Fast befreit. Von irgendwas befreit, ohne dass ich hätte sagen können, was das war. Und was dieser kleine Mann mit dem lichten Haar unter der großen Mütze damit zu tun hatte. Die Enge in der Brust, von der ich gar nicht gewusst hatte, dass sie da war, war plötzlich weg. Und das erste Mal hatte ich das Gefühl, meine Gedanken hätten Auslauf, könnten sich frei bewegen, nachdem sie zuvor wie eingepfercht gewesen waren. Sicherheit. In seiner Nähe verspürte ich so etwas wie Sicherheit.

Gegen Nachmittag fuhren wir alle noch zu uns nach Rahlstedt, wo weitere Fotos gemacht werden sollten. Schließlich saß ich mit Klaus Meine auf meinem Bett und spielte ihm Possessed vor, und wir bangten erst, bis der Fotograf sagte, dass man Bangen auf Fotos nicht sehen würde, ob wir nicht wieder das Teufelszeichen machen könnten. Unter den Fotos stand später: *Klaus Meine und Jesse Bronske hören die Scorps. Loud!*

Vater grillte, und später standen wir alle im Garten, aßen

Bratwürste und tranken Bier. Klaus Meine und Vater spielten mit freiem Oberkörper Soft Tennis. Später machten sie Armdrücken. Vater ließ Klaus Meine gewinnen, dessen Puppenhände fast vollständig in Vaters großen Pranken verschwanden. Angeheitert unterhielten sie sich später über Elvis, pfiffen *In The Ghetto* zusammen. Rückblickend würde ich sagen, es war einer der schönsten Tage meines Lebens. Und so seltsam er vielleicht auch gewesen sein mag, es war seit langem das erste Mal, dass ich keinerlei Angst verspürt hatte. Fortan schrieb ich Klaus Meine regelmäßig. Kaum war er weg, war auch die Angst wiedergekommen, und schon ein paar Tage darauf fuhr ich das erste Mal zu seinem Haus in der Wedemark, einer Gemeinde in der Nähe von Langenhagen. Was ich in der Folge häufiger tat. Es reichte mir, davor im Auto zu sitzen, zu rauchen und zu wissen, dass irgendwo da, ganz in meiner Nähe, Klaus Meine war. Manchmal machte ich Fotos, die ich ihm schickte. Das Haus von Klaus Meine. Der Zaun um das Haus von Klaus Meine. Oder aber die Terrasse, auf der er sich seiner passion (*Päschen*) für Topfpflanzen hingab. Diese Fotos habe ich gerahmt und ins Klaus Meine gehängt. Doch niemand hat mir geglaubt, dass das wirklich die Topfpflanzen von Klaus Meine waren. Ich war aufgebracht und hatte schließlich vorgeschlagen, sonntags mal gemeinsam mit ihnen zum Haus von Klaus Meine zu fahren. Eine Schnapsidee. Im wahrsten Sinne des Wortes. Doch wir machten es tatsächlich: Horst, Ilten, Schrapnell und noch wer. Wir parkten gegenüber seinem Haus, saßen dann mit Spie-

gelsonnenbrillen im Auto und tranken warmes Dosenbier und aßen hartgekochte Eier, die Horst mitgebracht hatte. Wir schwiegen und starrten das Haus von Klaus Meine an. Hin und wieder zeigte einer darauf, und wir lachten. Musste wer pinkeln, fuhr ich immer ein Stückchen weiter, weil ich es nicht ertragen hätte, dass jemand vor das Haus von Klaus Meine pinkelte. Das schrieb ich ihm auch, und er antwortete, dass das vernünftig von mir gewesen sei. Urin sei ein oft unterschätzter Saft, der der Natur enormen Schaden zufüge, weil der Harnstoff das Erdreich angreife und zerstöre. Das »enormen Schaden« hatte er mit einem pinken Textmarker angestrichen. Die Natur würde einfach, man müsse es so drastisch sagen, totgepinkelt. *Peed To Death.* Hinzu käme natürlich die Hygiene, da man sich in einem Wald oder einem anderen Naturbereich nicht die Hände waschen könne, und an so einem Männerpiedel, wie er schrieb, befände sich eine Vielzahl von Keimen, da könne man schrubben, so sehr man wolle. Dahinter hatte Klaus Meine einen Smiley gemalt. Ich hatte Erfrischungstücher im Auto. Aber keiner benutzte sie. Wir waren zum Haus von Heinz Rudolf Kunze gefahren, das sich ganz in der Nähe befand. Sie hatten gepinkelt, dann fuhren wir wieder zurück.

WHEN YOU CAME INTO MY LIFE

Vielleicht muss ich an dieser Stelle zuerst einmal das Messer erwähnen, das ich mit nach draußen genommen habe und mit dem in der Hand ich aus dem Maisfeld getreten bin. Nun stehe ich damit vor Mona und sehe sie an. Sie ist so betrunken, dass sie sich am Autodach festhalten muss. Auch Stanislawski wirkt arg mitgenommen, obwohl er gefahren sein muss. Zumindest steht sein Auto auf unserem Parkplatz. Wo unser Wagen ist, weiß ich nicht.

»Was machst du denn schon wieder, Jesse?« Mona versucht mir in die Augen zu sehen, blickt stattdessen aber das Messer an.

»Warum ist er jetzt hier?« Ich deute mit dem Messer auf Stanislawski, der am Auto lehnt und an seinem Schlüsselbund herumfummelt, bis er dann mit einem Mal abrupt aufschreit: »Sie hat Angst, verdammt! Angst vor dir. Das hab ich dir doch gesagt!«

»Nicht so schreien, bitte«, sagt Mona.

»Sie hat Angst und hat mich gebeten, sie zu begleiten«, sagt Stanislawski jetzt noch einmal etwas ruhiger.

»Stimmt das, Mona?«

»Ihr seid zu laut. Lasst uns ins Haus gehen und alles besprechen.«

»Was denn besprechen?!«
»Drinnen«, sagt Mona.
Ich gehe vor und höre die beiden hinter mir miteinander tuscheln. Sie klingen sehr ernst. Was ungewöhnlich ist, da sie sonst, gerade Mona, meist zum Kichern neigen, wenn sie betrunken sind. Stanislawski verträgt im Grunde nichts, will das aber nicht wahrhaben und versucht es immer wieder.
»Du hast also Angst vor mir?« Ich lege das Messer auf den Wohnzimmertisch und stecke mir eine Zigarette an. Es ist ungewohnt, der einzig Nüchterne zu sein. Aber in diesem Moment verspüre ich ein angenehmes Gefühl der Überlegenheit. Mona entgegnet nichts, stattdessen macht sie überall im Erdgeschoss das Licht an, als könne das Licht die Dunkelheit einfach so aus unserem Leben vertreiben. Sie stolpert dabei, und kurz sieht es so aus, als würde sie der Länge nach hinfallen, sie kann sich aber gerade noch an der Stehlampe festhalten und wieder aufrappeln. Wir alle bemühen uns, ernst zu bleiben.
Stanislawski sitzt auf dem Sofa und raucht. Er nimmt die Zigarette in den Mund, streckt die Finger aus und besieht sie sich, als wäre er bei der Maniküre gewesen und wollte nun das Ergebnis begutachten.
»Was macht er hier?«, frage ich jetzt noch einmal. »Wo warst du?«
»Ich war was trinken.«
»Mit Stanislawski, oder was?«
»Nein. Auch, ja. Aber auch noch mit den anderen vom Buhei.«

»Und warum ist er jetzt mit hier?«
»Weil ich das will, Jesse. Du weißt doch nicht mehr, was du tust. Ich wollte nicht allein nach Hause. Guck dich doch an. Wie du aussiehst. Und was machst du da schon wieder? Was läufst du mitten in der Nacht mit einem Messer im Maisfeld rum? Halbnackt! Was willst du bloß ständig in diesem verdammten Maisfeld?«
Stanislawski zieht geräuschvoll den Korken aus einer Weinflasche, die sie mitgebracht haben müssen. Dann gießt er drei Gläser voll. Ich beobachte ihn dabei, sehe den Wein in die Gläser fließen und versuche an nichts zu denken.
»Frozen Joghurt«, sagt Stanislawski jetzt wie aus dem Nichts. Es klingt heiser. Er hat Mühe, mich zu fixieren. Auch mir wird schlecht, als ich für einen kurzen Moment versuche, in seine Pupillen zu sehen.
»Was?«
»Frozen Joghurt. Frozen Joghurt ist das neue Ding. Frozen Joghurt ist zeitgemäßer wie das«, Stanislawski zeigt auf mich und scheint nach dem richtigen Wort zu suchen, »na, wie das, was du machst. Alkohol und so.« Er hebt sein Glas und trinkt in großen Schlucken. »Mal drüber nachgedacht«, sagt er, als er das Glas wieder absetzt, »Frozen Joghurt, sag ich dir. Gibt's noch nicht in LGH.« Das LGH spricht er englisch aus.
»Nein.«
»Aber so kann das nicht weitergehen, Jesse. Das alles ist nicht mehr tragbar für den Markt. Tut mir leid.«

»Und du willst, dass ich jetzt Frozen Joghurt verkaufe, oder was?«

»Ist doch vielleicht auch 'ne Chance.« Er zuckt mit den Schultern und berührt mit der Spitze seines Zeigefingers vorsichtig das dritte Weinglas, das noch immer voll auf dem Tisch steht.

»Joghurteis ist das Ding, sagt der Schwager von Stanislawski. Perle.« Mona hält sich an einem der Fachwerkbalken fest, die Ess- und Wohnzimmerbereich voneinander trennen.

»Peterle«, korrigiert Stanislawski.

»Peterle. In Amerika essen alle Joghurteis, sagt der. Peterle.«

»In Amerika?«

Beide nicken.

»Das Ding ist, es schmeckt wie richtiges Eis, aber es macht nicht dick.«

»Es macht schon dick, Mona, aber nicht so dick oder nicht so schnell dick wie richtiges Eis«, sagt Stanislawski.

»Ja, und dazu irgendwas mit Kaffee.«

»Ich soll Joghurteis und Kaffee verkaufen?«

»Nicht Kaffee. Latte macchiato oder so was. Das ist doch mit Kaffee, so wie wir das kennen, gar nicht mehr zu vergleichen. Dann kommen auch mal wieder Frauen zu dir. Aber Klaus Meine – das ist doch einfach nicht mehr zeitgemäß. Deine Kundschaft ist nicht gut für den Supermarkt. Die richtigen Kunden beschweren sich ständig. Das schadet unserem Image.« Bei dem Wort Image hört man Stanislawski deutlich an, dass er betrunken ist. Er

trinkt jetzt den Rest seines Weinglases aus, wobei Mona und ich seinem großen Kehlkopf zusehen, der sich schnell auf und ab bewegt, was irgendwie etwas Unanständiges hat. »Image«, versucht Stanislawski es anschließend noch einmal, aber es klingt nicht viel besser als beim ersten Versuch. Schließlich leckt er außen über das Glas, an dem ein paar Tropfen Wein heruntergelaufen sind.

»Nee, das mach ich nicht. Ich will kein Joghurteis verkaufen. Und auch keinen Kaffee-Chichi.«

»Ich muss dir den Laden sonst dichtmachen. Bis Ende des Jahres. Das geht so einfach nicht mehr. Mensch, ich will dir doch nur helfen, Jesse!«

»Du sagst doch selbst immer, dass dich das nervt. Dass du was anderes machen willst. Weniger Alkohol und so«, sagt Mona.

»Ja, aber doch nicht so was. Joghurt ist doch auch nicht die Lösung.« Ich blicke das volle Weinglas an und denke daran, es in einem Zug hinunterzustürzen. Stelle mir vor, wie mich anschließend endlich Ruhe durchströmen wird. Versuche mir vorzustellen, wie ich langsam wieder zurück in dieses Leben gleiten werde, das richtige Leben, und dieser entsetzliche Schwebezustand endlich aufhört. Astronauten, Astronauten.

»Überleg's dir. Muss ja nicht gleich sein. Aber noch ein Jahr das Klaus Meine – das geht nicht. Und guck mal, die Scorpions hören auch auf. Die sind auf großer Abschiedstour. Das würde doch passen. Oder du machst: *Frozen Meine*. Wie klingt das?«

»Habt ihr gebumst?« Das wollte ich nicht wirklich fragen.
»Nein«, sagen beide fast zeitgleich und bemühen sich um Entrüstung. Mona versucht zu lächeln, schüttelt leicht den Kopf.
Ich starre nach draußen ins dunkle Maisfeld, und eine Weile ist es ruhig. Wir alle rauchen.

»Werd mich gleich mal auf den Weg machen.« Mühsam steht Stanislawski auf, geht ein Stück die Treppe rauf, zum Gäste-WC, das sich dort auf halber Höhe befindet. Woher weiß er, wo das Klo ist?
»Frozen Joghurt? Echt jetzt, Mona?« Ich sehe sie an, nachdem Stanislawski die Klotür abgeschlossen hat. Gürtelschnallengeklimper.
Mona kommt auf mich zu, stellt ihr Weinglas auf den Schrank und schmiegt sich an mich. »Bitte, Jesse. Bitte. Du musst was ändern. Du bist so unzufrieden, merkst du das denn nicht?«
Mona klammert sich an mich. Eng umschlungen sitzen wir da. Kurz habe ich das Gefühl, dass Mona weint. Bin mir aber nicht ganz sicher. Die Zigarette in meiner Hand ist heruntergebrannt, ich kann die Glut an meinen Knöcheln spüren. Es schmerzt, aber ich wage nicht, mich zu lösen, um sie auszudrücken. Stattdessen halte ich Mona nur noch fester im Arm.
»Hast du noch Angst?«, frage ich sie nach einem Augenblick. Die Glut brennt jetzt derart, dass ich es nicht mehr lange aushalten kann. Die Glut frisst sich durch die Haut.

»Ich liebe dich doch«, sagt Mona leise. Dann hören wir Stanislawski kotzen.

»Ich habe nicht gekotzt«, sagt Stanislawski, als er zurückkommt, obwohl man es deutlich riecht, außerdem ist etwas vom Erbrochenen auf seinen Schuhen gelandet. Ich bemerke, dass auch Mona es sieht. Sie versucht, den Drang zu kichern zu unterdrücken. Es gelingt ihr nicht wirklich. Ich bin mir fast sicher, dass Stanislawski alles, was jetzt passieren wird, am nächsten Morgen vergessen hat.

»Du kannst so nicht mehr fahren. Du kannst hier auf dem Sofa schlafen. Aber allein«, sage ich.

»Okay.«

»Aber die Schuhe ziehst du draußen aus.«

Bevor wir nach oben gehen, schalte ich die Bautrockner ein, damit Stanislawski uns nicht hören kann. Bevor ich das Licht im Wohnzimmer lösche, sehe ich noch einmal das Glas Wein an, das noch immer unberührt auf dem Wohnzimmertisch steht. Mona ist schon oben. Sie riecht komisch. Ich stelle mir vor, wie Stanislawski auf ihr gelegen hat. Sie küsst, ihre braunen Brüste ableckt. Mit ihr schläft. Ich habe Angst vor Keimen.

Ich packe Monas Handgelenke, beuge mich über sie. »Habt ihr gefickt?«

»Jesse, komm ...« Sie kichert.

»Hast du mit Stanislawski gefickt?«

»Nein!«, sagt sie. »Lass mich, du tust mir weh.«

Mona hat Mühe, ihre Pupillen ruhig zu halten, als ich ihr

in die Augen sehe. Dann lasse ich sie los. Sie dreht sie herum und ist kurz darauf eingeschlafen, während ich weiß, dass ich in dieser Nacht nicht schlafen werde. Frozen Joghurt? Mein Gott, was geschieht da nur mit meinem Leben!

BLACKOUT

»Du bist doch sicher gefallen«, sage ich. »So breit, wie du warst.«
Stanislawski sitzt in Unterwäsche auf unserem Sofa. Eine Boxershorts mit Pflaumen und Bananen darauf. Er sieht lächerlich aus. In seinem Gesicht sind Blessuren, seine Hände sind aufgeschürft. Er hat es nicht ausgesprochen, aber er scheint ernsthaft zu glauben, dass ich etwas damit zu tun habe. Das Weinglas ist leer. Vermutlich ist er wach geworden, weil er noch mal aufs Klo musste. Dabei ist er gestürzt, und nun ist es ihm peinlich und er will es mir in die Schuhe schieben.
»Ich weiß nicht, was passiert ist. Aber ich weiß, dass ich nicht gefallen bin! Da bin ich mir sicher. Ich bin noch nie gefallen. Betrunken, mein ich jetzt«, erklärt Stanislawski ernst.
Mona schweigt. Mit einer Zigarette im Mund klebt sie Stanislawski ein Pflaster über die Wunde am Kinn. Säubert anschließend die Abschürfungen an seinen Händen mit einem nassen Waschlappen, streicht eine Tinktur drauf. Das Knistern ihrer Zigarette ist zu hören. Sie inhaliert so viel Rauch, wie sie nur in die Lungen bekommt. Dann nimmt sie die Zigarette aus dem Mund,

dreht sich zu mir um und lässt den Rauch in einem derart dichten Schwall aus dem Mund strömen, dass ich instinktiv einen Schritt zurücktrete.

»Du bist verrückt, Jesse!« Sie schreit jetzt. »Du bist nicht mehr zurechnungsfähig. Ist dir klar, dass er die Polizei rufen kann?!«

Ich sehe zu Stanislawski, der nun fast ebenso überrascht aussieht wie ich.

»Du tötest Hunde, du verprügelst Freunde von uns.«

»Du hast einen Hund getötet?«, fragt Stanislawski.

Ich schüttele sachte den Kopf, schließe dabei kurz die Augen.

»Lüg doch nicht, Jesse. Lüg doch nicht immer. Du bist nicht normal, aber du scheinst das nicht mehr zu merken. Dass was mit dir passiert. Du bist so fremd geworden. Als wärst du wer anders.« Ihre Stimme versagt kurz. Sie presst die Handrücken auf ihre Augen, und ich spüre saure Traurigkeit in mir aufsteigen. Bloß nicht weinen! Ich bin froh, als Mona weiterredet: »Ich will, dass du gehst. Und diesmal wirklich. Nicht so wie sonst. Ich will, dass du deine Sachen packst und von hier verschwindest. Heute Abend, wenn ich wiederkomme, will ich, dass du nicht mehr da bist. Hast du das verstanden? Du sollst gehen!«

»Mona! Nein!« Ich mache einen Schritt auf sie zu, doch Stanislawski steht abrupt auf und stellt sich zwischen uns.

»Nein«, sage ich noch einmal, nun etwas ruhiger. »Ich war das alles doch nicht.«

»Hör auf, mich anzulügen! Ich bin doch nicht blöd!« Sie schiebt Stanislawski zur Seite und zeigt auf mich. »Das ist das Schlimmste, dass man dir einfach nicht vertrauen kann. Du lügst.«

»Aber Mona, das ist die Wahrheit!« Jetzt schreie ich wieder.

»Ja, das ist vielleicht deine Wahrheit. Deine, verstehst du. Und deine Wahrheit hat nichts, aber auch wirklich gar nichts mit der richtigen Wahrheit zu tun!«

Eine Weile starren wir uns an. Dann beginnt Mona, erst zaghaft, danach immer heftiger, mir ins Gesicht zu schlagen. Ich kneife die Augen zusammen, mache aber sonst keinerlei Anstalten, mich zu wehren. Immer heftiger werden ihre Schläge. Kurz überkommt mich die Angst, sie könne mich ernsthaft verletzen, so dass ich doch schützend die Arme vors Gesicht hebe. Mona hört nicht auf, nach mir zu schlagen. Alles kommt mir so laut vor um mich herum, während ich selbst die Stille bin. Der Anfang vom Sterben muss sich so anfühlen. Wenn einen alles verlässt. Die Kraft, ich spüre nichts mehr von mir, meinem Körper, und sacke schließlich einfach zusammen. Rieche den modrigen Holzboden unter mir – und sonst ist da nur die Dunkelheit. Flüssigkeit in meinem Gesicht, von der ich nicht weiß, ob es Blut oder Tränen sind.

Da liege ich. Und warte darauf, dass jemand kommt. Etwas geschieht. Dass Mona sich neben mich hockt, mir ihre Hand auf den Rücken legt und sagt, alles wird gut. Vielleicht begleitet von einem beruhigenden *Ssschh*, wie sie

das macht, wenn meine Angst zu groß ist, und sie mir dann immer wieder über den Kopf streicht und – die Haustür fällt krachend ins Schloss. Kurz darauf wird ein Motor gestartet, ein Auto fährt davon. Anschließend ist es ruhig. So ruhig, wie es das noch nie zuvor gewesen ist.

WHEN THE TRUTH IS A LIE

Die Wahrheit habe ich immer als etwas empfunden, was das Leben oft nur unnötig verkompliziert. Gar nicht die Wahrheit an sich, aber der Versuch, sie in ihrer Gänze wiederzugeben. Wo fängt die Lüge denn überhaupt an? Ist es bereits gelogen, wenn man bloß etwas verschweigt? Vielleicht gar nicht unbedingt aus böswilliger Absicht, sondern nur, weil man nicht weiß, wie man die sogenannte Wahrheit hätte in Worte kleiden sollen. Weil es einfach nicht genug Worte gibt.
Als Beispiel: Wenn ich Mona sage, dass ich sie liebe, so ist das sicher nie wirklich gelogen, doch so ganz der Wahrheit entspricht es ja auch nicht. Es scheint, als lasse die Sprache keinen Gefühlszustand zu, der zwischen mögen und lieben liegt, und doch glaube ich, dass mein Gefühl für Mona sich die meiste Zeit eben genau in diesem Bereich bewegt. Und klar, manchmal sage ich es auch nur, um Mona zu beruhigen. Manchmal, damit sie mit mir schläft. Manchmal sage ich es, weil sie es zuvor gesagt hat und es ansonsten so still wäre. Und manchmal sage ich es nur, damit sie es auch sagt. Aber ist all das dann schon eine Lüge? Im Grunde zwingt uns die Sprache ja zur Lüge, weil man die Wahrheit derart vereinfachen

muss, damit sie sich mit den paar Worten, die wir haben, einigermaßen darstellen lässt. Fast automatisch beginnt man da doch zu modellieren, verformt hier ein wenig, verändert da, um am Ende etwas zu haben, was sich zumindest ansatzweise sprachlich wiedergeben lässt. Natürlich entsteht so eine neue Wahrheit, die der ursprünglichen Wahrheit zwar ähnlich sieht, aber nicht dieselbe ist. Auch wenn beide aus demselben Material gemacht sind, dem Leben, wenn man so will. Natürlich würde Mona mir nicht glauben, würde ich ihr jetzt einfach so von Aaron erzählen. Nicht nach allem, was vorgefallen ist. Und schon gar nicht, dass er auch noch mein Zwillingsbruder ist. Das klingt schlicht zu unglaubwürdig. Ich kann sie da verstehen. Ich habe es in der Vergangenheit etwas übertrieben mit meiner Art der Wahrheit. Und ja – ich bereue es, will es wieder gutmachen. Doch dazu brauche ich etwas, das zweifelsfrei beweist, dass Aaron hier ist, dass es ihn gibt. Damals, als ich aus Hamburg geflohen bin, habe ich nichts mitnehmen können. Nur das, was ich bei mir trug. Deshalb besitze ich kein einziges Foto, das uns beide zeigt. Ich besitze fast gar nichts aus meiner Vergangenheit. Nichts als Erinnerungen. Wir könnten nach Hamburg fahren, in unser Haus in Rahlstedt. Doch um ehrlich zu sein, habe ich Angst davor. Angst vor dem, was mich dort erwartet. Nicht umsonst habe ich die Verbindung zu meiner Vergangenheit und allem, was damit zusammenhängt, gekappt. Es muss einen anderen Weg geben, um zu beweisen, dass es Aaron wirklich gibt. Wenn Aaron hier gewesen ist – und das ist

er, da bin ich mir sicher – muss er irgendwelche Spuren hinterlassen haben.
Ich durchsuche das Haus, fange unten im Erdgeschoss an. Dort gibt es nicht so viel, erst nach oben hin häufen sich die Dinge an. Wie bei einer umgekehrten Pyramide. Ich verrücke die Möbel im Wohnzimmer, schreite langsam an den Wänden entlang, krieche dann auf allen vieren auf dem Boden herum. Klopfe die Dielen ab. Durchsuche erst den Wohn- und dann den Essbereich. Anschließend nehme ich mir die Küche vor. Sämtliche Schränke räume ich aus, finde jedoch nichts. Auch nicht in der Speisekammer, dem kleinen Kellerraum mit der Grundwasserpumpe. Auch oben ist nichts, im Schlafzimmer, im Zimmer der Eltern. Alles wirkt unverändert.
Auf dem Dachboden reiße ich die Kartons auf, einen nach dem anderen, und kippe deren Inhalt einfach auf dem Boden aus, so dass am Ende der ganze Dachboden über und über mit Dingen bedeckt ist, durch die ich fast schon waten muss. Kurz fürchte ich, darin zu versinken wie in einem Sumpf. Wie gesagt, mir geht es nicht gut. Die meisten Sachen gehören Monas Vater. Viele Dinge hat er von seinen Reisen nach Übersee mitgebracht. Von manchen erschließen sich mir der Sinn und Nutzen nicht. Ein Holzstück mit einer langen, rosafarbenen Kordel daran etwa. Eine seltsame Kopfbedeckung mit Elefanten darauf, die sich mit den Rüsseln an den Schwänzen festhalten. Ein kleines Döschen mit Zähnen darin. Eine Streichholzschachtel mit Haar. Allerlei afrikanische Masken oder Skulpturen. Frauen mit derart

großen Brüsten, dass die Figuren, stellt man sie auf, den Halt verlieren und umkippen. Ich finde Frauenunterwäsche. Hautfarbene Gerätschaften, die ich nicht anzufassen wage. Dazwischen tauchen wiederholt Dinge von mir auf, die sich mit denen des Vaters vermischen. Schläuche, deren Enden mit Sieben verschlossen sind. Ein unterschriebener Tennisball. Viele maschinengeschriebene Briefe von Klaus Meine.
Mit einem Stock stochere ich in den Dingen herum, schiebe sie hin und her, als würde ich im Morast nach einem Leichnam suchen. Immer wieder hebe ich Kleidungsstücke damit auf und betrachte sie. Manche kommen mir bekannt vor. Ich habe immer angenommen, dass sie Monas Vater gehörten, doch nun sehe ich, dass es teilweise Kleidungsstücke von mir sind, ich kenne sie von Fotos. Und dann mit einem Mal entdecke ich die Indianerkostüme. Die von dem Foto, das unten in der Diele hing und das nun weg ist. Sie liegen einfach so mitten in all diesen Sachen. Es sind dieselben Kostüme wie auf dem Foto. Doch, da bin ich mir sicher.

*

Mona sagte, ich solle gehen. Aber wo soll ich schon hin? Und so bleibe ich einfach auf dem Dachboden und tue so, als wenn ich nicht da wäre. Als wäre ich verschwunden. Kein unangenehmes Gefühl. Immer wieder stehe ich auf und sehe aus dem Fenster. Ins Maisfeld. Man müsste es abfackeln. Es wäre sicherer.
Am späten Nachmittag bin ich kurz unten und räume

meine Sachen aus dem Haus. Alles, was mir gehört, packe ich in den leeren Umzugskarton, den ich mir von oben mitgenommen habe. Wenn er voll ist, werde ich ihn auf den Dachboden bringen und mir einen neuen holen, doch er füllt sich nur langsam, und ich erschrecke, wie wenig ich besitze. Würde ich sterben, alles von mir fände in einem einzigen Müllsack Platz, den man nimmt und an die Straße stellt, wo er am Dienstag abgeholt wird und mit ihm alles, was von mir geblieben ist. Ich würde aus der Welt verschwinden, ohne dass sich noch jemand an mich erinnern kann.

Wieder und wieder gehe ich durchs Haus und versichere mich, dass ich wirklich alles von mir eingepackt habe. Aber ja, mehr gibt es nicht. Anschließend sperre ich die Tür von innen ab und lege meinen Haustürschlüssel dahinter, so als hätte ich ihn von außen durch den Briefschlitz in der Tür geschmissen. Dann gehe ich auf den Dachboden und schließe die Bodenluke hinter mir. Sitze still und ruhig da wie in einer großen hölzernen Gebärmutter. Ich habe mir etwas zu essen und zu trinken mitgenommen, leere Flaschen und eine große Plastikschüssel, die sich mit einem bunten Deckel verschließen lässt. So warte ich auf den Abend, ohne zu wissen, wie es dann weitergeht. Irgendwann wird Mona nach Hause kommen. Ich will mir nicht die Blöße geben, darum zu betteln, hierbleiben zu dürfen. Vielleicht will ich, dass sie sich Sorgen macht. Dass sie glaubt, ich wäre wirklich weg. Oder mir sei etwas zugestoßen. Wenn man keine Liebe bekommen kann, sind Sorgen oft ein angenehmes Substitut.

Vielleicht werde ich eine Weile hier oben bleiben und so tun, als gäbe es mich nicht mehr. Beobachten, wie das Leben unter mir weitergeht. Ohne mich. Werde mich ruhig verhalten hier in meinem hölzernen Himmel, dem falschen Tod.

*

Was mich wirklich beunruhigt, sind diese Hefte. In Stapeln liegen sie akkurat auf dem provisorischen Schreibtisch. Es sind die Hefte, an denen ich nachts schreibe, wenn Mona ihren künstlichen Schlaf schläft. Sind sind mein Gegengewicht zum Vergessen. Und nun sitze ich da – es ist mittlerweile Nacht, Mona ist noch immer nicht zurückgekehrt, das Haus unter mir rumort –, blättere und lese in ihnen. Die Einträge sind weder datiert noch nummeriert. Nur an der Handschrift, die immer unleserlicher wird, dann mit einem Mal wieder ganz sauber ist, nur um anschließend wieder von Eintrag zu Eintrag zu verschmieren, lässt sich eine gewisse Chronologie ablesen. Ich ahne, wann ich betrunken gewesen bin und wann nicht. Die einzelnen Einträge sind mit Songtiteln der Scorpions überschrieben, und während ich dort oben ausharre, lese ich in den Heften und versuche mich an all das zu erinnern, was da beschrieben wird. Ich war mir so sicher, dass alles so ist, wie ich es glaube. Das war ich wirklich. Ich glaube nicht, gelogen zu haben. Doch da ist dieses Heft. Dieses verdammte Heft.
Ich bin fest davon überzeugt gewesen, dass ich das nicht war mit dem Hund. Doch dann finde ich in einem der

Hefte die Beschreibung, wie ich den Hund erschlage. Mit dem Hammer. Im Mais. Es ist nur Tinte auf Papier, denke ich, was hat das schon mit der Wirklichkeit zu tun. Doch – den Hammer, steht dort, hätte ich unter dem Bett versteckt. Ich wage es nicht, nach unten zu gehen, um nachzusehen. Habe Angst davor, dass dieser Hammer wirklich da liegt. Stattdessen stehe ich auf, gehe ans Fenster und blicke nach draußen. Ich habe den toten Hund aus dem Schuppen ins Maisfeld gezogen, das ist richtig. Heute wirkt die See fast ruhig, der Mais bewegt sich kaum. Überhaupt ist da draußen kaum Bewegung auszumachen. Alles steht still, bis mit einem Mal etwas auf das Dach fällt, die Schindeln herunterrollt.
Kurz darauf wieder.
Ich öffne das Fenster, lehne mich hinaus und versuche zu erkennen, was es gewesen ist. Aber ich sehe nichts, es ist viel zu dunkel. Aber etwas ist da. Andere Geräusche. Nun ein dumpfes Klatschen auf dem Kopfsteinpflaster vor dem Haus. Dann fällt wieder etwas auf das Dach.

*

»Komm runter!«, schreit Mona am Morgen. Es ist mir unangenehm, dass sie weiß, dass ich da bin. Vielleicht hat sie mich gehört. Ich habe geweint. Ich hatte Angst. Angst vor mir. Ich musste daran denken, was noch alles passiert sein könnte, noch passieren würde. Ich dachte daran, dass ich lange schon nichts mehr von Manuela gehört habe. Ich rief sie an, schrieb ihr eine Nachricht. Doch bislang nichts.

Langsam gehe ich die Treppe nach unten, bleibe dann unschlüssig auf deren Absatz stehen und blicke Mona an. Sie wirkt nicht so wütend, wie ich angenommen habe, und ich wage es, ein paar Schritte auf sie zuzumachen. Nehme sie sogar in den Arm. Erst schlägt sie leicht nach mir, dann presst sie sich an mich. Schiebt mich zaghaft weg und sagt, ich solle sie anhauchen. »Hast du getrunken?«
Ich schüttele den Kopf.
»Wo warst du, Mona?«
»Warst du schon draußen?«, fragt sie, statt zu antworten.
Ich schüttele den Kopf.
»Dann komm.«
Wir gehen nach draußen, es ist noch früh. Meine Augen brennen vom Wachen. Ich habe nicht geschlafen. Meine Pupillen fühlen sich an wie halb zugefrorene Seen, durch deren Oberflächen die Bilder von draußen eher einbrechen, als dass ich das Gefühl habe, sie zu sehen. Vielleicht liegt es daran, dass ich es erst nicht glauben kann. Aber ja, vor unserem Haus liegen überall tote Vögel. Raben sind es. Oder Krähen. Ich kenne mich da nicht aus. Sie müssen in der Nacht vom Himmel gefallen sein, dreizehn, vierzehn sind es bestimmt. Außer uns ist niemand draußen.
»Seltsam«, sagt Mona. Ich kann nur nicken. »Schnell, Jesse, lass sie uns wegräumen, bevor es jemand merkt«, wispert sie. Sie zieht ihre Strickjacke aus, wickelt sie sich um die Hand und hebt so eine der Krähen auf, geht bis zum Maisfeld und schmeißt sie weit hinein. Dabei sieht

Mona sich immer wieder um, ob uns jemand beobachtet. Als wäre es unsere Schuld, dass die Vögel vom Himmel gefallen sind. Die Normalität bröckelt. Aber auch ich nehme jetzt einen der Vögel in die Hand, ganz kalt ist er, und werfe ihn ins Maisfeld. Anschließend gleich noch einen. Und noch einen. Es tut gut. Das Gefühl aufzuräumen. Die Normalität wieder herzustellen, gemeinsam mit Mona. Und dann hat es auch etwas Absurdes, und vielleicht lächeln wir deshalb. Nicht nur ich. Auch Mona. Sie lächelt wirklich, als wir uns kurz ansehen, bevor wir darauf gleichzeitig jeder einen Rabenvogel ins Feld schleudern. Es sind die letzten, dann ist wieder alles richtig, und kurz glaube ich wirklich daran, dass wir irgendwann glücklich sein können, doch – ich habe mir die Hände gewaschen, mir eine Zigarette angezündet, wir sind drinnen. Ich versuche, Mona zu küssen, und sie dreht den Kopf weg.

»Lass uns etwas Zeit«, sagt sie. »Bis die Normalität wieder zurückgekehrt ist.«

»Ich weiß nicht, ob sie das je wird«, sage ich. »Und was ist das schon, Normalität? Das alles so ist wie bei den anderen?«

Mona sieht mich einen Augenblick nachdenklich an, bevor sie sagt: »Ich weiß es nicht. Ich weiß nur, dass Normalität nicht so ist wie jetzt gerade. Jesse, ich möchte, dass du zum Arzt gehst. Ich möchte, dass du mal mit jemandem sprichst.«

»Mona, ich muss nicht zum Arzt.«

»Liebst du mich? Willst du bleiben?«

Ich nicke zögerlich.
»Dann gehst du zum Arzt. Geh zu Dr. Guttmalik, dem können wir vertrauen.«

IN SEARCH OF THE PEACE OF MIND

Die Praxis von Dr. Guttmalik liegt in der Hauptstraße des Dorfes, die der Einfachheit halber auch genauso heißt. Ich gehe sonst eigentlich fast nie zu ihm, weil ich meine Zweifel habe, dass er sich an die Schweigepflicht hält. Dr. Guttmalik ist häufig auf Festen im Ort anzutreffen, und, ist er betrunken, gerät er meist ins Erzählen. Und er ist oft betrunken. Ich bin einmal bei ihm gewesen, weil mir mein rechter Hoden vergrößert schien. Ich war so in Aufruhr deswegen, dachte an Krebs und Sterben, dass ich möglichst schnell Klarheit haben wollte. Ich kann mir nicht helfen, aber wenn ich seitdem mit Mona auf irgendwelchen Festen im Dorf bin, habe ich immer das Gefühl, die Leute wissen von meinem vergrößerten Hoden. Gelächter, in dessen Zentrum sich meist Dr. Guttmalik befindet und das augenblicklich verstummt, sobald ich mich diesem Gelächter nähere. Einmal habe ich sogar gesehen, wie er sich bei einer Party geräucherten hodengroßen Fischrogen vor den Hosenschlitz gehalten hat. Doch Mona bestand darauf, dass es Dr. Guttmalik sein soll. Ihm vertraut sie. Sie kennt ihn seit frühester Kindheit.

Ich hätte es nicht gedacht, aber ich bin jetzt froh, wieder

unter Menschen zu sein. Auch wenn es Kranke sind oder die seltsamen Sprechstundenhilfen, die, wie alles in der Praxis von Dr. Guttmalik, sehr alt sind. Alles hier scheint schon lange zu existieren. Ein unangenehmer, wenig hygienisch und steril wirkender Geruch, der eher nach Essen als nach Arzt riecht, schlägt mir entgegen, kaum dass ich die Eingangstür öffne. Die Praxis liegt in einem gewöhnlichen Einfamilienhaus, in dem Dr. Guttmalik auch wohnt. Eigentlich, soweit ich weiß, in der oberen Etage, doch mit den Jahren haben sich Privatbereich und Praxis immer weiter miteinander vermischt, so dass sich nun schon nicht mehr richtig sagen lässt, wo was ist.

Das Sprechzimmer hat Ähnlichkeit mit Vaters Arbeitszimmer, und wäre Dr. Guttmalik in seinem halbwegs weißen Kittel nicht, man wäre nicht darauf gekommen, dass es sich bei alledem hier um eine Arztpraxis handelt. An der Wand hängt ein großes gerahmtes Bild einer nackten Frau in einer anzüglichen Pose, der man – vermutlich war es Dr. Guttmalik – mit handschriftlichen lateinischen Bezeichnungen der Körperteile vergeblich versucht hat, einen wissenschaftlichen Anstrich zu verleihen. Im Zimmer riecht es nach kalter Zigarre.

Was ich mag, ist, dass hier die Zeit stehen geblieben zu sein scheint. Die neueste Errungenschaft ist ein Tastentelefon, das allerdings unbenutzt aussieht. Ansonsten gibt es kaum etwas, das mit Strom funktioniert. Die Steckdosen wirken hungrig.

»Was kann ich für Sie tun, Herr Broschke?« Dr. Guttmalik sitzt hinter seinem Schreibtisch, die Hände hat er

ineinander verschränkt, das Kinn darauf gestützt. Es sieht so aus, als säße er schon eine ganze Weile so da.

»Bronske, nicht Broschke«, sage ich. »Nun, eigentlich schickt meine Freundin mich.«

»Das ist oft der Fall.« Dr. Guttmalik grinst. »Männer können sich meist nicht eingestehen, krank zu sein. Sind Sie Langenbostelaner?« Er hustet anschließend, und zunächst weiß ich nicht, ob es wirklich nur Husten war, oder ob er noch etwas gesagt hat, es geht nahtlos ineinander über, so dass ich einen Augenblick warte. Nachdem er mich dann eine Weile stumm und verhältnismäßig erwartungsvoll angesehen hat, sage ich: »Ja, irgendwie schon. Ich bin der Freund von Mona Popolottke.«

»Jaja«, sagt er nur, und ich denke, er wird noch etwas hinzufügen, doch Dr. Guttmalik schweigt nur, und es entsteht ein weiterer unangenehmer Moment der Stille.

»Sie unterliegen der Schweigepflicht, das ist doch richtig, oder?«

»Natürlich. Ich bin schließlich Arzt«, sagt er ohne aufzusehen, stattdessen schreibt er etwas in die Akte, die vor ihm liegt und auf der mein Name steht. Was hat er da aufgeschrieben?

»Nun, ich weiß nicht, wie ich es sagen soll. Es sind Sachen passiert. Oder sagen wir, es ist etwas passiert. Ich war es nicht, das weiß ich eigentlich.«

»Eigentlich?«

»Ich bin mir nicht, sagen wir, hundertprozentig sicher. Sondern nur neunzigprozentig. Oder achtzig.«

»Geht es um den Hund?« Er blickt mich ernst an. Aus

vielen Augen, was irgendwie mit der Brille und der Spiegelung oder dem Licht zusammenhängt. Ich kann nicht lange hinsehen.

»Nein.« Ich tue überrascht.

»Ich dachte nur. Gut. Das heißt, Sie vergessen häufiger mal etwas? Ist es das, was Sie meinen?«

Ich atme schwer oder überlege oder beides, sage dann vage: »Nun, es kommt vor. Nicht oft. Aber es kommt vor, dass ich mir bei manchen Sachen nicht so sicher bin.«

»Können Sie mir mal ein Beispiel nennen?«

Ich überlege. »Neulich. Da habe ich ein Foto gefunden. Auf dem ich als, nun ja, als Indianer verkleidet bin.«

»Stört es Sie, wenn ich rauche?«, unterbricht er mich und hält eine Zigarre hoch. Ich schüttele den Kopf. Er steckt sie an, während er mir bedeutet weiterzureden.

»Indianer. Aber ich kann mich nicht daran erinnern, mich je als Indianer verkleidet zu haben. Indianer machen mir Angst«, erkläre ich noch leise.

»Trinken Sie?«

»Hin und wieder. Aber zurzeit eigentlich nicht.«

»Wie lange trinken Sie schon nicht mehr?«

»Nun, noch nicht so lange.«

»Aber Sie haben mal viel getrunken? Vorher, meine ich?«

»Es geht. Ich habe nie morgens getrunken oder so. Ich würde nicht sagen, dass ich abhängig bin. Jedenfalls nicht mehr als andere auch. Also, normalsüchtig. Kann man das so sagen?«

»Ich weiß schon, was Sie meinen. Trotzdem muss man aufpassen. Ich trinke schon seit ein paar Jahren nicht mehr.«

Ich sehe ihn an, ob er noch etwas sagt. Oder so tut, als mache er nur einen Witz. Immerhin weiß ich, dass er lügt. Aber er schweigt. Sieht mich nur an, so dass ich weiterspreche: »Mir gehört eine Bar in Langenhagen. Die Kleine Maus. Da bleibt das nicht aus, dass man mal hier und da was mittrinkt. Wegen des Geschäfts. Das erwarten die Gäste ja von einem.«

»Wie viel trinken Sie denn?«

»Im Schnitt vielleicht so drei Bier.«

»Und wie oft lässt Sie Ihr Gehirn im Stich?«

»Schwer zu sagen. Man weiß ja nicht immer, ob es einen im Stich gelassen hat oder nicht. Man glaubt ja meist, alles wäre in Ordnung. Meist sind es ja die anderen, die einen darauf aufmerksam machen.«

»Ihre Freundin?«, fragt er jetzt, mit einer Spur von Mitgefühl, wie mir scheint.

»Ja, ich würde sagen, so vielleicht einmal die Woche.«

»Und seit wann, meinen Sie, ist das schon so?«

»Noch nicht so lange. Vielleicht seit drei Wochen.«

Wieder schreibt er sich etwas auf. Hebt dann den Kopf. »Würden Sie sagen, dass Ihre Vergesslichkeit in dieser Zeit zugenommen hat?«

»Nein, das eigentlich nicht.«

»Und sind es Dinge, die Sie nun vergessen, die Sie sich früher ohne Probleme haben merken können?«

»Ich weiß nicht genau.«

»Okay. Dann machen Sie sich noch mal frei und legen Sie sich da auf die Liege.«

Ich sehe ihn erstaunt an, tue aber, was er sagt.

Er leuchtet mir in die Augen, in die Ohren. Horcht meinen Brustkorb ab. Dann bittet er mich, mich aufzusetzen, damit er meine Reflexe testen kann. Schließlich sagt er, dass ich das Phänomen, so drückt er sich aus, weiter beobachten solle. Aber ein wenig Vergesslichkeit sei erst einmal kein Anlass zur Sorge, das gehe vielen so. Dann rät er, dass ich zu einem Neurologen gehen solle. Nur, um es abzuklären. Damit ich Gewissheit habe.
Ich ziehe mich gerade wieder an, als er mich fragt, was das wäre? Dabei zeigt er mit dem Kugelschreiber auf die Wunde an meinem Arm, die ich mir bei Manuela beigebracht habe.
»Ach. Ein Missgeschick. Da hab ich mich geschnitten.«
»Darf ich mal sehen?«
Ich nicke. Er nimmt den langen, breiten Pflasterstreifen und reißt ihn mit einem Ruck ab. Ich habe die Wunde seitdem nicht wieder angesehen. Sie riecht unangenehm.
»Das sieht aber nicht gut aus. Ein Messer, sagen Sie?«
»Nein, eine scharfe Kante. Manchmal bin ich etwas ungeschickt.« Ich lächle.
Dr. Guttmalik sieht mich an, auf diese eindringliche Art, zu der Ärzte und Besserverdiener neigen, ein Blick, dem ich selten standhalten kann, zumindest nüchtern nicht.
»Das sieht aber nicht bloß nach einer scharfen Kante aus.« Er träufelt eine Tinktur darauf, die sehr brennt, und verbindet mir den Arm auf recht ruppige Art. Er sagt, dass er sich die Wunde in ein paar Tagen noch mal ansehen wolle. Mit so etwas müsse man vorsichtig sein.

Er klopft mit dem Kugelschreiber noch einmal sachte auf den Verband. Schließlich verabschiede ich mich. Sobald ich das Sprechzimmer verlassen habe, kann ich ihn telefonieren hören.

IV

FLY TO THE RAINBOW

Es regnet nun schon eine ganze Weile nicht mehr, und auch wenn der Himmel noch weit davon entfernt ist, wirklich blau zu sein, so spüre ich doch, dass sich etwas verändert, und all das ist fähig, in mir die Hoffnung zu schüren, dass es doch bald vielleicht wieder besser werden wird. Hin und wieder schimmern sogar bläuliche Flecken durch das Grau der noch immer dichten Wolkendecke. Zwar nur kurz, doch immerhin lang genug, so dass ich an diesem Morgen ein Foto davon machen kann. Seltsamerweise hat es fast zum gleichen Zeitpunkt aufgehört zu regnen, an dem ich begonnen habe. nicht mehr zu trinken. Auch wenn ich nicht annehme, dass es da einen Zusammenhang gibt, so fällt es mir doch auf.
Etwas ist jetzt anders, anders im Sinne von gut. Auch Mona scheint es zu bemerken. Immer wieder nimmt sie meine Hand und drückt sie. Und auch wenn wir vielleicht nicht glücklich sind, so ahnen wir doch, dass das Glück irgendwo ganz in der Nähe sein könnte. Das ist wie mit dem Meer, das man auch schon riecht, bevor man überhaupt da ist.
Mona fährt, ich rauche. Auf der Fahrt zum *SUPERBUHEI* erkenne ich nur wenig von dem da draußen wieder. Es

kommt mir tatsächlich so vor, als sei es lange her, dass ich hier gewesen bin, obwohl Mona sagt, es seien nicht einmal anderthalb Wochen gewesen, die ich zu Hause war und nicht getrunken habe. Noch immer weiß ich nicht, ob ich ihr vertrauen kann. Aber ich habe mich dafür entschieden, es zu tun, und will so lange wie möglich an dieser Entscheidung festhalten. Einiges ist passiert, doch ich bin zu Kräften gekommen. Bereit zurückzukehren, und ich habe den festen Willen, dass von nun an alles anders werden wird. Ich will einfach nicht mehr tatenlos zusehen, wie das Leben auf mich eindrischt. Es wird etwas geschehen, das spüre ich deutlich.

Es ist an diesem Morgen nicht nur Angst, mit der ich der Welt begegne, nun ist da auch so etwas wie Neugier. Alle möglichen Fragen stelle ich Mona während der Fahrt zum Supermarkt. Immer wieder sieht sie mich überrascht an, einmal vielleicht auch fassungslos, doch sie lächelt, wenn sie dann sagt, dass es da einen Unfall gegeben habe, oder ob ich das nicht mehr wüsste, aber dass man begonnen habe, eine Nervenklinik zu bauen.

Alles ist gut so für den Augenblick. Ich will nicht ins Klaus Meine. Will nicht in dieses Leben zurückkehren, von dem ich weiß, dass es mich wieder zu überwältigen versuchen wird. Und ja, vielleicht denke ich an diesem Morgen ernsthaft darüber nach, etwas anderes zu machen. Etwas mit Frozen Joghurt. Oder Latte macchiato. Vielleicht werde ich Barista. Das klingt wenigstens so, als habe man es zu etwas gebracht.

Schließlich bitte ich Mona, einen Augenblick anzuhalten.

Sie fährt kurz darauf ein Stück in einen Waldweg hinein, wo wir aussteigen. Es ist fast still, die Bäume rauschen. Autos sind kaum zu hören, und ich meine auch, dass da irgendwo Vögel sind. Keine Krähen, sondern richtige Vögel. Vögel, die fliegen, nicht fallen.
»Jetzt ist alles gut, oder?«, frage ich Mona, die nun die Hände aufs Autodach legt, sich dort abstützt und mich ansieht. Sie wirkt glücklich. Das hat sie lange nicht mehr getan, und ich schäme mich dafür, fast vergessen zu haben, wie es aussieht.
»Ja«, sagt sie. »Jetzt gerade ist alles gut.«
Auch ich lächle jetzt, gehe zu ihr und umarme sie. »Es tut mir leid. Ich weiß nicht, was mit mir war. Aber jetzt wird alles besser. Das verspreche ich dir.«
Mona küsst mich. Dann nimmt sie ihr Handy, küsst mich noch einmal und macht währenddessen ein Foto von uns.

*

WILLKOMEN, steht da. Willkommen ist falsch geschrieben. Ein M fehlt. Es ist abhandengekommen. Die Buchstaben des Schriftzugs haben die Alkoholiker aus Kartons ausgeschnitten. Mir schießen Tränen in die Augen, als ich mir vorstelle, wie die Trinker dagesessen und mit kleinen Bastelscheren betrunken Buchstaben ausgeschnitten haben müssen. Pappbuchstaben, die sie mit Tesafilm zu einem Schriftzug verbunden haben, der nun schlaff über dem Tresen des Klaus Meine hängt und mich wieder daran erinnert, wie das Leben in Wirklichkeit ist und wo ich hingehöre.

Die Alkoholiker klatschen schwerfällig. Winken mir zu, obwohl ich keine zwei Meter von ihnen entfernt stehe. Sie haben mit dem Winken bereits begonnen, als Mona und ich noch draußen auf dem Parkplatz gewesen sind. Ich wollte da nicht rein, will immer noch nicht hier sein.
Agneta hat sich wohl schick gemacht. Sie trägt ein Kleid, das neu wirkt, und im Kontrast dazu sieht sie noch mitgenommener aus, als sie das ohnehin schon tut.
Alle skandieren jetzt meinen Namen, und ich frage mich, warum überhaupt, als mit einem Mal in Zimmerlautstärke Musik einsetzt: »Here I am. Rock you like a hurricane.«
Unschlüssig stehe ich da, den Tränen nah. Nicht mehr vor Rührung, eher vor Verzweiflung. Renn, denke ich. Renn um dein Leben. Doch dann steht Horst auf und kommt relativ geraden Schrittes auf mich zu. Kurz habe ich die Befürchtung, er will mich umarmen, und muss an diesen abgestandenen Geruch nach kaltem Rauch denken, der ihm in den gilben Haaren und den immer speckig aussehenden karierten Jacketts steckt und den man immer riecht, wenn er aufsteht oder sich zu hastig bewegt, wenn er wieder einmal großspurig etwas erklärt und dabei die Arme zu Hilfe nimmt, weil es betrunkener meist einfacher ist mit Armen als mit Worten. Aber Horst weiß nicht, was er will. Unschlüssig steht auch er da vor mir, und schließlich schütteln wir uns nur sehr nah voreinander unbeholfen die Hände. Ich blicke in seine verwaschenen Augen, die man nicht scharf bekommt, ob man will oder nicht.

»Fickfresse«, sagt Horst abschließend in einem fast feierlichen Ton. Und noch einmal, als ihm nichts weiter einfällt: »Du alte Fickfresse.«
Sie freuen sich wirklich, mich zu sehen. Während ich langsam hinter den Tresen gehe, schlagen sie mir immer wieder auf den Rücken: Schrapnell, Frauke, Klaus Heine, Ilten und wie die Idioten alle heißen. Ich frage mich, ob es hier schon immer so gestunken hat. Zum ersten Mal wird mir die Tristesse dieses Ladens so wirklich bewusst, und ich sehe ihn, wie ihn die anderen, die richtigen Menschen, wohl all die Jahre gesehen haben. Es ist ein schmieriger Laden, und selbst zufriedenen, in sich ruhenden Menschen würde hier über kurz oder lang das Glück abhandenkommen.
Und mit einem Mal weiß ich, was ich will: Ich will hier nicht bleiben. Ich will das alles nicht mehr. War eben nicht noch alles gut? Nun habe ich Angst um das Glück. Große Angst, und fast wehmütig sehe ich Mona hinterher, die eine Weile noch ein, zwei Schritte hinter mir stand, nun aber die Treppen nach oben geht, um sich umzuziehen. Kurz bin ich versucht, ihren Namen zu schreien, doch Mona ist bereits verschwunden.

*

Am Nachmittag prasselt der Regen gegen die Fensterscheiben. Am Abend weint Mona. Wir stehen auf dem Parkplatz des *SUPERBUHEI*.
»Nein, Mona«, sage ich.
»Doch«, sagt sie.

Dann steigt sie ins Auto, und ich sehe zu, wie sie davonfährt.

*

Die Lichter des Supermarkts sind lange erloschen, nur der Schriftzug *SUPERBUHEI* leuchtet hell da irgendwo über mir. Der Parkplatz ist vollkommen verlassen. Dunkelheit, nur die Tankstelle verströmt ihr blaues Licht. Für einen Augenblick hat es fast etwas Hoffnungsvolles, und ich bin versucht hinüberzugehen. Ich stehe unter dem Vordach des Supermarkts und rauche. Weiß nicht, wohin. Laut prasselt der Regen und erinnert mich daran, dass nichts, aber auch gar nichts in Ordnung ist. Wie hypnotisiert bin ich von dem blauen Licht der Tankstelle, es zieht mich an und lässt mich nicht fort. Gehe ich dorthin, wird alles anders, besser wird nichts, nur die Angst würde verschwinden, für einen Moment zumindest, nur um dann umso erbarmungsloser zuzuschlagen. Man kann sich verlieren, kann in sich selbst verschwinden. Da findet einen niemand.

TO HELL WITH THE DEVIL

Das Schiff schwankt. Dann wieder glaube ich, alles schwankt, nur das Schiff nicht. Das Schiff ist unbeweglich, während die Welt um das Schiff, auf dem ich mich befinde, schwankt und wankt. Als ich mich langsam über die Reling beuge, sehe ich, dass da ein Name am Schiff steht. *Klaus*, kann ich gerade noch entziffern, bevor mir leicht ins Gesicht geschlagen wird, ich reiße die Augen auf. Himmel und Meer verschwinden. Stattdessen ist da Mona. Sie sitzt auf mir, und für einen Moment kann ich gar nicht sagen, was sie da macht. Schläft sie mit mir? Warum sieht sie mich so seltsam an? Etwas hat sie in der Hand. Erst erkenne ich es nicht. Der Fotoapparat? Aber dafür ist der Gegenstand zu lang. Ich blicke Mona an, dann wieder zu diesem Ding da in ihrer Hand, das sich nicht richtig fokussieren lässt, doch dann weiß ich mit einem Mal, was es ist: Es ist der Hammer.

»Mona, was machst du! Nein!«, schreie ich, richte mich ruckartig auf, packe ihre Arme und schmeiße Mona von mir runter. Drücke sie auf ihrer Seite des Betts in die Matratze. All das lässt sie widerstandslos geschehen, ohne jedoch den blutigen Hammer loszulassen. Ernst sieht sie mich an.

»Was machst du denn, Mona? Willst du mich erschlagen, oder was?!«
»Erinnerst du dich nicht mehr? Du hast mir gestern Nacht alles erzählt. Du warst betrunken. Ich wollte dich nicht ins Haus lassen. Du hast geschrien, geweint. Und dann hast du mir alles erzählt. Die Wahrheit, Jesse. Du hast mir endlich die Wahrheit erzählt. Ich solle unter dem Bett nachsehen, hast du immer wieder geschrien. Da habe ich den Hammer gefunden. Aber wieso weißt du das denn nicht mehr?«
»Doch, ich weiß es ja«, lüge ich und lasse sie los. Rolle mich zurück, liege da und sehe die Decke an. Auch dort ist jetzt ein nasser Fleck. Dann sage ich: »Leg bitte den Hammer weg. Willst du mich erschlagen?«
»Nein«, Mona versucht zu lächeln, »natürlich nicht.« Es klingt nicht sehr überzeugend. Sie sieht den Hammer an, ohne ihn fallen zu lassen.
»Was habe ich alles erzählt?«
»Alles. Das mit dem Hund.« Mona macht eine Pause. »Von Aaron. Du hast gesagt, dein Bruder wäre hier. Dein Bruder wäre hier und würde sich für dich ausgeben. Ich solle aufpassen. Der Hund, das wäre dein Bruder gewesen. Du hast mir den Zettel gegeben.«
»Welchen Zettel?«
Mona beugt sich vor und hebt etwas vom Boden auf. Der Zettel. *Wau wau*, steht darauf.
»Den hab ich dir gegeben?«
»Du hast gesagt, dein Bruder sei gefährlich. Sehr gefährlich. Und dieser Zettel würde beweisen, dass es ihn gäbe.«

»Und hast du mir geglaubt?« Ich kann sie nicht ansehen.
»Ich weiß nicht mehr, was ich noch glauben soll. Aber ich weiß, dass du Hilfe brauchst, Jesse.« Mona kniet auf dem Bett und hält noch immer den Hammer hoch. Ich schließe kurz die Augen und stelle mir vor, wie Mona mit dem Hammer auf mich einschlägt, und dann ist alles vorbei.
»Jesse, ich tue dir doch nichts. Aber du brauchst Hilfe.«
»Ich kann es doch beweisen. Alles stimmt.«

V

COMING HOME

Das Brummen des Motors hat etwas Einlullendes und unterscheidet sich kaum von dem Brummen der Bautrockner in unserem Haus, so dass ich, wann immer ich die Augen schließe, mir vorstelle, zu Hause zu sein. In Sicherheit. Doch das bin ich nicht mehr. Alles ist in Gefahr, und wenn ich die Augen öffne, sehe ich die Autobahn vor mir. Die Leitplanken, die ein wenig Sicherheit vermitteln, aber den Tod bedeuten, würde ich das Steuer herumreißen.

Mona und ich sprechen nicht viel. Vielleicht ahnen wir, dass das unsere letzte Fahrt sein könnte. Dass das das Ende von etwas ist. Oder vielleicht auch von allem.

Mona glaubt mir nicht. Sie glaubt mir überhaupt nichts mehr. Sie weiß nicht mehr, wer ich bin, hat sie gesagt. Ich käme ihr fremd vor. Wer bist du, fragt sie immer wieder. Ich bin es leid zu antworten. Zumal sie vermutlich überhaupt keine Antwort will.

Nur widerwillig hat Mona sich überhaupt zu alledem bewegen lassen. Immer verzweifelter habe ich sie anflehen müssen, mit mir zu kommen. Ich würde ihr beweisen, dass ich recht habe. Dass es Aaron wirklich gibt. Immerhin ist sie mitgekommen. Einen Funken Hoffnung gibt

es also noch. Auch wenn sie anfangs nur auf dem Beifahrersitz gesessen und geweint hat. Ein Schluchzen, das vom Motor gefressen wurde. Dann hat sie begonnen zu rauchen. Mona trägt ihre große verspiegelte Sonnenbrille. Wenn sie zu mir herübersieht, spiegle ich mich darin. Bin zweimal zu sehen.

Ich habe Angst. Es ist nicht die Angst, die ich sonst immer habe, die mich schon lange begleitet. Diese Angst fühlt sich schwerer an. Ungewohnter. Meine Muskeln schmerzen, als hätte ich Sport getrieben. Sie sind die ganze Zeit angespannt. Meine Hände sind fast weiß, so fest umklammere ich das Lenkrad, bin immer wieder versucht, es herumzureißen, den Wagen einfach gegen die Leitplanke zu steuern. Der Tod kennt nur eine Wahrheit, denke ich. Aber dazu bin ich zu feige. Stattdessen fahren wir weiter, Kilometer um Kilometer, ohne dass ich das Gefühl habe, Einfluss darauf zu nehmen. Es ist, als hätte man sich entschlossen, einen Schritt über den Abgrund zu machen, und ganz egal, ob man es anschließend bereut, man fällt und fällt, und die Schwerkraft erledigt den Rest.

Übelkeit überkommt mich auf Höhe der Harburger Berge, woran sicher nicht die Harburger Berge und schon gar nicht ihre Höhe schuld sind. Ich öffne das Fenster einen Spalt breit. Inhaliere, nehme so viel Luft, wie ich nur kann, in meinen Lungen auf, halte den Atem an, kurble die Fensterscheibe wieder hoch. Wenig später sehe ich die Ausfahrt: Rahlstedt.

Mona scheint fast ein wenig überrascht. So als habe sie

nicht damit gerechnet, dass es Rahlstedt wirklich gibt. Ein leises »Ach« oder so entfährt ihr, das eingehüllt in Rauch durch den Wagen schwebt. Ich fahre langsamer, doch was hilft das schon. Die Zeit, die verdammte Zeit.

*

Manches kommt mir bekannt vor, doch ich kann gar nicht sagen, ob ich es mit eigenen Augen gesehen habe oder ob ich es nicht nur von einer der unzähligen Fotografien meines Vaters her kenne. Manchmal ist er an den Sonntagen frühmorgens draußen gewesen und hat die Rahlstedter Tristesse fotografiert. Kalte, gewöhnliche Orte. Und wann immer er meinte, er habe den unspektakulärsten Ort Rahlstedts schon gesehen, so fand er doch immer noch andere, noch trostlosere Plätze. Es schmerzt, mir eingestehen zu müssen, dass das meine Heimat ist. Aber ob ich nun will oder nicht, so ist es wohl. Hier habe ich die meiste Zeit meines Lebens verbracht, und vermutlich bin ich durch Rahlstedt zu dem geworden, was ich bin. Was keine angenehme Erkenntnis ist. Zumindest nicht, wenn man Rahlstedt kennt.

Ein paar Häuser kommen mir jetzt bekannt vor, andere wirken, als hätte man sie gerade erst vor kurzem errichtet. In einigen Vorgärten sind Menschen, die mir zuwinken, als ich langsam durch unsere Straße fahre. Es sind viele Menschen da draußen in ihren Gärten. Fast wirkt das Ganze ein wenig inszeniert. Alle scheinen sie betont gute Laune zur Schau stellen zu wollen, und viele sehen auf eine rotbackige Art derart gesund aus, dass es schon

etwas Hämisches hat. Das Ganze kommt mir ein wenig wie die Szenerie eines Heimatfilms vor, und alles ist viel bunter als in meiner Erinnerung. Wie nachkoloriert. Es ist Sonntagmittag, und ich kann mich nicht erinnern, dass früher jemals so viele Menschen um diese Uhrzeit draußen gehockt und gegraben haben. Aber vielleicht ist es mir auch einfach nur nicht aufgefallen. Vielleicht hat es früher auch noch nicht so viele alte Menschen hier gegeben. Alte Menschen, die nun so gerne Gartenarbeit machen, um sich schon einmal mit der Erde vertraut zu machen.

Vielleicht halten sie mich für meinen Bruder und winken deshalb. Überall winken sie. Schlaffes Fleisch. Ich winke zurück, ohne wirklich einen der Winkenden wiederzuerkennen.

Mein Magen brennt. Es fühlt sich so an, als wolle nun tatsächlich alles Innere nach außen. Innen ist das Geheimnis, außen die Realität.

Langsam fahre ich bis zu unserem Haus. Wende umständlich, um dann davor zu parken, in Fahrtrichtung, so dass wir schnell wieder wegkönnen. Aber vermutlich will ich nur Zeit gewinnen. Ich schalte den Motor aus.

Es sieht alles noch genauso aus, wie ich es verlassen habe. Noch immer hängen im Wohnzimmer die Vorhänge mit den Tiki-Motiven. Sie sind zugezogen. Aaron und ich haben sie nicht abnehmen können. Dieses Haus ist nie unser Haus gewesen, es ist immer das Haus unserer Eltern geblieben. Vermutlich haben wir versucht, indem wir nichts wirklich veränderten, uns so ein Stück unseres

alten Lebens zu bewahren. Einen Teil des Glücks, das wir damals nicht für Glück, sondern für Alltag gehalten haben. Erst als Mutter fort, Vater tot war, da sehnten wir uns nicht mehr nach Glück, sondern nur noch nach diesem Alltag, der, je länger er zurücklag, uns immer vielversprechender vorgekommen ist. Manchmal wünsche ich mir, man würde in die entgegengesetzte Richtung leben, nicht nach vorn in die Zukunft, von der man nie weiß, was dort geschieht, sondern zurück in den sicheren Schoß der bekannten Vergangenheit.

Glück – das habe ich mir wie ein aufwändiges, fragiles Konstrukt vorgestellt, das man mühsam auftürmt, aufbaut und das anschließend groß und zentral im Leben steht, so dass es schon von Weitem gut zu erkennen ist. Ich hätte nie gedacht, dass es die kleinen Dinge sind. Dass es reicht, dass alles einfach nur so ist, wie es ist. Vater, der die Haustür abschließt und sagt, dass alles irgendwann doch wieder gut wird. Das Haus, das nach Mutter riecht. Wir alle haben immer rausgewollt, weil wir geglaubt haben, da draußen etwas zu finden, was uns fehlt. Dabei war im Grunde alles immer da, und nur der Glaube, dass etwas fehlt oder verschwunden ist, hat uns auch noch das, was wir hatten, genommen. Es ist uns nicht gelungen, es zu beschützen und zu bewahren. Ja, überhaupt zu erkennen. Viel zu leichtfertig sind wir damit umgegangen. Aber es ist zu spät. Leider ist es nun zu spät.

»Warum weinst du denn?« Rauch strömt aus Monas Mund zu mir.

»Die Vorhänge ...«, ich zeige darauf und weiß auch nicht, was ich damit meine. Zumindest von außen scheint alles im Haus unverändert, und ich muss kurz daran denken, dass ich die Tür aufschließe und darin eben genau das Leben vorfinde, wie es vor einigen Jahren einmal gewesen ist. Dass dieses Haus vielleicht doch ein Ort ist, an dem alles noch in Ordnung ist.
Wir steigen aus. Rahlstedt riecht anders, als ich geglaubt habe. Der Geruch meiner Kindheit ist der Geruch nach Gebratenem, nach so lange gebratenem Fleisch, dass es fast schon verbrannt war. Und Rotkohl, viel Rotkohl. Ein Geruch, der bis heute meine Erinnerungen durchzieht.
Wir gehen zur Haustür. Ich klingele, als wären wir Fremde. Anschließend warten wir. So als würden wir tatsächlich glauben, jemand öffne uns die Tür. Mona sieht mich an. Sie trägt noch immer diese Spiegelsonnenbrille. Warum bloß? Angestrengt lausche ich, ob ich Geräusche im Inneren hören kann. Das Quietschen der Flurtür, die Treppen, die knarren, oder sonst etwas. Während wir warten, zieht Mona sich den Kragen ihrer Jeansjacke enger um den Hals. Sie raucht, ohne dass ich überhaupt mitbekommen habe, dass sie sich eine neue Zigarette angesteckt hat. An der Haustür hängt noch immer das Salzteigschild, auf dem *Viva Las Rahlstedt* steht. Hinter dem Milchglasfenster in der Eingangstür ist der Vorhang mit dem Leopardenmuster, den wir zur Seite geschoben haben, um nachzusehen, wer draußen steht. Doch jetzt bleibt es still in diesem Haus.

Schließlich ziehe ich den Haustürschlüssel aus meiner Jacke. Diesen Schlüssel, den ich all die Jahre gut versteckt habe und den ich nie wieder benutzen wollte. Es ist nicht abgeschlossen. Früher hat das geheißen, dass jemand da ist.
»Aaron?«, rufe ich deshalb in den Hausflur. Ein seltsames Gefühl, seinen Namen laut auszusprechen, nachdem ich ihn all die Jahre immer nur geschrieben habe.
Von außen dringt kaum Licht ins Haus. Und es scheint, als habe es das auch lange schon nicht mehr getan. Müsste ich mir vorstellen, wie die Dunkelheit riecht, vermutlich würde ich mir ihren Geruch genauso vorstellen wie der hier im Haus. Es riecht muffig. Auf eine trockene Art brackig.
Ich mache die Haustür zu und schließe sie ab. Ein Gefühl der Unruhe, das nicht nur mich überfällt, sondern auch Mona, die sich sofort eine neue Zigarette ansteckt, die andere brennende wirft sie auf den Fußboden, tritt sie aus.
»Aaron!«, rufe ich.
Im Erdgeschoss sieht alles noch so aus, wie ich es erinnere. Es scheint fast, als lägen meine Sachen noch genauso da, wie ich glaube, sie damals zurückgelassen zu haben. Auf allem liegt eine dicke Schicht Staub, der nun etwas aufwirbelt, als ich die Tiki-Vorhänge mit einem Ruck beiseiteziehe, damit Tageslicht hineinfällt.
»Aaron«, rufe ich noch einmal, während ich unten am Fuß der Treppe stehe, das Treppengeländer umklammere, einen Fuß auf die erste Stufe gestellt.

»Hör auf«, sagt Mona jetzt. »Du machst mir Angst. Hör auf mit dem Theater.«
Die dritte Treppenstufe knarrt nicht mehr. Noch immer hängen darüber Fotografien. Einige zeigen Vater und Mutter, aber auf den meisten davon sind Aaron und ich zu sehen. Oder waren es zumindest früher.
»Warum ist das Gesicht deines Bruders rausgekratzt?«, fragt Mona.
»Das ist nicht mein Bruder. Das bin ich, der da fehlt.«

*

Oben im Haus gibt es zweieinhalb Zimmer und das Bad. Früher haben sich hier das Schlafzimmer meiner Eltern und das Hobbyzimmer meiner Mutter befunden. Hier hat sie ihre Zeitschriften aufbewahrt. Hier hat sie gesessen und sich die Röcke kürzer genäht. Manchmal hat sie auch nur dagesessen, die Nähmaschine laufen lassen und geweint. Ein paar Mal habe ich sie dabei beobachtet. Das halbe Zimmer ist das Arbeitszimmer meines Vaters. Über eine schmale Treppe gelangt man ins Dachgeschoss, wo sich früher Aarons und mein Zimmer befunden hat. Als Aaron und ich dann allein im Haus lebten, hat Aaron den ersten Stock bewohnt und ich das Erdgeschoss. Die Sachen meiner Eltern haben wir einfach in unser altes Zimmer geräumt.
Die Tür zu Vaters früherem Arbeitszimmer steht offen. Alles sieht aus wie immer. Als wäre Vater noch am Leben. Auch oben im Dachgeschoss hat sich nichts verändert. In der Mitte steht das Regal, das früher meinen Bereich von

Aarons trennte. Damals, als alles in unserem Leben noch symmetrisch schien. Eine Symmetrie, die nur durch die Zimmertür in Eichenoptik zunichtegemacht wurde.
Irgendetwas ist mit der Luft los. Ich kann nur schwer atmen, und das, was ich atme, fühlt sich verunreinigt an. Die Luft hat etwas Schmieriges, wirkt dann wieder stückig, so dass ich husten muss. Ich will gerade das Dachfenster öffnen, als ich Mona von unten laut schreien höre.

*

Früher war es das Schlafzimmer meiner Eltern. Aaron hat später dort gewohnt. Er hat kaum etwas verändert. Ich habe mich immer gewundert, wie er im Schlafzimmer unserer Eltern hat schlafen können. Nun wirkt dieses Zimmer fast kahl. Das ungemachte Bett. Auf der Seite, auf der früher meine Mutter schlief, fehlt Matratze samt Lattenrost. Aber da sind diese Fotos. Das ganze Zimmer hängt voll mit ihnen, an den Wänden, den Fenstern, den Schränken, sie sind überall. Mehrere Stehlampen stehen im Zimmer, ihre Schirme sind so gedreht, dass sie die Fotos beleuchten.
Mona kaut auf ihrem Handrücken herum. Ich lege den Arm um sie und presse sie an mich. Einen Moment betrachten wir fassungslos diese Fotos, dann geht das Licht aus. Sofort löst Mona sich von mir und bewegt die Arme, woraufhin das Licht wieder angeht.
Auf einigen dieser Fotos ist Mona zu sehen. In Situationen, die wirken, als wüsste sie, dass sie fotografiert wird.

Ich habe die Fotos nicht gemacht. Eins ist in einem Café aufgenommen, das ich nicht kenne. Ein anderes zeigt Mona nachts in einer Bar, sie lächelt ins Objektiv. Auf anderen sieht man mich von weit weg. Das Maisfeld. Viele sind in unserem Haus aufgenommen. Eins zeigt mich und Mona schlafend in unserem Bett. Auf einem anderen stehe ich mit Manuela auf dem Balkon, auf einem weiteren ist nur Manuela zu sehen. Es ist in ihrer Wohnung aufgenommen worden. Auf anderen bin ich vor dem Haus von Klaus Meine. Vermutlich hat Aaron mich so überhaupt gefunden.

Mona fasst sich an den Hals, deutet dann nach draußen und rennt die Treppen nach unten, wo sie hektisch die Haustür zu öffnen versucht. Sie ist abgeschlossen. Als ich nach unten komme, hat Mona die kleine Luke in der Haustür aufgemacht und schnappt nach Luft.

»Glaubst du mir jetzt?«, frage ich.

»Schließ auf. Bitte.«

»Mona, ob du mir glaubst?!«

»Ja.«

»Dann sag es.«

»Schließ auf!«

»Mona, sag es!«

»Hör auf zu schreien. Ja. Ich glaube dir. Jesse, ich glaube dir.«

»Alles ist wahr, Mona. Ich lüge nicht.«

Sie nickt nur. Sieht mich aber nicht an, sondern nach draußen. Ich taste nach dem Schlüssel und gebe ihn Mona, die hastig versucht, die Tür aufzuschließen, den

Schlüssel jedoch nicht gleich ins Schloss bekommt. Sie wird immer panischer. Metall auf Metall. Schließlich gelingt es Mona, sie reißt die Tür auf und stürmt aus dem Haus.
Ich sehe ihr hinterher, kann aber nicht gehen. Kann dieses Haus nicht verlassen. Stattdessen schließe ich die Tür und gehe in unser altes Wohnzimmer. Denke, dass hier einmal alles in Ordnung gewesen ist und dass es das nun nicht mehr ist. Alles verschwindet, und man kann nichts bewahren. Mit dem Handy mache ich Fotos. Anschließend beginne ich zu schreiben, während ich zu Mona blicke, die im Auto sitzt und raucht. Sie sieht mich nicht am Fenster.

*

Etwas ist da im Keller. Ein dumpfes Geräusch lässt mich aufschrecken. Erst klingt es, als sei etwas umgefallen, doch dann ist es wieder da. Ich kann jetzt spüren, dass er da ist. Er muss da unten sein. Die ganze Zeit schon. Ich stehe auf, bewege mich langsam durch den Flur. Öffne die Kellertür und gehe nach unten.

VI

WIND OF CHANGE

Dunkelheit. Ein Handy klingelt irgendwo, und dann sind da auch diese Schmerzen. Sind Schmerzen nur groß genug, dann ist es manchmal, als wäre da noch wer. Als läge jemand auf einem. Ich kann nicht sagen, ob ich bewusstlos war. Oder es vielleicht noch bin. Aber nein, da ist ja das Telefon, das noch immer klingelt. Von weiter weg. Auf allen vieren bewege ich mich langsam durch den Raum auf dieses Klingeln zu. Es wirkt fremd. Erst dachte ich, ein Radio. Scorpions. »Here I am. Rock you like a hurricane.« Es ist stockdunkel. Mit der Hand streiche ich über den Boden. Spüre die raue Oberfläche, es krümelt. Taste mich so weiter durch den Raum, auf dieses Klingeln zu. Das für einen kurzen Augenblick verstummt, bevor es erneut erklingt. »Here I am.« Weiter, ich bewege mich weiter, taste immer wieder über den Boden, jetzt kann ich das Display leuchten sehen. Ich gehe ran.

»Wo bleibst du denn? Du kannst mich doch nicht hier zwei Stunden allein lassen. Ist alles in Ordnung bei dir?« Es ist Mona.

»Ich weiß es nicht«, sage ich, während ich langsam aufzustehen versuche, mich dann taumelnd durch den Raum

bewege. Dabei trete ich gegen etwas Großes auf dem Boden und falle fast.
»Was ist denn?« Mona wirkt erschrocken. »Was ist?« Sie schreit jetzt.
»Etwas stimmt hier nicht.« Ich bewege mich langsam und vorsichtig durch den Raum. Bis ich an eine Wand stoße, an ihr taste ich mich weiter in die Richtung, wo ich die Tür vermute, den Lichtschalter. Ich habe die Orientierung verloren.
»Was meinst du denn?«, fragt Mona.
»Hier ist etwas«, sage ich langsam. Taste weiter die Wände ab, bis ich ihn habe. Ich zögere, dann schalte ich mit einem Klacken das Licht an.
Er hat die Augen aufgerissen und sieht mich an. Blut rinnt aus seinem Kopf. Es ist, als würde ich da liegen.

MAYBE I MAYBE YOU

»Was war denn?«, fragt Mona, als ich mich auf den Fahrersitz fallen lasse.
»Wieso?«
Sie sagt erst nichts, sieht mich nur seltsam an. Dann: »Was ist mit deinem Gesicht passiert?«
Ich versuche mich in ihrer Spiegelsonnenbrille zu erkennen, doch sie sieht in ihre Handtasche und holt ihr Handy heraus. Stellt etwas ein, reicht es mir. Ich halte es mir vors Gesicht, lasse mich filmen und betrachte mich auf dem Display. Kurz bin ich versucht zu schreien, doch je länger ich das Gesicht ansehe, umso weniger fremd wirkt es. Es ist nur geschwollen. Deshalb sieht es anders aus. Die Nase ist etwas schief, ich bekomme schwer Luft durch sie.
Ich betrachte mich noch, als Mona sagt: »Ich glaube, die Krähen sind wieder da.« Sie zeigt nach draußen, über unser Haus.
»Welche Krähen?«, frage ich.

*

Die Fahrt dauert länger als sonst. Einmal habe ich mich verfahren, musste umdrehen, nun sind wir auf der Land-

straße, kurz vor Langenbostel, als Mona plötzlich meinen Arm packt und mit beiden Daumen kräftig auf den Verband drückt. Erst begreife ich nicht. Dann ist es zu spät, um noch zu schreien. Viel zu spät.

»Wer bist du?!«, brüllt Mona. Immer hektischer wickelt sie mir den Verband vom Arm. Ich lasse es zu. Es ist ohnehin egal. Fahre den Wagen auf einen der Feldwege, halte. Öffne die Tür, um Luft zu kriegen. Ohne auszusteigen. Wir sitzen da und starren meinen unversehrten Arm an.

»Bist du Aaron!?« Mona schreit jetzt. So laut, dass man es bestimmt hören könnte. Wäre da noch wer. Wäre da noch wer außer uns.

STILL LOVING YOU

Alles ist jetzt so still. Ich bin allein. Sitze oben auf dem Dachboden des Hauses in Langenbostel und schreibe die letzten Seiten. Vollende, was mein Bruder begonnen hat. In diesem Buch sind wir endlich eins, und es ist kaum zu sagen, wer wer ist. So wie ich es immer wollte.
Da ist eine Schneise im Mais. Ich spüre noch, wie es sich anfühlt, wenn die Pflanzen zurückschnellen und gegen die Haut schlagen. Bald wird der Mais geerntet. Vorhin habe ich Maschinen auf einem Feld gesehen. Aber mir kann nichts passieren. Ich bin in Sicherheit. Sämtliche Fenster des Hauses habe ich verklebt. Habe kleine Öffnungen gelassen, durch die ich die Schläuche, die ich auf dem Dachboden gefunden habe, nach draußen geschoben habe. Es ist die einzige Verbindung zur Realität. Die Telefonleitungen habe ich durchtrennt. Die Haustürklingel zerschlagen. Habe die alten Möbel auf die Luke des Dachbodens geschoben, damit sie sich nicht öffnen lässt.
Ich sitze da, in der Dunkelheit, und lausche. Ob ich sie hören kann, die Maschinen, die den Mais ernten.